Roman von der abenteuerlichen
Reise eines Vaganten, den Liebe,
Wein und Lebenskunst in ihren Netzen
gefangen halten.

Roland Betsch

Die sieben Glückseligkeiten

Roman

Bibliografische Information der Deutschen National-bibliothek. Die Deutsche Nationalbibliothek verzeichnet diese Publikation in der Deutschen Nationalbibliografie; detaillierte bibliografische Daten sind im Internet über http://dnb.d-nb.de abrufbar.

Die sieben Glückseligkeiten
Roland Betsch
Neufassung und Digitalisierung von Peter M. Frey nach dem Original von 1936

Roland Betsch wurde 1888 in Pirmasens geboren und starb 1945 in Ettlingen. Er war Ingenieur und Schriftsteller.

Copyright © 2017 Peter M. Frey
Herstellung und Verlag
BoD - Books on Demand, Norderstedt
ISBN 9783743161351

Dies also ist mein Bordbuch, mein Logbuch, wie der Seefahrer sich ausdrückt. Auch ich bin ein Fahrender, ein Segler mit allen Winden und Wettern. Niemand soll mich verlachen, weil ich mit meinem neuen Motorrad am Straßenrand sitze und kein Benzin mehr habe.

Der Tank ist leer, bei des Teufels Pferdefuß, wie ist das zugegangen? Wieder einmal bin ich das Opfer einer fremden Macht geworden.

Ein großes Glück, dass ich Zeit habe. Ich kann es mir leisten, hier am wunderlich blühenden Straßenrand zu sitzen und über die sausenden Wiesen hinweg nach dem Neckarfluss zu schauen, der sich seinem plätschernden Schlendrian hingibt. Viel Glück auf deiner Reise, wenn es zu sagen erlaubt ist.

Wohin ich will, weiß der Himmel. An den Rhein und durch den Schwarzwald; und an den Bodensee. Vielleicht durch die Schweiz nach Italien und Sizilien, nach Afrika hinüber und durch Wüste und Busch. Das steht in den Sternen, wohin Hans Hiedewohl will, der Buchhändlersohn und Fahrer mit allen Winden und Wettern.

Dies ist mein Logbuch, mein Buch der Abenteuer, mein Buch der sieben Glückseligkeiten.

Da kommt ein Mann, ein Radfahrer, Mensch auf gewöhnlichem Strampelpeter ohne Benzinbetrieb.

»Lieber Freund«, rufe ich und blase ihm Zigarettendampf entgegen. Er steigt vom Fahrrad. Ein Mann aus dem Volke, das sehe ich; nicht gerade begütert, sein Filzhut ist speckig; die Hosen, vom vielen Radfahren, haben an den Knien kugelartige Auswüchse.

Ich gebe ihm eine Zigarette und sage: »Das Dorf auf dem Berge dort, ist es nicht Erbach?«

Ho, wie er jetzt lacht! Ganz breit und fröhlich, donnernd geradezu lacht er.

»Mensch, Erbach!«, antwortet er, »das ist Dilsberg«.

»So, das ist also Dilsberg?«

Ich weiß natürlich, dass es Dilsberg ist, nur, ich will den Mann freundlich stimmen, ich will ihn mir näherbringen, ihn zutraulich machen. Er soll mir nämlich Benzin holen.

»Mir ist das Benzin ausgegangen, es ist rein des Teufels!«

»Daran sind Sie selbst schuld.«

»Wer redet von Schuld? Man kann sein Leben lang das Opfer fremder Mächte sein.«

»Was hat Ihr leergestänkerter Tank mit den dunklen Mächten zu tun?«

»Viel, sage ich Ihnen, lieber Freund. Ich bin vom Pech verfolgt, vom kleinen Pech, begreifen Sie nur! Pech ohne eigentliches Format. Lächerliches Pech. Ein Pech gewissermaßen, das auf anderer Menschen Zwerchfell wirkt. Zum Beispiel fehlt es mir jetzt an einem armseligen Liter Benzingemisch. Glauben Sie vielleicht, es käme jemand des Weges, der mir dort im nächsten Dorf, welches, soweit mir bekannt, Hirschhorn heißt ...«

»Hirschhorn, hahaha! Da sind Sie längst hindurch. Hirschhorn liegt hinter Ihnen. Ihre Ortskenntnis stinkt zum Himmel. Das ist Neckarsteinach.«

Er freut sich gewaltig, weil ich Hirschhorn mit Neckarsteinach verwechselt habe. So leicht ist es, den Mitmenschen eine Freude zu machen. Man hat nur nötig, etwas ausgefallen Dummes, etwas Törichtes zu sagen; sich ein wenig bloßzustellen und darzutun, dass der Mitmensch klüger sei.

»Gut also, sei es Neckarsteinach. Wer aber holt mir in Neckarsteinach einen Liter Benzin?«

»Ich ganz bestimmt nicht«, sagt er und hat eine sonntägliche Freude.

»Wollten Sie mir nicht etwas von Ihrem Pech ...«

»Richtig, das wollte ich. Hören Sie weiter, nun kommt das Kuriose. Mein Pech wird immer zum Glück. Es schlägt einen Purzelbaum, stülpt sich um wie ein Handschuh.«

»Verrückter Kerl.«

»Nicht im mindesten verrückt. Um etwas herauszugreifen, schauen Sie sich dort mein funkelnagelneues Motorrad an. Sie geben zu, das Ding kann sich sehen lassen?«

»Eine moderne Knallschote, zugestanden.«

»Das Gefährt hat mir ein wildfremder Mensch geschenkt.«

»Machen Sie keine faulen Witze.«

»Bei meiner Buchhändlerehre! Wissen Sie, warum er es mir geschenkt hat? Weil er mich vorher damit überfahren hat.«

»Nun aber genug. Ich gehe.«

»Wie heißen Sie denn?«

»Was hat das mit meinem Namen zu tun?«

»Nichts, aber ich rede immer an einen Unbekannten hin. Ihr Name wird kein Geheimnis sein.«

»Keineswegs, ich heiße Häutle, David Häutle.«

»Häutle, richtig, gewissermaßen eine kleine Haut. Häutchen, Häutle.«

»Sie wollten mir vom Motorrad ...«

»Wie gesagt, weil er mich damit überfahren hat. Ich komme unmittelbar aus dem Krankenhaus, ich lag dort drei Wochen in Gipsbinden. Lassen Sie sich kurz erzählen. Eines Tages gehe ich zu Hause über die Straße und schaue ein wenig in die Luft. Auf unserem Kirchendach nämlich stand ein Schornsteinfeger. Sieh da, ein Schornsteinfeger, dachte ich, der wird dir gewiss Glück bringen. Da fuhr mir ein Motorrad mit Beiwagen über den Leib. Ich brach zwei Rippen und die Elle des linken Armes. Keine schweren Verletzungen, wie ich Ihnen sagen darf. Schwere Verletzungen liegen mir nicht, sie stehen mir schlecht zu Gesicht. Mein Pech ist bagatellhaft, weit entfernt von Großzügigkeit. Ich kam ins Krankenhaus, der Motorradbesitzer, ein durchaus gutartiger Mensch mit schwachen Nerven, besuchte mich im Krankenhaus, schwor bei seiner Familienehre, er würde fortan seinen Lebenswandel keinem Kolbenmotor mehr anvertrauen, und schenkte mir das Gefährt.«

»Das ist eine fette Räubergeschichte.«

David Häutle macht ein ungläubiges Gesicht und schielt nach seinem uralten Fahrrad. Dort lehnt es am Baum, trübselig und verkommen, hinten ist ein verbeultes Köfferchen aus Vulkanfiber aufgeschnallt.

»Ist es neugierig, Herr Häutle, wenn ich Sie frage, welchem Berufe Sie nachgehen?«

»Ich bin Apotheker.«

»Nun bin ich aber überrascht. Nie hätte ich Sie für einen studierten Mann gehalten. Es ist wohl schlecht um die Apotheker bestellt in unserer Zeit?«

»Studiert nun gerade nicht«, meint Häutle kleinlaut,

geht zum Fahrrad, schnallt den kotbespritzten Koffer ab und öffnet das Wunderbehältnis.

Im Koffer erblicke ich kleine Fläschlein und Büchsen, Tüten und Packungen. Einige Fläschlein nehme ich in die Hand und lese die Aufschriften. Da steht: Franzosenöl, Warzentod, Kinderwein, Rosenessenz. Da steht Gehöröl, Kropfspiritus und Abführsaft. Flüssiger Blumendünger ist auch dabei.

»Donnerwetter«, entfährt es mir, »gewiss alles uralte Hexen- und Schwefeldampfmittel?«

»Es ist jetzt ein schlechtes Geschäft. Ich bin fleißig wie eine katholische Kirchenglocke, wenn der Abend kommt, habe ich kaum meine Schlafstelle verdient.«

»Helfen denn diese Mixturen wirklich?«

»Kein Schwindel, mein Herr. Ich bin von der Knodener Höhe, dort sind alle Zaubermittel zu Hause. Welchen Beruf üben Sie aus, um eine Frage zu tun?«

»Ich bin Buchhändler, ich verkaufe unterwegs Bücher. Mit dem Erlös schlage ich mich durch die Ferientage. Mein Vater hat mir unbeschränkten Urlaub eingeräumt.«

David Häutle schmunzelt geringschätzig.

»Sie sollten die Knodener Kunst verkaufen, das wäre ein Geschäft.«

»Was hat es denn auf sich mit der Knodener Kunst?«

»Sie kann bannen und hexen und ist uralt wie die Welt.«

»Muss eine verteufelte Sache sein.«

»Vielleicht sind Sie in diesem Augenblick schon im Bann der Knodener Kunst.«

»Wer? Ich?«

»Kein anderer. In der nächsten Minute können Ereignisse eintreten, die Ihre Ferientage sozusagen verhexen.«

In diesem Augenblick fährt ein wundervolles taubenblaues Auto vorbei. Das Auto hält an der Biegung der Landstraße. Ein Herr und eine Dame mit Brille und Staubschleier sitzen in dem herrlichen Wagen.

Mein Herz klopft hörbar, ich weiß nicht warum. Was will er mit seiner Knodener Kunst?

»Kaufen Sie mir ein Fläschlein Gehöröl ab«, sagt David Häutle, »Sie können es immer gebrauchen. Gott gebe, dass Sie einmal ordentlich Ohrenschmerzen bekommen, dann werden Sie das Öl über alles loben. Bitte um neunzig Pfennige.«

Dieser Landstraßenapotheker mit den blasigen Hosen und dem schlecht sitzenden Hemd tut mir plötzlich leid, mir wird schwer ums Herz wenn ich ihn anschaue. Ich muss auch noch feststellen, dass er zusammengeknotete Schnürsenkel hat. Gott liebt auch die Außenseiter, ja, er umkleidet sie mit einem wehmütig farbigen Schimmer, mit einem verbettelten Glorienschein, der ihr unruhiges Leben verborgen trostreich überglänzt.

Gott ist ja selbst auf den Landstraßen, in den Herbergen und Scheunen, bei den Armen und Ärmsten und bei allen, die neben der ruhigen Ordnung einherwandern.

»Hier haben Sie eine Mark«, sage ich und drücke David Häutle ein Nickelstück in die Hand. »Ihre Knodener Kunst interessiert mich.«

»Glaube ich gerne. Sie sollten erst mal einem

Hexenstrumpf begegnen. In Knoden lebte im Dreißigjährigen Krieg eine Frau, sie besaß einen Ring, der war aus einem Krötenauge gemacht. Sie war ein Hexenstrumpf.«

»Hexenstrumpf?!«

Etwas zwingt mich, nach dem taubenblauen Wagen zu schauen. Die Dame hat sich im Sitz umgewendet. Im gleichen Augenblick schaut sie zu mir herüber, ich fühle ein feines Sausen in den Ohren.

»Vorsicht, mein Herr, und Finger davon! Es gibt junge Mädchen, die haben einen Hexenstrumpf. Sie tun erst unschuldsvoll wie Gartenlilien und dann locken sie die verhexten Männer ins Verderben. Gott gebe, dass Sie auf Ihrer Fahrt keinem solchen Hexenstrumpf begegnen.«

»Es wäre seltsam. Nie habe ich von Hexenstrümpfen gehört.«

»Hier in diesem Fläschlein ist Rosenöl. Ich schenke es Ihnen, es ist manchmal gut, wenn man nach arabischen Essenzen duftet. Für ein einziges Fläschlein braucht man zehntausend Rosen von Schiras.«

David Häutle gibt mir das Fläschlein und macht sich auf die Socken, vielmehr aufs Rad.

So fährt er jetzt dahin, ein restlos unmoderner Mensch. Ich muss ihm nachschauen, bis er verschwindet.

Das alles hat sich nur ereignet, auf dass etwas Größeres sich erfülle.

* * *

Mit einem mal steht der Herr aus dem taubenblauen Wagen vor mir. Möglich, dass er Ohrenweh hat und mein Gehöröl wünscht. Nein, er wünscht nur, dass ich den Wagen mit Insassen fotografieren möchte, Neckar und Dilsberg malerisch im Hintergrund. Ich schiebe mein Motorrad neben das vornehme Kabriolett und knipse auch schon drauflos.

Ein hübscher Mann, strenges und geistreiches Gesicht, ein Mann, der mir nicht eben schlecht gefällt. Er hat Mütze und Brille abgenommen und ich sehe, dass eine senkrechte Falte über die Stirn zur Nasenwurzel läuft. Sein Mienenspiel hat etwas Einstudiertes, versteckt Artistisches, vielleicht ist er ein Schauspieler, ein Mann vom Zelluloidberuf. Und noch etwas Merkwürdiges stelle ich fest. Durch das dunkle, dichte Haar des Mannes zieht eine silbergraue Strähne.

»Sie halten hier eine Siesta?«, sagt er.

»Das nicht, mir ist das Benzin abhandengekommen. Kleines Pech, niederträchtig lendenlahmes Pech.«

»Ich werde Ihnen Benzin geben«, sagt der Fremde.

»Oh, vielen Dank, mein Herr. So was nennt man Benzinkameradschaft, Landstraßenkollegialität.«

Der Herr muss lachen, auch die junge Dame lacht. Ihr Lachen, ein wenig komödiantisch, durchrieselt mich mit einer unnennbaren Wärme.

»Donnerwetter, was sehe ich?«, ruft der Herr. »Sie haben eine ganze Bibliothek im Beiwagen. Wollen Sie eine Weltreise machen?«

Der Herr mit der grauen Strähne hat meinen fliegenden Bücherladen entdeckt und fängt an, zu schmökern.

»Wohl möglich, dass ich um die Welt reise, das steht

durchaus nicht fest. Nichts hält mich ab, über Länder und Meere zu segeln.«

»Wozu aber die vielen Bücher?«

»Ich bin Buchhändler. Wir haben zu Hause vier Schaufenster.«

Ich muss immerfort nach der jungen Dame schauen. Lessings gesammelte Werke würde ich darum geben, wenn ich nur ein einziges Mal ihr Gesicht sehen könnte.

Etwas anderes aber sehe ich, nämlich ihre herrliche, schlanke Hand, die jetzt auf der Seitenwand der taubenblauen Karosserie liegt. An dieser Hand schimmert der matte Glanz eines übertrieben großen Ringes. Lieber Gott, gibt es wirklich so große Ringe, nie sah ich solch ungeheuerlichen Indianerschmuck.

»Verflucht!«, höre ich den schmökernden Herrn ausrufen. Er hält ein Buch in der Hand, einen modernen Roman aus dem amerikanischen Schauspielerleben. Die sieben Glückseligkeiten. Ich stelle eine leichte Röte auf seinen Wangen fest, der Roman hat ihn aus dunkler Ursache aus dem Gleichgewicht gebracht. Fest hält er das Buch in der Hand und lächelt; er schlägt das Buch auf und blättert die Seiten um, fast ist ihm das Buch wie ein lieber Bekannter, wie ein Freund, den man überraschend trifft, ein wunderlicher Onkel aus Amerika, der plötzlich zur Tür hereintritt und tut, als wäre sein Kommen selbstverständlich.

»Sieh mal«, ruft er der jungen Dame zu, und hält das Buch hoch.

»Eine großartige Überraschung, mitten auf der Landstraße. Die sieben Glückseligkeiten!«

»Interessiert Sie der Roman, oder wünscht vielleicht die junge verschleierte Dame, den Roman zu lesen? Ich will Ihnen das Buch schenken, Sie haben mir aus der Benzinverlegenheit geholfen ...«

»Dieses Buch«, sagt der Fremde, »möchte ich nicht aus Ihrem Bestand herausnehmen, aus bestimmten Gründen nicht. Es ist mir lieber, wenn diesen Roman irgendein anderer Mensch kauft.«

»Warum denn?«

»Das kann ich Ihnen nicht näher auseinandersetzen. Ich möchte aber zwei oder drei andere Bücher von Ihnen erwerben.«

Tod und Druckerschwärze, der Mensch kauft mir für zwanzig Mark Bücher ab. Ich werde fast verlegen von so viel fremder Güte. Habe ich nicht schon einmal behauptet, mein Pech würde sich umwenden wie ein nasser Handschuh? Nun habe ich den schönsten Beweis dafür. Wäre mir das Benzin nicht ausgegangen, dann hätte ich dieses Erlebnis nicht gehabt, dann hätte ich die sechs alten Ladenhüter nicht verkauft, ganz zu schweigen von der geheimnisvollen Dame, die etwas dämonisch Schicksalhaftes hat, ohne dass ich imstande wäre, dieses Schicksalhafte zu erklären. Am Ende ein Hexenstrumpf!

Dort sitzt sie immer noch, eine Sphinx am Steuerrad des Kompressors, fantastisch schimmert der Zauberring an ihrer Hand.

Der Herr steigt ein, und die schöne Fremde lässt den Anlasser schnurren. Sie wollen also weiterfahren.

Die Dame, den linken Fuß schon auf der Kupplung, greift nach dem Steuerrad, ich sehe genau die schlanke Hand und den Indianerring. Der Ring stellt eine

Schildkröte dar, wie sonderbar, eine große plumpe Schildkröte.

Der Wagen verschwindet. Taubenblau verschwindet er. Ich stehe versunken und starre die Landstraße entlang.

* * *

Die Fähre hat mich auf das linke Neckarufer gebracht. In einer kleinen Mulde unter einem Apfelbaum habe ich mein Zelt aufgeschlagen. Der Abend ist gekommen, es ist sonderbar still geworden um mich. Dort treibt der Fluss vorüber, leise schwatzend wie in einem beschaulichen Traum.

Lieber Gott, wie mag man nur einen Schildkrötenring tragen. Richtig, ich will das Buch lesen, ein wunderliches Buch vielleicht, die sieben Glückseligkeiten.

Wie schlank war diese Hand, ach, wenn man sie einmal berühren, wenn man sie einmal streicheln könnte.

Da drüben liegt nun also das Städtchen Neckarsteinach, schon fallen Schatten über Häuser und Gassen her, bald wird es dunkel sein, dann wird man viele helle Lichter sehen, Fenster werden gelbe Augen öffnen, es ist eine friedliche Welt, Gott sei mit uns!

Ich lese den Roman von den sieben Glückseligkeiten. Ein Kahn treibt vorüber, er gleitet in die offene Nacht hinein.

Auf dem dunklen Gewässer gleitet er dahin.

Nun ist der Tag verweht. Man hört das Gras singen.

Das Gras singt, ich weiß nicht, ob das allgemein bekannt ist.

In dem Roman kommt ein Mädchen vor, eine gefährliche Komödiantin, ich will es offen sagen. Ursula. Man muss nicht gleich an einen Hexenstrumpf denken.

Nein, ich lese nicht weiter, ich bin müde, die Sterne ziehen herauf, man muss einschlafen in seinem Zelt, den Himmel über sich und alle wandernden Welten.

Ursula heißt das Mädchen. Ich habe zehntausend Rosen von Schiras, Ursula. Häutle hat sie mir verkauft, er weiß um die Knodener Kunst.

Überhaupt soll hier viel Hexerei und Zauberdunst sein. Nun, ich fürchte mich nicht, wenn einer aus des Teufels Verwandtschaft auftaucht und nach Pech und Schwefel stinkt. Singt nicht jemand?

Doch, ich höre Gesang. In meinem Zelt ist es dunkel, aber von draußen glänzt die Nacht herein. Die Töne rieseln in meine geborgene Stille.

Ich schaue hinaus und sehe auf dem Damm oben eine Gestalt sitzen. Ein Mädchen.

Eine Hexe auf Urlaub vielleicht; am Ende hat der Doktor Faust seine lose Hand im Spiel. Der Doktor Faust hat sich in dieser Gegend viel umhergetrieben.

Ja, es ist ein Mädchen. Eine musikalische Hexe, dort sitzt sie und schaut auf den Fluss, sie ist nichts als ein schwarzes Gebilde. Sie singt und spielt dazu auf einer Gitarre. Aber die Gitarre ist jämmerlich verstimmt, auch der Gesang ist nicht bedeutend, ich würde mich von ihm nicht in die Hölle locken lassen. Ich bin nicht verwöhnt, aber dies ist ein rechter Gassenhauergesang, ein Schirmflickerlied.

Ein Mädchen jung von siebzehn Jahren,
Verführt von einer Männerhand,
Sie musste ach zu früh erfahren,
Was falsche Lieb' für Folgen fand.

Setzt man sich in einer Mainacht auf den Neckardamm und dudelt eine solche blutige Weise? Die Nacht ist blühend und sanft, die Gräser singen, des Herrgotts beste Gedanken säuseln durch die Welt. Und dort sitzt eine sogenannte Hexe, zupft miserabel auf ihrem höllischen Saiteninstrument und singt eine Leierkastenarie.

»Du weißt wohl nichts anderes zu singen in der Nacht, als diese Schmachtfetzen?«

Sie schaut mich an, im Dunkel glänzen ihre Augen, sie hat sich halb aufgerichtet, auf den Knien kauert sie und starrt zu mir herauf. Ihr Atem geht rasch, der Mund ist halb geöffnet.

»Was willst du von mir? Geh fort, ich habe dich nicht gerufen. Ich kann singen, was mir in den Sinn kommt.«

»Aber deine Drehorgelgeschichte stört die romantische Neckarstimmung. Wer bist du denn?«

»Das geht dich nichts an. Wenn Max kommt, haut er dich in die Seile.«

»Wer ist Max?«

»Das wirst du vielleicht noch merken.«

Sie wendet sich wieder um und schaut ins Wasser. Dann lacht sie mich plötzlich lautlos an. Nun ich mich an die Dunkelheit gewöhnt habe, kann ich sie genau erkennen. Ein Mädchen von zwanzig Jahren, schlampig gekleidet; wirres, blondes Haar, ein schlankes Gesicht, nicht schön und nicht hässlich. Sonderbares Menschenkind mit etwas zu großen Zähnen.

»Warum lachst du?«

»Weil du daherkommst und wie ein Schulmeister redest. Jetzt hast du wohl Angst vor Max?«

»Ich habe keine Angst vor deinem Max. Pass auf, ich setze mich zu dir ins Gras.«

Das tue ich auch, da sitzen wir jetzt beide und schauen uns an. Eine schwarze Fremdheit ist zwischen uns.

»Bringe wenigstens deine Haare in Ordnung.«

Sie fährt mir grob und unverschämt durch die Haare.

»Zum Donnerwetter, nimm die Hände weg.«

»Grobian, du!«

»Schlampe! Betrachte bitte deine zerlatschten Schuhe. Du hast hier elende Korkenzieherstrümpfe ...«

»Fort, rühre mich nicht an.«

Sie schlägt mit der Hand nach mir, die Gitarre wirft sie ins Gras. Eine Weile senkt sie den Kopf, dann schaut sie mich wieder an, ihre Augen sind ganz rund und groß geworden.

So blickt ein Tier, so maßlos fremd und scheu.

»Ich bin arm«, sagt sie.

Nun tut sie mir plötzlich leid. Ich habe einmal einen Hund gehabt, der trug solche Abgründe in seinen Augen; sein Blick drang mir bis ans Herz.

Sie ist schön jetzt; in dieser Sekunde ist sie schön. Ihre verbettelte Armut adelt sie.

»Ich wollte dir nicht weh tun, es kam nur so heraus, du darfst es nicht ernst nehmen.«

»Nein, das werde ich nicht. Ich will jetzt gehen.«

»So bleibe doch. Ich muss dich manches fragen.«

»Ich weiß nichts, gar nichts. Ich bin dumm; und verkommen.«

»Aber warum hockst du hier in der Nacht und singst?«

»Weil ich gerne singe und weil ich Lieder lernen will. Ich gehe bald fort vom Schiff. Zu den Goldwäschern gehe ich an den Rhein.«

»Zu den Goldwäschern?!«

»Ja, am Rhein wird wieder Gold gewaschen. Viel Gold, Hände voll. Max geht auch zu den Goldwäschern.«

»Wer ist Max?«

»Der Steuermann.«

»Steuermann? Was für ein Steuermann zum Teufel?«

»Na vom Schiff. Siehst du nicht unser Schiff dort liegen?«

Wahrhaftig, am Ufer ist ein Schiff vertäut, ein uraltes Schiff, ein Frachtkahn. In der Kabine brennt Licht, ein dünner Schimmer schwelt durch die dunklen Stunden.

»Du wohnst im Schiff?«

»Ja, wir sind sechs Leute. Der Alte und seine Frau und zwei Kinder, Steuermann Max und ich.«

»Du?! Gehörst du nicht ...?«

»Ich bin zugelaufen; wie ein Hund. Ich muss helfen bei der Arbeit.

Wir haben jetzt Bausteine geladen. Blendsteine und Zellensteine und gewöhnliche Backsteine.«

»Du hast hier eine Narbe an der Stirn.«

»Ja, ja, das ist lange her.«

»Verunglückt?«

»Das nicht. Jemand hat mit einer Kohlenschaufel nach mir geschlagen. Lange her, über zehn Jahre; warum fragst du?«

»Ist Max dein Bräutigam?«

»Pah, rede nicht dumm. Ich habe nichts zum Anziehen, nur so was ich brauche. Und das Essen. Ich bin arm zum Verdorren. Lass mich in Frieden.«

»Und Max ...?«

»Max kann zaubern, sage ich dir. Er zaubert fein. Zum Beispiel nimmt er ein rohes Ei, macht eine Faust, wartet eine Weile, zack ist das Ei hart gekocht, hahaha, du machst nur so Glotzaugen. In der Faust gekocht.«

»Überall Hexerei hier am Neckar.«

»Er sagt, er hat's aus dem Buch vom Doktor Faustus.«

»Ja, der war ein großer Hexenmeister. Er ist einmal mit vier Rappen in einer Viertelstunde vom Schloss Boxberg bis nach Heilbronn gefahren, das ist sonst fast eine Tagereise. Große Geister mit Hörnern haben vor dem stürmenden Wagen den Weg gepflastert und andere haben hinter dem Geistergefährt das Pflaster wieder aufgerissen und die Steine entfernt. Einige sind liegengeblieben, man kann sie heute noch sehen.«

»Hoho, das ist ein verdammter Schwindel.«

»Wie heißt du denn?«

»Marlena. Und du?«

»Hans Hiedewohl. Ich bin Buchhändler.«

»Gott steh mir bei. Kannst du Stein, Papier und Schere?«

»Was ist das?«

»Max kann das großartig, er gewinnt immer. Du musst wissen, er hypnotisiert die Menschen. Er hat den verzauberten Blick, sie müssen alle machen, was er will.«

»Das hängt mit dem Doktor Faustus zusammen.«

»Oder mit dem Zauberer Aphrasterus, der seine Schätze und übersinnlichen Zauberinstrumente in den Rhein geworfen hat. Dort liegen sie noch, und wer sie findet, der hat große Macht über alle Menschen. Max will sie herausfischen. Wir gehen zu den Goldwäschern. Du, ich habe solche Angst vorm Wasser. Oh, was ich für Angst habe.«

»Was ist das mit Stein, Papier und Schere?«

»Pass mal auf: Eine Faust bedeutet Stein, die flache Hand bedeutet Papier und zwei gespreizte Finger bedeuten Schere. Ich zähle eins, zwei, drei, auf drei musst du blitzschnell entweder eine Faust, eine flache Hand oder gespreizte Finger machen; ich muss es auch so machen. Der Stein macht die Schere stumpf, wird aber vom Papier eingewickelt; die Schere zerschneidet das Papier, wird aber am Stein stumpf; das Papier wickelt den Stein ein, wird aber von der Schere zerschnitten. Verstehst du das?«

»Halb und halb.«

»Hör zu: Hast du zum Beispiel eine Faust gemacht und ich eine flache Hand, dann habe ich gewonnen, weil das Papier den Stein einwickelt. Hast du gespreizte Finger und ich habe eine flache Hand gemacht, hast du gewonnen, weil die Schere das Papier zerschneidet.«

»Großartig, jetzt habe ich's begriffen.«

»Wollen wir mal? Hast du Geld? Jedes Mal zehn Pfennig.«

Sie kauert wieder auf den Knien, ihre Augen flackern, sie bläst sich die Haare aus dem Gesicht. Schon hat sie den Arm erhoben, als wolle sie zuschlagen. Ihre Lippen glänzen von Feuchte und Erregung.

»Los«, sage ich, »es gilt zehn Pfennig.«

Sie gewinnt, zweimal, dreimal gewinnt sie. Zuletzt hat sie fünfzig Pfennig gewonnen.

»Mit mir kannst du getrost spielen, Marlena, ich bin ein Pechvogel. Ich habe schon einmal einen Knopf verschluckt und wäre fast daran gestorben.«

Sie lacht und hat eine unbändige Freude.

Dann kommt sie näher heran, rückt mir zärtlich auf den Leib. Sie ist wie eine Katze, weich und schmeichlerisch, ihr Körper wird seltsam geschmeidig.

»Wenn du willst, darfst du mich küssen für die fünfzig Pfennig.«

»Du hast das Geld ehrlich gewonnen.«

»Ja, so ist es. Tut es dir nun leid? Warte, ich will dir noch ein Lied singen. Schläfst du im Zelt?«

»Ja.«

»Wenn du mir ein Paar Strümpfe kaufst, dann komme ich ...«

»Marlena, du sollst nicht ...«

»Dummian, du glaubst doch nicht, dass ich mich verkaufe? Nein, nein, aber ich weiß oft nicht, wo hinaus. Ich ... ich zottle so in der Welt herum, wenn ich ... nach Hause könnte, wenn ich ... ja, ich will dir noch ein Lied singen.«

Sie greift nach der Gitarre und fängt zu zupfen an.

»So schlecht, wie du dir einbildest, bin ich nicht«, sagt sie und kriecht wieder auf mich zu. »Denkst du vielleicht, man braucht bei mir nur einen krummen Finger zu machen und ich bin schon da? Ja, denkst du das, sag mir, ob du das denkst?«

»Nein, das denke ich nicht, Marlena.«

»Du musst wissen, dass ich nächstens hier in den Sack haue.«

»Was machst du?«

»In den Sack hauen. Auf und davon gehe ich, weil ich's satt habe. Vom Schiff aus springe ich ins Wasser und schwimme an Land. Wenn ich nur nicht solche Angst vorm Wasser hätte ...«

Sie erhebt sich, nimmt die Gitarre und schickt sich an zu gehen. Plötzlich, wie von innen her getrieben, wendet sie sich um, wir stehen uns gegenüber. Wir sind zwei verschrobene Menschen mitten im nächtlichen Eulenflug.

»Du bist sonderbar, du ... du bist ja wie ein Pfarrer, du ... hörst du - ich habe etwas Grässliches auf dem Gewissen, du kannst nicht begreifen, wie schlecht ich bin und was ich getan habe! Ich bin schuld, dass ein Mensch getötet wurde - ich - schau mich nur genau an ... ich habe ihn verraten - hörst du, ich habe ihn verraten ... dann haben sie mich davongejagt - und die Kohlenschaufel, erzählte ich dir nicht von der Kohlenschaufel? Hier an der Stirn ...«

Mit einem mal wird sie starr, ihre Augen weiten sich, das unselige Instrument entfällt ihren Händen, die Finger spreizen sich, ich sehe es glitzernd aus den Augen strömen.

Sie schreit auf, ein unbändiger wilder Ruf ist es, sie klammert sich an mich, ihr Mund ist geöffnet, ich sehe deutlich die großen Zähne. Sie riecht nach alten

Kleidern, ach, diese Zigeunerin, dieses tobende Herz unter den Sternen.

»Ich war noch ein Kind«, schreit sie, »zehn Jahre war ich alt ... ich kann ja nichts dafür, du musst mir glauben, dass ich nichts dafür kann, ich will doch wieder nach Hause ...« Ihre Stimme sinkt zu einem weinerlichen Klagen, sie summt und schluchzt und stößt es mehr in sich selbst hinein, ihr Körper bebt, ich sehe die Angst aus den Augen kriechen.

»Wenn Max richtig zaubern könnte«, sagt sie ganz leise, »nicht nur das rohe Ei in der Faust hart kochen ... er müsste machen, dass alles nicht gewesen ist.«

Ich gehe mit ihr bis zum Schiff, sie wankt mit hängendem Kopf dahin, ihre Arme baumeln, ich trage das verstimmte Saiteninstrument.

»Du musst mir das erzählen, Marlena.«

»Nichts mehr, nein ... nichts, was willst du denn von mir?«

»Vielleicht kann ich dir helfen, ich weiß um die Knodener Kunst, ich bin selbst von Geheimnissen umgeben, ich traf eine verschleierte Dame mit einem Schildkrötenring, du musst nicht glauben, dass ich nur so in der Nacht daher getrieben bin.«

»Ich muss aufs Schiff. Du kannst nicht begreifen, was für ein Gruseln ich vorm Wasser habe. Unten im Wasser, ganz unten, da muss es toll hergehen. Gute Nacht.«

Über ein Brett geht sie an Bord. Noch brennt in der Kabine das armselige Licht. Schwarzes Wasser schlägt gegen die Schiffsplanken, mir ist, als schaukelte der Himmel über mir. Ich schleudere langsam über die Wiese, es ist eine berauschende Nacht, ein Duft von

Gräsern liegt in der Luft, dort ist mein Zelt. Gott, wohin treiben wir! Marlena singt, ich kann es deutlich verstehen. Warum schläft sie nicht, es ist schon spät, die Sterne sind lautlos gewandert, es liegt viel Schlafsucht über der Erde. Warum schläft sie nicht, welch ein verrücktes Lied. Möglich, dass ich ein Bruder aller Abenteuer bin, nein, welch ein verrücktes Lied.

> Kommt ein hübscher Herr gegangen
> Flüstert Rosa leis ins Ohr,
> Streichelt zärtlich ihre Wangen,
> Spricht ihr dann von Liebe vor.

Wen mag sie verraten haben? Ich weiß es nicht. Wenn Max ein Zauberer wäre. Die Sache mit dem harten Ei kann ich nicht glauben. Heute glänzen alle Sterne heller, die Nacht ist wunderlich gelaunt.

> Sieh, mein Kind, ich will dir geben
> Diesen Beutel voller Gold,
> Kannst damit in Frieden leben,
> Sei mir nur ein wenig hold.

An allem ist mein Benzinpech schuld, ich wäre sonst schon in Heidelberg. Dunkle Zusammenhänge. Schildkröten, sagt man, werden tausend Jahre alt. Ein Gassenhauer, Marlena.

> Bester Herr, ich müsst mich schämen,
> Gar nicht schön wär es von mir,
> So viel Geld von Euch zu nehmen
> Bester Herr, ich dank' dafür.

Immer schon waren meine Nächte bevölkert. Meiner Lebtag summte und sauste und musizierte es durch meine Nächte. Ich schwimme in meinen Nächten wie in einem dunklen Strom. Man gleitet so dahin, ein sonderbares Schiff.

> Arm bin ich und lieb nur einen,
> Diesem bleib ich ewig treu,
> Auf der Welt sonst lieb ich keinen,
> Bester Herr, es bleibt dabei!

Sagte ich nicht ein Schiff? Und manchmal setzt man alle Segel. Viele Schiffe begegnen sich, sie treiben aneinander vorüber. Seht her, man wirft Anker, Teufel, da liegt schon ein Schiff. Ein fremdes Schiff, wer weiß, woher.
Wer weiß, wohin!
Gemeinsame Fahrt, meine dunklen Freunde.

* * *

Ich muss schon sagen, es gefällt mir in Schwetzingen. Ein hübsches altes Gasthaus, gleich in der Nähe des berühmten Schwetzinger Schlosses. Solche Gasthäuser liebe ich, kleine Räume mit niederen Decken, Stahlstiche, ein alter Hof, wo Frauen Spargel schälen.
Man kriegt hier berühmte Spargel, dazu Schinken und Eierkuchen. Verteufelte Schlemmerei. Die Spargel sind alle gut, es gibt keine bittern und auch keine solchen, die unten hart und faserig sind wie gekochte

Bambusstangen. Wen mag Marlena verraten haben, ich muss oft darüber nachdenken. Sie hatte große Zähne und Löcher in den Strümpfen, sie war verkommen, Gott sei ihr gnädig. Eine Narbe an der Stirn, von einer Kohlenschaufel herrührend. Angst vorm Wasser, nein, was für einsame Menschen durch die Tage und Nächte irren.

Ich erinnere mich einer jungen Dame, die einen Schildkrötenring am Finger trug. Nachts habe ich von ihr geträumt, da wurde die Schildkröte lebendig, und kroch auf mich zu. Dann fuhr ich eine endlose Landstraße entlang, und kam in eine kleine, einsame Wälderhütte. Wieder war die Schildkröte da, sie schlurfte und krakelte auf mich zu, ich wollte nach ihr greifen, da waren es zwei Schildkröten.

Es sind noch mehr Menschen hier im Gasthof, alle essen sie Spargel, Schinken und Eierkuchen, es ist ein stilles, behagliches Übereinkommen.

Auch ist es hier geradezu feierlich still, wie in einer Kirche, es herrscht eine gewisse Spargelandacht.

Daher ein Mann im Gummimantel und mit einer Aktentasche, der jetzt etwas geräuschvoll und beinahe spargelfeindlich hereinkommt, von allen Spargelessern unmutig beobachtet wird.

»Ist es erlaubt?« Schon sitzt er bei mir am Tisch.

Er fällt sofort unangenehm auf, denn er bestellt keinen Spargel, er zerstört die Stimmung des Raumes, zerschneidet die Spargelatmosphäre, benimmt sich in keiner Weise bodenständig.

»Spiegeleier, bitte; ich esse keinen Spargel, man wird nierenkrank.«

Dieses Gelächter, das jetzt spontan aus den Kehlen aller Spargelfreunde kommt. Hat man so was je gehört? Hohngelächter fällt über den Spargelgegner her.

»Ich komme weit in der Welt herum«, spricht der Mann mit prahlerischer Stimme zu mir. »Nur Zufall, dass ich in Schwetzingen bin. Mich interessiert hier der Knoblauch.«

»Was interessiert Sie hier?«

»Der wilde Knoblauch, Sie werden wissen, was Knoblauch ist.«

»Gibt es hier einen besonderen Knoblauch?«

»Das nicht, aber der Knoblauch wächst hier in beträchtlichen Mengen, nämlich in dem berühmten Schlosspark, den Sie gewiss besichtigt haben.«

»Noch nicht, ich wollte zuerst mich der Spargeln vergewissern.«

»Einerlei, die meisten Menschen wissen gar nicht, wie gesund allein schon die Knoblauchluft ist. Dieses Knollengewächs steht zur Zeit in Blüte und strömt einen betörenden Duft aus. Solche Knoblauchluft wirkt ungemein günstig auf den Organismus ein. Mit einem Wort, die Menschen sollten Knoblauchluftkuren machen. Mir schwebt ein Knoblauchsanatorium ...«

»Sie sind verdreht, mit Verlaub zu sagen.«

»Keineswegs. Ich hätte nicht nötig, mich mit solchen Problemen zu beschäftigen, durchaus nicht, mein Beruf tangiert den Knoblauch nur flüchtig. Aber das Knoblauchproblem liegt augenblicklich in der Luft, es ist hochmodern. Wer eine Nase für solche Dinge hat, riecht sie; eine gewisse Knoblauchwitterung ist fraglos vorhanden.«

Der Mann tut furchtbar geschwollen, er scheint mir ein Schwätzer zu sein, was will er mit seinem Knoblauch?

Außerdem ist er recht merkwürdig gekleidet. Wer, so frage ich, trägt heute noch einen Lavaliereschlips, eine solche Schmetterlingsbinde, die den Schmierenkomödianten früher äußerlich kennzeichnete? Dazu eine verschabte Samtjacke, die unter dem Gummimantel antiquiert hervorglänzt. Kein Zweifel, der Mann spielt sich auf, er will ein Besonderer sein unter vielen, ein fauler Zauberer, der mit Tiraden um sich wirft und ohne ernsthaften Hintergrund ist.

Er verzehrt seine Spiegeleier mit einer großen Hast, gefräßig fast und keinesfalls in dem hier üblichen geruhsamen Spargeltempo.

»Man wälzt fortgesetzt Probleme«, fährt er kauend fort, »mein Unglück ist, dass mir zu viel einfällt. Ich bin dauernd auf der Suche nach unternehmungslustigen Menschen. Ich bitte Sie, was geht mich im Grunde der Knoblauch an? Auf Ihr Wohl, mein Herr. Einen Augenblick bitte.«

Ganz plötzlich erhebt er sich vom Stuhl und geht auf einen Herrn zu, der beim Büfett erscheint. Aha, das ist der Wirt, der freundliche Besitzer dieses lukullischen Spargelinstitutes, der Herrscher über viele Zentner Stangengewächse. Die beiden sprechen zusammen, mein Tischnachbar redet auf den Wirt ein, fuchtelt mit den Händen und macht Bewegungen wie ein miserabler Komödiant. Dem Wirt scheint die Unterhaltung peinlich, er wehrt sich gegen das Geschwätz wie gegen eine Brummerfliege, und zuletzt gehen sie durch die Tür hinaus ins Freie.

Der Schwätzer fängt an, mich zu interessieren, seine aufdringliche Geschäftigkeit erweckt Neugierde, man möchte ihn näher kennenlernen.

Es ist seltsam, dass mir immer wieder diese junge Dame im taubenblauen Wagen einfällt, ich kann mich nicht frei machen von ihr. Den Roman habe ich bis zur Hälfte gelesen und muss sagen, dass er mich auf unerklärliche Art fesselt. Amerikanische Verhältnisse, eine junge Künstlerin.

Der Mann im Gummimantel kommt an meinen Tisch zurück, sein Mienenspiel zeigt Zufriedenheit. Er presst das Kinn nach unten und hüstelt.

»Sie interessieren mich, mein Herr«, sagt er, »doch, keine Phrasen und kein Gerede, Sie sind mein Mann, Ehrenwort. Vielleicht fassen Sie es nicht falsch auf, wenn ich Sie zu einer Tasse Mokka einlade.«

Ich verlasse mit dem Schwadroneur das Lokal, mir ist aufgefallen, dass er nicht bezahlt hat. Nein, er geht wie ein Fürst, hoch erhobenen Hauptes, den breitrandigen Hut schwenkt er mit weit ausholenden Armbewegungen.

Vor der Tür halte ich ihn am Gummimantel fest, nun muss ich endlich wissen, unter welcher Flagge der sonderbare Kerl segelt.

»Auf ein Wort, wer sind Sie eigentlich, nehmen Sie die Frage nicht aufdringlich, man interessiert sich, mit wem man zum Mokka geht.«

»Ich bin Dichter«, sagt der Mann.

»Dichter sind Sie? Habe ich recht gehört, haben Sie am Ende Tischler gesagt, und ich habe es nur falsch verstanden?«

»Ihnen ist gewiss noch nie ein Dichter begegnet?

Bitte lesen Sie hier nur diese beiden Zeilen, wobei ich ausdrücklich betone, dass ich im Grunde nicht nötig hätte, sie an die Wand zu malen.«

Der Dichter lenkt mein Augenmerk auf eine Beschriftung, die weiß auf der blanken Glasscheibe steht.

Esst ihr Spargeln, allerbeste,
Wird das Leben euch zum Feste!

Klarheit kommt über mich, ein Licht geht mir auf, nun ich den Zweizeiler lese.

»Ach so!«, sage ich und muss ein wenig lächeln, »Sie ziehen umher und machen Reklameverse?«

»Ich ziehe umher?!«, poltert er entrüstet los. »Wie meinen Sie das? Umherziehen, haben Sie gesagt. Ich ziehe nicht umher, es macht mir Spaß, verstehen Sie mich recht, ich folgte einer augenblicklichen Laune, als ich den Zweizeiler an die Scheibe malte.«

»Aber Sie essen gar keine Spargeln, Sie behaupten, man wird nierenkrank. Sie essen gebratene Eier, gewöhnliche Produkte, dem Hühnerdarm entschlüpft.«

»Das hat mit der Dichtung nichts zu tun.«

»Wirklich ganz großartig! Sie haben hier zu Mittag gespeist und als Bezahlung einen Vers ans Haus gemalt.«

»Was nennen Sie zu Mittag gespeist? Ich hätte ein gebratenes Huhn und eine Flasche Pfälzer Wein verzehren und bezahlen können; aber mein Sinn stand nach Eiern. Kommen Sie!«

Wir gehen in eine Konditorei, schon hat er zwei Mokkafilter mit Kirsch bestellt.

»Mein Name ist Hans Hiedewohl«, sage ich, um gegen die allgemeinen Gesellschaftssitten nicht zu verstoßen.

»Ich heiße Alex Grauvogel, Sie werden vielleicht schon von mir gehört haben.«

»Nicht, dass ich mich erinnern könnte, bedaure wirklich.«

»Dann tappen Sie neben der Zeit her. Der Alex-Vers erobert sich die Welt.«

»Der Alex-Vers?! Ist das gewissermaßen ein Warenzeichen für Ihre Lyrik?«

»Jawohl, der Alex-Vers. Kein Geschäft ohne Alex-Vers. Sie dürfen mir glauben, der Alex-Vers bringt das leidige Geld ins Rollen, er kurbelt an. Der Alex-Vers entwickelt sich zum wirtschaftlichen Faktor, ich will nicht prahlen, nein, nein, gar nicht meine Art. Zack, zack!«

Zack, zack, sagt er, haut mit den Fingerknöcheln auf die Tischplatte, stülpt den Kirsch hinunter und wischt sich mit der flachen Hand über den Mund.

»Ich werde heute schon in der ganzen Welt kopiert. Man stiehlt meine Methode nach Strich und Faden, man wittert das Geschäft. Was ich sagen wollte, es wäre mir ein Leichtes, Bücher zu schreiben, Romane und anderen Lesestoff, Bände könnte ich füllen mit spannender Lektüre, wenn ich diese Art geistiger Betätigung nicht gründlich verlachte, hahaha, wenn ich ... einen Augenblick mal.«

Mit einem Ruck springt er vom Tisch auf und eilt beflügelten Schrittes auf einen unbescholtenen Mann zu, der in Konditorjacke und hoher weißer Mütze hinter dem Ladentisch erscheint.

Es entwickelt sich ein eifriges Gespräch, Herr Grauvogel redet mit Macht auf den Konditor ein, aber der Tortenkönig schüttelt bedauernd den Kopf, offenbar hat er für Grauvogels gewaltige Pläne kein Verständnis. Jetzt lässt er ihn gar stehen und verschwindet in Richtung Backstube.

»Nur eine kleine private Sache«, sagt Alex und schlürft den letzten Kaffeerest hinunter. »Mir fällt ein, in welcher Richtung fahren Sie eigentlich mit Ihrer Stinkbombe?«

»Ich fahre Richtung Rheindamm, Speyer, Karlsruhe, badische Seite.«

»Famos, da könnten Sie mich mitnehmen. Nur bis zur übernächsten Ortschaft, es wird Sie nicht belästigen.«

»Gerne, Herr Grauvogel, nur, mein Beiwagen ist angefüllt mit Büchern und Gepäck, mit Radio und Klepper-Zelt.«

»Macht nichts, ich fahre Sozius. Fräulein, zahlen.«

Er kramt in seinen Taschen, bringt zwei Zehnpfennigstücke hervor, wühlt innen und außen, in Samtjacke und Gummimantel.

»Nur noch wenig Kleingeld; muss wieder mal ein Schein daran glauben, oder - vielleicht legen Sie rasch die Kleinigkeit aus, wir machen das dann nachher richtig. Das leidige Kleingeld.«

Ich zahle zwei Mokkafilter und zwei Kirsch, dann verlassen wir die Konditorei.

Draußen zieht Alex einen alten Lappen aus einer Tasche des Gummimantels und schickt sich an, einen Vers von der Scheibe der Konditorei zu wischen.

Ich habe gerade noch Zeit, zu lesen:

Seine Sorgen rasch vergisst
Wer Gebäck und Kuchen isst!

* * *

So fahre ich also durch die anmutige Landschaft und hinter mir sitzt ein Dichter, der mir fortwährend in die Ohren redet.

»Wie Sie sagten, sind Sie Buchhändler. Nichts ist gegen die Buchhändler einzuwenden, obwohl sie es nicht gerade leicht haben. Sie selbst, Herr Hitzwelle, sind ein fliegender Buchhändler, großartig, Sie verkaufen im modernen Tempo, mit Benzinbegleitung, gleichsam im Vorüberflitzen. Flitzender Buchhändler, könnte man sagen, auf und davon flitzender Buchhändler, hohoho!«

Wenn der Mensch nur endlich sein Gerede lassen wollte. Auf freier Strecke hinter Schwetzingen, dort, wo die schönen Kiefernwälder duften, lege ich mehr Tempo vor, ich gebe Kattun, wie sich der Autofahrer ausdrückt. Bäume geistern vorüber, die Straße kommt rasend auf uns zu. Ich merke, wie dem Dichter Alex Angst wird, er klammert sich an meinen Hüften fest, die Aktentasche schlägt gegen meine Schenkel, er muss den Hut in die Stirn drücken, sein Atem stößt mir ins Genick.

»Sie fahren nicht gerade langsam, mein Herr, ihr Tempo stammt aus des Teufels Küche ...«

»Keine Angst vor Unglücksfällen«, sage ich und gebe

noch mehr Kattun, »mir passiert nichts Ernsthaftes, nichts von großem Format, an mir klebt das kleine Pech, mein Pech kann nicht leben und nicht sterben. Hoffen Sie nicht auf eine Katastrophe, die in den Zeitungen steht.«

»Vorgestern bin ich angenehmer gereist. In einem modernen taubenblauen Wagen ...«

»Taubenblau? Sie sind in einem tau ...?«

»Taubenblauen Wagen, mit Verlaub. In Gesellschaft exotischer Herrschaften. Sie sprachen immer von Kalifornien. Ein junger Herr und eine verschleierte Dame.«

Warum erschrecke ich so, warum klopft mein Herz? Ich habe wohl zu viel Kattun auf der Walze.

»Trug die Dame vielleicht einen Schildkrötenring?«

»Erraten, woher wissen Sie das?«

»Ich - bin ein wenig - in der Knodener Kunst bewandert. Können Sie mir Näheres sagen, ich meine, sind Ihnen die Verhältnisse ...«

»Ich könnte Ihnen - hoppla - manches verraten, aber ich bin nicht schwatzhaft. Eines kann ich Ihnen sagen - die Dame ... jetzt sind wir in Hockenheim, fahren Sie bitte langsam und besitzen Sie die Liebenswürdigkeit, beim nächsten Kolonialwarengeschäft zu halten, ich möchte mir eine Schachtel Zigaretten erstehen. Hier ist schon eins, stopp bitte, stopp!«

Ein toller Dichter, ein unglaublicher Strauchritter. Was macht er denn? Er geht zum Laden und malt einen Vers an die Scheibe.

Nicht in fremde Städte laufen,
Nein, zu Haus beim Kaufmann kaufen!

Anschließend begibt er sich in den Laden und kommt nach kurzer Zeit mit einem dicken, hemdärmeligen Mann wieder heraus. Der hemdärmelige Mann liest den Vers, lacht freundlich und behäbig, klopft dem Dichter auf die Achsel und schon gehen sie wieder in den Laden hinein.

Nach einer Weile erscheint Alex Grauvogel wieder unter der Ladentür, qualmt eine Zigarette und schüttelt dem dicken Mann wie einem nahen Verwandten die Hand.

»Bitte weiter«, sagt er, als ob ich sein Chauffeur wäre; bietet mir eine Zigarette aus einer frischen Schachtel an.

»Gutes Honorar«, erzählt er im Weiterfahren, »der Betrag kommt natürlich auf mein Postscheckkonto.«

Ich weiß, dass er lügt wie ein Wahlredner, er hat für den Vers weiter nichts bekommen, als diese elende Schachtel Zigaretten.

»Das Schlimmste ist das Plagiat. Jeder kommt und stiehlt mir meine Verse von den Fenstern weg. Was Sie hier gelesen haben, war ein Original-Alex-Vers. Keine vierundzwanzig Stunden, sage ich Ihnen, und ein anderer macht sein Geschäft damit.«

Am westlichen Horizont ragen jetzt stolze Türme in den Himmel, das ist die alte Reichsstadt Speyer mit ihren Kirchen, mit dem alten Dom, der die Gebeine von acht deutschen Kaisern birgt.

»Wollten Sie nicht etwas von einer gewissen jungen Dame verraten?«, fragte ich den Dichter Alex.

»Später, richtig, später. Mir fällt ein, dass ich auch nach Speyer hinüber muss. Ich fahre noch mit Ihnen bis zur Zuckerfabrik in Waghäusel. Dort bin ich außerordentlich gut bekannt und habe eine kleine Transaktion vor, hauptsächlich, um mich Ihnen erkenntlich zu zeigen. Erraten Sie, was ich im Schild führe?«

»Verse gegen Würfelzucker.«

»Daneben geschossen, ich werde dort mindestens zehn Ihrer Bücher verkaufen.«

»Bücher?!«

»Tatsache, mein Herr. Hören Sie zu: Etwa einen Kilometer vor der Fabrik halten Sie an und warten, bis ich vom Verkauf wieder zurückkomme. Ich tipple das kurze Stück zu Fuß, bin in einer halben Stunde zurück und bringe Ihnen den klingenden Erlös.«

»Und wieviel Prozent ...«

»Nichts da, Prozent. Sie werden nicht glauben, dass ich auf die paar lumpigen Pfennige angewiesen bin. Papperlapapp, Wurst wider Wurst, da sei Gott für!«

Wir stoppen in der Nähe der großen Zuckerfabrik, ich nehme die Persenning vom Beiwagen, und Alex Grauvogel sucht sich etwa ein Dutzend schöne, neue Bücher aus. Mit Bleistift schreibt er sich die Verkaufspreise hinein.

»Sie wollten mir von einer Dame mit einem Schildkrötenring erzählen. Wie kamen Sie in den Wagen?«

»Durch Zufall, auf der Landstraße bei Heidelberg. Ich war geschäftlich im Neckartal. Schifffahrtsangelegenheit. Na ja, auf jeden Fall fuhr ich mit bis Mannheim. Die Herrschaften wollten dort einen oder zwei Tage bleiben. Apropos, was interessiert Sie an der Geschichte?«

»Nichts, Herr Alex, wirklich nicht der Rede wert.

Der Zufall will es, dass ich ganz flüchtig die Bekanntschaft der Herrschaften machte. Ich dachte an einen Hexenstrumpf.«

»Larifari. Ohne schwatzhaft zu sein, die Dame ist irgendwie verwandt mit einem gewissen Herrn Bastian Berghaus, der ein großes Weingut in der Pfalz besitzt. Ich sage Ihnen, ein Mann von seltenem Format. Für jede große Idee zu haben.«

»Sie sollten ihm das Knoblauchsanatorium ...«

»Alles zu seiner Zeit. Er hat im Augenblick andere Pläne im Kopf. Ich will nicht aus der Schule plaudern, wenn Sie aber zufällig bei ihm etwas über Seidenraupenzucht in der Pfalz hören ... meine Idee, bitte sehr, meine Idee!«

Er macht einige gewichtige Schritte, spuckt auf den Boden, benimmt sich, als wolle er sich augenblicklich in Marsch setzen, kommt aber noch einmal nahe zu mir heran und redet im Flüsterton.

»Dieser Bastian Berghaus, mein Herr, hat die seltsamste Frau unterm Himmelsgewölbe. Frau Karola, dreißig Jahre jünger als er. Ihr Leben ist ein ganzer Roman, davon einmal später. Jetzt hält sie sich ein Vogelhaus.«

»Ein Vogelhaus? Mit seltenen Vögeln?«

»Mit sehr seltenen Vögeln. Galgenvögeln. Landstreichern, Kornhasen und Klinkenputzern. Was glauben Sie, die Frau ist auf die verrückte Idee gekommen, die Landstraße sesshaft zu machen. Die Tippler holt sie von den Straßen und aus den Herbergen und will sie ansiedeln. In einem eigenen Haus wohnen sie, in Karolas Vogelhaus.«

»Kurios, bei meinem Wort.«

»Diese Familie Berghaus sollten Sie kennenlernen, einen solchen Roman haben Sie im ganzen Laden nicht.«

»Und dorthin reist die Dame mit dem Schildkrötenring?«

»Getroffen. Unter uns: Nicht ausgeschlossen, dass die Dame mit dem Schildkrötenring gar - Frau Karola selbst war.«

»Frau Karola ... selbst? Mit einem Herrn aus Kalifornien?«

»Wer will das wissen. Nicht schwatzhaft, mein Herr. Apropos, Ihre Borduhr zeigt jetzt ein Uhr zwoundvierzig, ich mache mich sofort auf die Socken und werde gegen zwo Uhr dreißig wieder hier sein und mit dem Geld klappern. Geld liegt auf der Straße, man braucht es nur zu pflücken, wie die Gänseblümchen. Hals- und Beinbruch.«

Wiegenden Schrittes, mit flatterndem Gummimantel geht er durch den herrlichen Frühlingstag davon. Ich sehe ihn die sonnig überglänzte Landstraße dahinwandern, lebendiges Gebilde dieser Gotteswelt, Bestandteil des Tages, des Lichtes, der Erde, der Bäume und Wolken. Ein Schiff mit gutem Wind, so steuert er mit vollem Zeug seinem Hafen zu.

Kleiner wird er und kleiner, schimmernder Dunst der Ferne will ihn verschleiern, aber immer noch sehe ich ihn, zwischen Bäumen, umjubelt vom Finkenschlag.

Ein Dichter wandert dahin, ein Mensch, von der Großmannssucht herrlich besessen, ein Liebling des Himmels, ein Flunkerer, ein Gemütsmensch. Alex Grauvogel.

So, nun ist er verschwunden.

Wie festlich belebt ist es doch hier in der freien Welt, welche Geschäftigkeit herrscht allerorten, wie drängt sich alles nach dem Licht und nach dem Leben. Kaum zu glauben, dass es Verruchtheiten gibt und boshaften Sinn, Verrat und Gewinnsucht, inmitten dieser großen Arena der Liebe.

Das Beste, ich setze mich hier in die wilde Wiese; kostenlos nehme ich Platz im Insektengetümmel. Mir fällt ein, ich kann meinen Roman nehmen und lesen, während das Blau des Himmels sich über mir wölbt und das lustige Vogelgesindel mich jubilierend umlärmt.

Ein interessantes Buch, eine eigenwillige Geschichte. Es kommt da also eine Dame vor, ein junges, verwöhntes Fräulein. Ursula heißt sie, Gott über uns, die hat sich aber wirklich gewaschen. Sie ist Opernsängerin, da hat man es schon. Maßlos lebendig ersteht dieses verwöhnte Geschöpf auf den Seiten des Buches, ich würde sie sofort erkennen, wenn sie daherkäme, sie besitzt eine unentrinnliche Einmaligkeit, der Dichter des Romans hat sie meisterhaft gebildet, Gott schütze mich vor ihren Launen.

Ich muss einmal nach Alex Ausschau halten. Er ist noch nicht zu sehen, nun, es wird ihm nicht gerade leichtfallen, gleich ein ganzes Dutzend Bücher an den Mann zu bringen. So was von anständigem Charakter. Nein, Alex kommt noch nicht, nirgends ist ein Alex zu sehen.

Diese Dame also heißt Ursula, und sie ist von einer ungezügelten Schönheit. Ihr Haar ist dunkel, fast schwarz, reich im Glanz und in der Mitte in geworfenen Wellen gescheitelt. Große dunkle Augen besitzt sie, dunkelbraun heißt es und kindhaft weit geöffnet. Der Mund ist üppig, sinnlich geschwungen, die Lippen rot wie eine Frucht. In ihrem Antlitz mischt sich ein Schalk mit Melancholie, ein seltener Akkord in einem Frauenantlitz.

Der taubenblaue Wagen fällt mir ein; die verschleierte Dame sehe ich deutlich vor mir. Schildkrötenring. Ein Glück nur, dass diese Ursula keinen Schildkrötenring trägt, ich würde noch ganz verwirrt werden und zuletzt Leben und Dichtung durcheinanderbringen.

Alex lässt sich nicht sehen, ich richte mich hoch und schaue die Landstraße entlang, kein Alex weit und breit. Nun, die Herrn Direktoren von der Zuckerfabrik werden nicht gerade auf Bücher gewartet haben; sie haben anderes zu tun, man braucht nicht wenig Würfelzucker in der Welt.

Das Lied der Landschaft nimmt mich gefangen; jede Landschaft hat eine Stimme, sie singt. Wie von wandernden Schäfern ist ihr Gesang. Wenige werden diese Landschaft kennen, die mich hier begnadet umgibt, es ist keine geläufige Landschaft, sie liegt ein wenig abseits, unberühmt und unbesungen. Niederung ist es, mit allem Reichtum an Farben und Eigenleben. Nicht weit entfernt strömt der Rhein dahin. Dort, wo die hohen Pappeln stehen, diese Lichthungrigen und Himmelhungrigen, dort ist der Rhein mit seinen gespenstischen Altwässern. Seine Vegetation reicht bis zu mir herüber mit Schilf und Riedgras, mit Weidengebüsch und saurem Wiesenland. Gelände von

Licht durchwirkt, ungeschändet noch von Menschenhand.

Alex, wo bist du? Wenn ich nüchtern darüber nachdenke, glaube ich fast, dass du ein schwatzhafter Halunke bist. Nicht im mindesten erstaunt bin ich, wenn du mit meinen wertvollen Büchern durch die Lappen bist. Ja, das würde mir trefflich zu Gesicht stehen. Nur ein mageres Pech, wie es nach meinem Geschmack ist. Alex, du kommst nicht wieder, du bist auf und davon, du Lebenskünstler und Menschenkenner, du Piratenkapitän.

Da habe ich nun fast zwei Stunden hier vertrödelt, verfaulenzt, schwärmerisch versunken in die Begebenheiten eines Buches für drei Mark fünfundachtzig, töricht verschossen in eine nebelhafte Traumgestalt, die durch diese Seiten wandelt und nichts Besseres zu tun weiß, als ihrer Umwelt die Köpfe zu verdrehen. Ach, auch mir hat sie ihn verdreht, offen herausgesagt.

Jetzt steht es einwandfrei fest, Alex hat mir meine Zeit und meine Bücher gestohlen.

Eine Viertelstunde will ich noch warten und lesen, dies Kapitel muss zu Ende gebracht werden.

Ich will einmal einige Sekunden die Augen schließen. Stärker tönt das Konzert der Wiese, als gedämpften Grundton vernehme ich das Sausen der Zeit. Auch die Zeit tönt und klingt, ich weiß nicht, ob das alle Menschen hören. Es ist ein feines Sausen und Zischeln, als ob ganz in der Ferne elektrische Maschinen mit hohen Drehzahlen liefen.

So ist Ursula: Reiches dunkles Haar, in der Mitte gescheitelt, dunkle Augen voll Schwermut; nebenbei den Schalk, den Teufelsschalk. Herr meines Lebens, so was von Überspanntheit.

Nichts für mich; keinesfalls. Danke verbindlich. Ich käme schließlich noch in die größte Bedrängnis. Das Beste überhaupt, ich lese das Buch gar nicht zu Ende. Mag ein anderer sich daran verbrennen.

Man muss einer solchen Ursula aus dem Weg gehen, das ist meine Ansicht, unwiderruflich. Wie oft schon wurden Frauen Schicksal, jawohl, Schicksal für Männer. Sie kamen daher; ganz plötzlich und unerwartet traten sie in ein fremdes Leben und lenkten dieses Leben in eine neue Bahn. Wie rasch ist ein Unheil geschehen, man glaubt es nicht.

Gedanken eines Bummlers, eines Wiesenfaulenzers. Wer wird denn mit geschlossenen Augen in blühenden Gräsern liegen und sich mit Ursula herumstreiten! Wenn sie jetzt daherkäme, sag ich!

Eine junge Dame steht mitten in den Gräsern, hat den Kopf ein wenig gebeugt und schaut mich an.

Ursula.

Habe ich geträumt, bin ich noch mitten im Traum?

Nein, ich bin wach, natürlich bin ich wach. Springe ich nicht auf und starre das Mädchen an, das vor mir steht und lächelt, Schwermut in den Augen, einen Schalk dazwischen? Ist es nicht ein wahrer Rausch glänzender Haare, dunkel, fast schwarz, wundervoll zum Scheitel geworfen?

»Habe ich Sie erschreckt?«, höre ich ihre Stimme. O Menschheit, wie melodisch klingt diese Stimme.

»Wer sind Sie?«, stammle ich verwirrt, »woher kommen Sie?«

»Aus dem Rheingold-Express.« Sie lacht belustigt und weidet sich an meiner Bestürzung. Keine Funken aus den Strümpfen.

»Rheingold-Express?! Reden Sie keinen Unsinn. Sie kommen aus einem Buch, hier aus diesem Roman kommen Sie.«

Sie hat mir das Buch aus der Hand genommen und betrachtet es triumphierend. Eine herrliche Freude blüht aus ihren Augen.

»Die sieben Glückseligkeiten!«, sagt sie. »Mein Roman!«

»Wenn Ihnen das Leben lieb ist, sagen Sie nicht, dass Sie Ursula heißen.«

Ein wenig senkt sie den Kopf, die Arme sind auf dem Rücken verschränkt. Es wetterleuchtet in ihrem Gesicht, mit dem Fuß stößt sie nach einem Schneckenhaus.

»Ich heiße ... Ursula.«

»Ein Hexenstrumpf. Sie kommen aus des Teufels magischem Kabinett!«

»Nein, aus dem Rheingold-Express.«

»Rheingold-Express?! Dann bin ich der Mann im Mond.«

»Schauen Sie sich nur einmal um, dort steht er.«

Ich wende mich um. Richtig, dort steht mitten auf freier Strecke ein vornehmer Luxuszug, die langen Wagen sind violett und elfenbeinfarben, eine gewaltige Lokomotive ist vorgespannt und stößt Dampf aus. Dort steht wirklich der Rheingold-Express. Es muss irgendetwas nicht in Ordnung sein mit diesem großartigen Zug, mit diesem Schienengewaltigen, der bei Gott nicht gewohnt ist, hier im Freien in der Nähe einer Zuckerfabrik die Bremsen zu ziehen. Bedeutsame Ereignisse müssen es sein, die diesen Vierländerteufel in seinem rasenden Lauf aufgehalten haben.

»Ist es möglich, dass Sie hier vor mir stehen?«

»Natürlich stehe ich da. Wissen Sie auch, warum ich gekommen bin?«

»Um mir zu beweisen, dass es Hexenstrümpfe gibt.«

»Nein, ich habe einen Fleck am Kleid. Sehen Sie, hier.«

»Einen Fleck am Kleid? Hat ein Fleck am Kleid zur Folge, dass Träume sich verwirklichen, dass Romangestalten lebendig werden, dass ein kleines Pech sich in Glück verwandelt?«

»Pech scheint es zu sein oder Wagenschmiere. Der Expresszug hat unfreiwilligen Aufenthalt, im Bahnhof der nächsten Station ist ein Güterzugwagen entgleist; die Strecke ist nicht frei.«

Gott segne alle entgleisten Güterzüge, denke ich blitzschnell; nie in meinem Leben habe ich mich um entgleiste Güterzüge gekümmert, sie waren mir einerlei, keinen Herzschlag hatte ich für sie.

»Ich bin aus dem Wagen geklettert und habe mir das Kleid beschmutzt. Sie haben gewiss Benzin in Ihrem Ratterkasten, Sie können mir den Fleck aus dem Kleid machen.«

»Ho ho hooooo!« Ich lache, dass die Finken von den Bäumen fliegen. Sie lacht mit, wir lachen beide, wir sind ganz aus dem Häuschen vor lauter Lustigkeit.

»Sofort werden wir den Fleck vernichten, da passen Sie mal auf, wie schnell der Fleck verschwunden ist. Ich will ein miserabler Kerl sein, wenn ich dem Fleck nicht den Garaus mache. Sagen Sie mir nur eines: Wissen

Sie, dass Sie die Hauptfigur dieses Romanes sind?«

»Natürlich weiß ich das. Der Verfasser ist mir wohlbekannt und steht mir nahe. Er steht mir sogar sehr nahe.«

»Sehr nahe steht er Ihnen?« Wie weh mir das tut, wie mir das die Kehle abschnürt.

»Ein ganz spaßiger Zufall. Gefällt Ihnen der Roman?«

»Großartig, wie konnte ich nur leben ohne diesen Roman!«

Wieder blitzen ihre Augen, wieder lässt sie Teufelchen in die blaue Luft steigen.

»Denken Sie nur, das bin ich, diese Ursula steht hier vor Ihnen und hat Wagenschmiere am Kleid. So sieht eine berühmte Romanfigur aus.«

»Sind Sie auch in Wirklichkeit eine junge Opernsängerin?«

»Das bin ich, verlangen Sie bitte kein Autogramm.«

Sie nickt keck mit dem Kopf und steht selbstbewusst da, eine junge blühende Primadonna, eine Edelzucht aus dem Garten der Welt.

»Einen Augenblick nur«, sage ich in meiner Verwirrung, »nehmen Sie doch bitte hier in den Gänseblümchen Platz. Keine Angst vor den Heupferdchen und Hummeln, alles Getier ist uns heute Freund.«

Ich stolpere zu meiner Maschine und zapfe Benzin ab, schon sitzen wir zusammen in der summenden Wiese, Ursula und ich, die Primadonna und der Mann mit dem kleinen Pech, mit dem Bücherpech, dem Alexpech.

»Jetzt aber dem Fleck zu Leibe, Kampf der

Wagenschmiere, die ich von heute an verehre.«

Und ich reibe nur so drauflos. Welch ein Duft strahlt von Ursula aus. Riecht man Benzin, nein, man riecht nicht eine Spur von Benzin, Ursulas Duft, Ursulas Zauber überstrahlt alle Gerüche des gewöhnlichen Petroleumdestillates.

Wenn ich Glück habe, denke ich, bleibt der Fleck hartnäckig, wenn Gott mir beisteht, lässt sich der Fleck nicht so ohne weiteres vertreiben.

Ich komme näher an Ursula heran, wir starren uns an, es klingt und singt und hämmert in meinem wirren Kopf.

»Wenn es keine Wagenschmiere gäbe ...«, stottere ich und schaue voll Andacht in ihre Augen.

Ursula lehnt sich nach rückwärts, stützt die Arme auf und schaut in den Himmel.

»Warum sitze ich hier? Wie schauen Sie nur aus? Ich weiß es nicht. Wie aus einer ganz anderen Zeit. Der Fleck ist fort, danke sehr.«

»Noch nicht ganz, lassen Sie mich noch ein wenig reiben. Wohin fahren Sie eigentlich mit diesem großartigen Luxuszug?«

Seht nur dieses Lächeln, hinter dem die Gedanken ihre Zickzacksprünge machen.

»Vorerst nach Karlsruhe zu einem Gastspiel.«

»Gastspiel in Karlsruhe? Die Menschen werden das Theater stürmen, die Karlsruher werden sich nicht halten lassen; auch ich werde im Parkett sitzen. Und weiter?«

»Von Karlsruhe mit meinem Onkel auf sein schönes Weingut in der Pfalz; nach Deidesheim, wenn Sie es wissen wollen.«

»Onkel? Was für ein Onkel denn um Gottes willen?«

»Ein lieber Onkel, sage ich Ihnen, ein großartiger Onkel. Drüben sitzt er im Zug und ... da, nun türmt er!«

Ein langgezogener Pfiff, fauchendes Geräusch ausströmenden Dampfes, Knirschen und Stöhnen gequälter Stahlmassen, tschsch tsch, tschschsch tsch, ... der Rheingold-Express zieht an und fährt davon.

Ursula stolpert hinterher. Sie will ihn anhalten, den Expresszug, Gewicht etwa dreihundert Tonnen, anhalten will sie diese in Bewegung geratene Stahlmasse. Größenwahn. Der Onkel, richtig der Onkel!

Dort winkt und fuchtelt er zum Fenster heraus. Beide Arme stößt er in die Luft.

Ich denke blitzschnell; wenn du nie gebetet hast, Hans Hiedewohl, dann bete jetzt! Lieber Himmel und Herrgott, lasse deine Vorsehung walten und gib, dass der Onkel aus Deidesheim die Notbremse nicht zieht.

Er zieht sie nicht, der Himmel mit all seinen Bewohnern ist mir gut gesinnt; ich stehe in gutem Ruf dort, man will mein Bestes, ich genieße ein gewisses Ansehen über den Wolken. Ach, da dampft er dahin, der violette Express. Da qualmt er durch die Landschaft, ich wünsche ihm eine angenehme und ungehinderte Fahrt.

»Ich freue mich gewaltig, weil Ihnen der Express davon ist!«, sage ich.

Klatsch, habe ich eins auf der Backe. Ein Glück nur, dass sie keinen Schildkrötenring trägt.

Sie bereut auch schon ihre ungestüme Art;

Melancholie und Schalk versammeln sich in ihren Augen, es schimmert feucht in diesen Wunderschächten.

»Sie dürfen mir nicht böse sein«, sage ich und fühle ein Brennen auf der Backe, »der Zug ist dahin.«

»Und was geschieht mit mir?«

»Vorläufig nichts.«

»Ich will es Ihnen sagen, Sie laden mich auf Ihren Knochenschüttler und bringen mich ins Schlosshotel nach Karlsruhe.«

»Habe ich recht verstanden? Sie wollen mit mir zusammen bis nach Karlsruhe fahren? Ist kein Eingeborener zur Stelle, der mir die schlimmsten Umwege verraten kann?«

»Außerdem habe ich Hunger; haben Sie denn etwas zu essen?« Ursula hat Hunger. Es wird Rüben geben auf den Äckern, Rettiche wird es geben und Kartoffelknollen, überlege ich, vielleicht kann ich einen Hasen fangen, den wir am Spieß braten.

»Vorläufig habe ich nichts, aber ich will stehlen gehen auf den Feldern, es muss sich etwas finden ... wenn Alex da wäre, müsste er in die Zuckerfabrik ...«

Ursula hat sich mitten ins Gras geworfen. Da liegt sie, auf dem Rücken, Hände unter dem Kopf, die Knie nach oben gestellt. So liegt sie da, Wundergeschöpf zwischen Gräsern und Blüten, jeder Heuschreck ist zu beneiden.

»Wenn Sie nur kurze Zeit in der Wiese liegenbleiben, will ich für Nahrung sorgen, durchaus möglich, dass eine Bauernfrau daherkommt mit Eiern im Korb, mit Käse oder Räucherware, ich kann sie berauben.«

»Sie reden so hanswurstig daher. Als ob Sie dauernd aus dem Häuschen geraten wären. Vorläufig setzen Sie sich mal an meine Seite.«

Ich sitze schon, in meinem Leben habe ich mich nie so geschwind ins Gras gesetzt.

»Da sitze ich, Fräulein Ursula ...«

»Ursula Ulrichs!«

»Fräulein Ursula Ulrichs, da sitze ich also. Ich hätte nicht nötig, wieder aufzustehen. Soll ich nun ein wenig Radiomusik machen? Wünschen Sie Wellen aus Berlin, aus Budapest oder Rom?«

»Haben Sie einen Westentaschenradio?«

»Das nicht, aber einen wandernden Radio. Nur eine Minute Geduld.«

Ich baue meinen Röhrenapparat auf mit der Spinnwebeantenne. Aus Budapest kommt bald Zigeunermusik. Da ist sie schon. »Nicht so stark, bitte.«

Sie liegt da und rührt sich nicht; die Augen weit aufgeschlagen, blickt sie ins Blau des Himmels. Wolkenschiffe, Segler im Unendlichen, wandernde Wünsche. Die Wiese tönt stärker, die Zigeunermusik aus Budapest feuert alle brummenden und summenden Insekten mächtig an. Mit vollen Stimmen legen sie los, selbst die Finken und Meisen helfen mit, der liebe Gott wandert durch das Gräsermeer, ganz in unsere Nähe kommt er, ich fühle seinen Zauberodem.

»Rohe Weißrüben sind gar nicht schlecht«, höre ich Ursula sagen. Sie versteht nichts von Landwirtschaft, sonst müsste ihr bekannt sein, dass es um die Spargelzeit noch keine essbaren Weißrüben gibt.

»Ich weiß, wo es eine ganz besondere

Feinschmeckerei gibt«, sage ich, weil mir nämlich etwas Abenteuerliches einfällt.

»So, wo denn?«

»Geräucherte Rheinaale, keine Viertelstunde von hier entfernt, in Rheinhausen.«

»Ist das Budapest?«

»Immer noch Budapest. Wäre Ihnen Rom lieber oder etwas Asiatisches?«

»Nein, nein, lassen Sie nur. Man könnte immer so liegenbleiben. Ich habe manchmal solche Sehnsucht nach einem bunten Abenteuer.«

Wie still sie das sagt, ganz verändert ist ihre Stimme, weit fast und schläfrig verträumt und selig verschwimmend.

»Das Abenteuer ist für die Auserwählten, Fräulein Ursula. Man darf es nicht suchen, es fällt wie ein Stern vom Himmel.«

»Unsere verborgenen Wünsche gehen auf die Suche nach Abenteuern. Wir sind ohne Ruhe unser ganzes Leben lang. Gefangene, festgehalten in unsichtbaren Räumen; immerfort an Fenstern stehend und den Abenteuern nachschauend, die wie Vogelschwärme an uns vorüberflattern. Geräucherte Aale, sagen Sie? Irgendwo in einer Bauernstube am Strom, meinen Sie das? Altes Gasthaus am Rhein, Dämmerung und Deidesheimer Wein. Und geräucherte Aale. Stellen Sie mal Budapest ab, es ist mir zu nahe. Träume reichen weiter als Radiowellen.«

»Ich habe auch Persien auf der Walze. Wenn Sie wollen, will ich Ihnen zehntausend Rosen von Schiras schenken.«

»Immer Hanswursterei.«

»Ich habe gewusst, dass ich Ihnen begegnen würde. Ein Mann aus Knoden hat mir das prophezeit.«

»Mir hat die Mutter den Galgen prophezeit, weil ich so sprunghaft bin. Bin ich sprunghaft, sagen Sie es mir bitte ruhig ins Gesicht! Ich lüge auch furchtbar gerne. Möglich, dass alles gelogen ist, was ich Ihnen erzähle, Herr Niemand.«

»Ich heiße Hans Hiedewohl. Da sitze ich an Ihrer Seite. Was musste alles geschehen, bis es endlich möglich war, dass ich hier sitze und nicht mehr aufzustehen beabsichtige. Stellen Sie sich nur einige Stationen meines Lebens vor: Geboren, Knopf verschluckt und beinahe tot, gewachsen, ein Motorrad gekauft für zwei Rippen und einen Unterarmbruch, taubenblaues Auto mit verschleierter Dame, Bücherdiebstahl, Rheingold-Express, Ursula. Wer will dieses Leben begreifen.«

»Schwärmer.«

»Hören Sie zu: Ein Mensch mit Namen Alex Grauvogel, ein begabter Luftikus, kommt daher und entwendet mir ein Dutzend Druckerzeugnisse. Warum musste er Bücher stehlen, warum musste ich dieses Pech haben? Um Sie kennenzulernen. Hätte Alex mich nicht begaunert, ich wäre an Ihnen vorbeigetrieben. Die Weltgesetze sind naiv.«

»Legen Sie so großen Wert auf meine Bekanntschaft?«

»Ein Stern ist vom Himmel gefallen.«

»Für mich nicht, ich würde viel lieber im Rheingold sitzen und Tee trinken. Ehrlich, Herr Hans, schaue ich aus wie eine Künstlerin, sieht man mir die Sängerin an? Übrigens, warum schleppen Sie so viele Bücher mit herum, wie kann ein Mensch, der Alex heißt, Ihnen ein Dutzend Bücher stehlen?«

»Ich bin Buchhändler. Wir haben vier Schaufenster.«

»Buchhändler sind Sie! Jetzt wird mir alles klar. Ein Romantiker. Hahaha, so ein Buchhändler, wie viel Schwefel er verqualmt, wie viel Feuerchen er anzündet und Raketen verpufft. Sie fallen wohl immer Schwindlern in die Hände? Vorsicht, wenn Sie sich mit mir einlassen. Ich bin eine verlogene Pflanze unter diesem Himmel. Wer aus Romanen entspringt, dem ist nicht zu trauen. Kommen Sie zu den Räucheraalen, ich muss heute Abend im Schlosshotel sein, sonst ist der Teufel los.«

Wir fahren dahin durch die blühende Welt. Ursula sitzt bei den Büchern, ein Stück geniales Leben zwischen toten Zeilen und Einbänden, ihr eigenes Buch hat sie in den Händen und liest.

»Da fahre ich mit einem wildfremden Buchhändler über die Landstraßen und lese mich selber. So was von Verrücktheit.«

»So was von verwegenem Glück. Holla, was ist das? Dort hat er sich die Haare schneiden lassen!«

»Wer denn?«

»Alex Grauvogel, der Spargelfeind, der Spatz unterm Himmel.«

Wir fahren an einem Friseurladen vorüber. An der kleinen Schaufensterscheibe prangt ein Original-Alex-Vers.

Die schmucke Frisur
Vom Fachmann nur!

»Dafür hat er sich die Haare schneiden lassen. Ein spaßhafter Chausseehase, sage ich Ihnen, ein Tippler, mit einem Schuss Größenwahn.«

»Vielleicht reif für Frau Karolas Vogelhaus«, sagt Ursula.

»Karolas Vogelhaus?! Kennen auch Sie dieses Vogelhaus?«

»Ich werde es kennenlernen.«

Dunkle Zusammenhänge, denke ich im Weiterfahren, die Knodener Kunst ist über uns.

* * *

Wir haben Aale gegessen und Wein getrunken, es ist wie im Märchen, ach, wir Kinder!

Der Pfälzer Wein lässt uns Flügel wachsen. Man kommt auch leicht davon ins Stottern, die Zunge geht ihre eigenen Wege. Ursula zum Beispiel stottert, ich möchte sie so nicht auf der Bühne sehen.

Selig beschwingt schieben wir unseren Rippenbrecher zur Fähre hinunter. Rheinhausen heißt diese Menschensiedlung, der Himmel schenke ihr seinen Frieden.

»Ich ha-abe nicht mal einen Hut«, sagt Ursula. »Wir sind eine richtige Bettelmannsfuhre.«

»Wir bleiben noch eine Weile am Rhein sitzen. Der Wind weht so angenehm um den heißen Kopf.«

»Ich muss heute Abend im Sch … Schlosshotel sein.«

»Sie stottern.«

»Ich sto - stottere nicht.«

»Doch. Im Augenblick haben Sie wieder gestottert.«

»Sie hören alles doppelt, weil Sie zu viel Deidesheimer getrunken haben.«

»Dann müsste ich Sie doppelt sehen. Ich sehe Sie aber nur einmal.«

»Nur einmal?! Sie sehen mich nur einmal?«

»Warum sind Sie jetzt erschrocken?«

»Bin ich erschrocken?«

»Als ich sagte, ich sehe Sie nur einmal, sind Sie erschrocken.«

»Sie nehmen sich viel heraus, mir ist toll im Kopf, ich werde schwindelig, wenn das Wasser immerfort so vorbeifließt. Sehen Sie, dort sitzt ein Angler am Rhein.«

Richtig, am Strom sitzt ein Angler und hält die Rute ins Wasser, gewiss hat er einen Wurm an der Angel. Die Rheinfähre, dieses spaßhafte Gefährt, rasselt mit den Ketten. Ein Mann dreht an einer Winde, er richtet die Fähre im spitzen Winkel gegen den Strom. Die Fähre ist stromaufwärts verankert, sie hängt an gewaltigen Ketten und Drahtseilen, es ist eine ganz unglaubliche Geschichte.

Aha, jetzt fährt sie ab, langsam und betriebssicher, ohne Spektakel und viel Aufhebens gleitet sie über den wandernden Rhein.

»Man könnte hier den ganzen Tag sitzen und immerzu gucken«, sage ich zu Ursula. Aber Ursula ist nicht da, sie steht an der Uferböschung bei dem Angler, ich höre, wie sie mit ihm redet. Der Angler erklärt Fräulein Ursula die Landschaft, er spricht vom Rheinwald, vom Auwald und von der Niederung, jenem vergessenen Gestade, zu dem noch keine Segnungen der Kultur - die Jägerflinten ausgenommen - gedrungen sind. Der Mann schaut sich nicht nach mir um, immerfort beobachtet er den Schwimmer seiner Angel, der rasch und hastig, tanzend und hüpfend talwärts drängt. Immer wieder muss er die Angel herausziehen und stromaufwärts von neuem auswerfen.

»Drüben ist der Auwald«, sagt Fräulein Ursula und schaut mich aus glänzigen Augen an.

»Ein Urwald«, erklärt der Angler, »wo noch der wilde Hopfen wächst und die Wildrebe. Dort gibt es Sumpfweiden und Kopfweiden, Erlen und Pappeln, Hainbuchen und sehr alte Eichen. Und viele Tiere leben im Rheinwald. Er ist eine verzauberte Welt.«

Ein sonderbarer Angler, ich muss sagen, nie ist mir ein solcher Angler begegnet. Er spricht das alles zu sich selbst, eintönig in der Stimme und halb vergraben, er wendet sich auch nicht um nach uns, ich glaube, er hat keine Ahnung, wer da hinter ihm steht.

Irgendetwas an dem Mann fesselt mich, eine sonderbare Luft umgibt ihn. Er trägt einen Anzug aus Jägerleinen und hat einen alten, reichlich vom Wetter mitgenommenen Hut auf dem Kopfe. Der Mann ist nicht wie andere Männer, er geht irgendwie abseits, er fällt aus dem Rahmen heraus, etwas Außergewöhnliches ist verknüpft mit ihm. Der Mann steht so nahe meinem Herzen.

Ich trete näher zur Seite und betrachte mir sein Gesicht. Es ist ein stilles, verschlossenes Gesicht, das Gesicht eines Fünfzigjährigen etwa. Bartstoppeln lassen das Gesicht düster erscheinen. Der Mann ist unrasiert. Nun, das wird den Fischen, die er angelt, gleichgültig sein.

Am Hut trägt er ein kleines Federchen, das blaue Flügelfederchen einer Wildente.

Nun ich mir dieses Gesicht noch genauer anschaue, glaube ich, einen bekannten Zug zu entdecken, eine dunkle Ähnlichkeit taucht auf in diesem verschlossenen Antlitz, eine lebendige Ähnlichkeit, hinter deren Bedeutung ich nicht kommen kann.

Ich bringe meinen Mund nahe an Fräulein Ursulas Ohr und sage leise:

»Ich habe das Gefühl, dass ich mit diesem Angler irgendein Erlebnis haben werde. Vielleicht auch ist er mir irgendwo schon einmal begegnet.«

In diesem Augenblick wendet er den Kopf und schaut mich forschend an. Wo habe ich dieses Gesicht gesehen?!

»Viel Getier, wild wie in Urwäldern und verborgenen Wassern. Weiße Reiher nisten dort und Wildschwäne. Haben Sie schon einmal weiße Reiher in der Wildnis gesehen?«

»Nur im Zoologischen«, meint Ursula.

»Haha, das sind keine Reiher mehr, das sind Gespenster. Das sind ... jetzt habe ich einen.«

Er zieht die Angel aus dem Wasser, ein Fisch zappelt silbern am Haken, es ist ein Rotauge.

Der Mann nimmt rasch den Fisch von der Angel und tötet ihn. »Man wird sentimental mit den Jahren, die Nerven spielen Eselsstreiche, man mag kein Tier mehr töten. Wer den weißen Wildschwan schießt, hat Unglück. Im kalten Winter neunundzwanzig war der Rhein teilweise zugefroren, es war eine grausame Kälte, in Mengen ist das Wild erfroren. Ein weißer Schwan war festgefroren auf einer Eisscholle, die langsam den donnernden Strom hinab trieb. Ein Jäger schoss den Schwan, man fand den Mann morgens tot im Bett mit

Würgemalen am Halse. Die alte Wanduhr war stehengeblieben.«

»Ein Märchen wohl, eine Gespenstergeschichte.«

Ich glaube nicht an solche Begebenheiten, ich bin ein Mensch, nüchtern und mit klarem Verstand im Leben stehend, ein Buchhändler im Schrittmaß moderner Zeit.

»Ich glaube daran«, sagt Ursula leise, »es gibt ungeheuerliche Dinge, ich habe selbst welche erlebt.«

»Was wollen Sie erlebt haben mit Ihren jungen Jahren?«, sagt der Angler.

»Oh, ich bin nicht mehr so jung«, antwortet Ursula.

»Erlebnisse machen alt, nicht Jahre!«

»Dann sind Sie uralt, Herr Angler!«, sage ich und bin seltsam bewegt. Wo in aller Welt bin ich diesem Menschen begegnet! Wieder wendet er sich um und schaut mich durchdringend an. Welch ein sonderbarer Blick. Wie zwei Lampen stehen die grauen Augen im Gesicht, überwildert von ergrauten Brauen.

»Herr Angler, Sie müssen Ungeheuerliches erlebt haben. Sie sitzen nicht nur von ungefähr hier am Wasser und lauern auf Rotaugen und Hechte. Sie haben eine Vergangenheit zu verdauen.«

Der Mann hat sich schon wieder dem Wasser zugewendet und starrt auf den Korkschwimmer.

»Manche Menschen sind in ihr eigenes Schicksal zurückgetaucht. Wie in einem Wasser leben sie in der glasigen Welt ihres Schicksals. Wer sind Sie eigentlich? Ein Hochzeitspaar?«

Fräulein Ursula muss belustigt lachen, sie stellt die Beine breit und hat eine sprudelnde Freude.

»Wir kennen uns kaum zwei Stunden«, sagt sie.

Und ich: »Wir sind uns begegnet im Raum, wie zwei Kometen.«

»Und so trennen wir uns auch wieder«, beeilt sie sich zu sagen.

»Sich begegnen und sich trennen, zu dieser Melodie dreht sich die Welt.« Der Angler starrt zu Boden, ich weiß, dass jetzt seine Gedanken weit von uns entfernt sind.

»Ich glaube fast«, sage ich, »Sie sind allein.«

»Was kann stärker bevölkert sein als die Einsamkeit. Ich habe eine Frau gehabt und zwei Söhne. Meine Frau starb, ein Sohn starb; der andere ist weit fort von hier. Er musste flüchtig gehen. Warum erzähle ich Ihnen das?«

Er schaut Ursula aufmerksam an, sein Blick ist suchend, er fahndet nach einem dunklen Zusammenhang. »Ich glaube«, fährt er fort, »ich sage das nur, weil Sie hier stehen, weil Sie wie von draußen gekommen sind, wie irgendeine rätselhafte Botschaft.«

Welch eine veränderte Stimmung plötzlich hier am Rhein, wo die Pappeln im Winde rauschen, wo die Weiden wie silberne Tücher wehen.

»Wir haben Wein getrunken«, sagt Ursula, »es ist alles anders als sonst.«

Der Angler zieht plötzlich seine Angel aus dem Wasser, dreht an der Messingrolle und holt die lange Schnur ein. »Ich fahre jetzt hinüber auf die Rheininsel Floßgrün. Wenn Sie Lust haben, können Sie mitkommen und einen Blick in den Auwald werfen. Diese Landschaft verschenkt sich nicht.«

Mir klopft das Herz bis zum Hals, denn in mir ist eine frohe Ahnung, als ob heute ein besonders entscheidender Tag meines Lebens wäre, ich fühle das Schicksal über mir. Mein Bücherpech nimmt ungeahnte Wandlungen an, dunkle Ursache gewinnt unfassbare Bedeutung.

Still gleitet die Fähre über den unruhigen Strom. Die Stimmen des Wassers, untergründig und verdämmernd, umschwatzen das wunderliche Schiff.

Schon sehe ich den Angler kommen, kräftig sich mühend strebt er in seinem Dreibord unserem Ufer zu.

Wir steigen in das Boot, und der sonderbare Mensch rudert uns langsam in das braune Altwasser hinein. Es ist eine stille Bucht, nur im Schilf hört man das Wildgeflügel schnattern. Die alten Kopfweiden drängen sich dichter zusammen. Erlengebüsch schiebt sich in das trübsinnige Gewässer, in hohen Kurven schaukelt das Schilf. Über die gespenstische Pflanzengemeinschaft stoßen die Pappeln hinaus, phantastische Lanzen mit einem maßlosen Drang nach Himmelsbläue.

»Wenn Sie weiter in den Auwald eindringen«, sagt der Angler, »dann kommen Sie in einen undurchdringlichen Urwald. Ich habe stromaufwärts eine kleine Schilfhütte bei Leimersheim, dort ist der Rheinwald am schönsten, weil er so ungeheuer menschenfern ist.«

Er lenkt den Kahn in das bewegte Schilf, mit zwei kräftigen Ruderschlägen stößt er in den raschelnden Säulenwald. Das Boot spaltet die grüne Mauer, wir sind in einem Käfig, und dann stoßen wir im knirschenden Kies auf Grund.

»Das ist die Rheininsel Floßgrün. Vielleicht ein Stück geheiligten Bodens.«

Er sagt das feierlich, grüblerisch, mit einer stillen Überzeugung in der Stimme.

»Warum meinen Sie das?«

»Hier hat sich Bedeutsames ereignet. Der Rhein ist Deutschlands Schicksal, überall lagert eine verwegene Vergangenheit. Nicht umsonst ist es so still hier, die große Walstatt verträgt keinen Lärm, große Vergangenheit ist ohne Laut und ohne Phrase. Das Übermächtige verliert die Stimme.«

Wir sind über den Kahn hinweg ans Ufer gesprungen, der Mann bleibt auf der Ruderbank sitzen.

»Was hat sich hier Besonderes ereignet, wenn wir fragen dürfen? Es ist keine gewöhnliche Neugierde, wie auch Sie kein gewöhnlicher Angler sind.«

Der Mann macht sein Angelgerät zurecht und nickt verloren mit dem Kopf.

»Um die Zeit der Separatistenherrschaft entschied sich hier bei Schnee und Eis und grimmiger Kälte das Schicksal der Pfalz, das Schicksal vielleicht ganz Deutschlands. Wissen Sie, was das bedeutet?«

»Das Schicksal Deutschlands?«

»Ich will Ihnen etwas ins Gedächtnis zurückrufen. Am 9. Januar 1924 wurde im Hotel Wittelsbacher Hof in Speyer der unselige Präsident der autonomen Pfalz, der pfälzische Separatistenführer Heinz Orbis mit zwei Kumpanen von beherzten Männern erschossen. Diese Männer haben ohne viel Aufhebens Geschichte gemacht.«

»O Gott!« Ursula, still und nachdenklich geworden, hat die flache Hand vor die Lippen gelegt.

»Und hier?«

»Hier war ein Stützpunkt der waghalsigen

Expedition, bei der zwei Brave das Leben lassen mussten. Hier war auch ein Fährmann, der übersetzte.«

Er hält eine Weile inne und senkt den Kopf, die unruhigen Finger nesteln an Angelschnüren.

»Der ewige Deutsche war hier!«, vollendet der Angler. »Und jetzt fahre ich hinaus ins Altwasser und will auf Karpfen gehen. Schauen Sie sich um auf diesem Inselgestade, ich hole Sie später wieder ab. Denken Sie an den ewigen Deutschen. Er taucht immer dort auf, wo die Not des Landes am höchsten ist. Er stirbt nie. Einmal starb ein Mensch hier; mitten im Strom schwimmend traf ihn die Kugel. Er war verraten worden. Auch er lebt, sie leben alle.«

Der Angler zieht einen Riemen aus der Dolle und stakt sich durch das dichte Schilf hinaus ins freie Altwasser.

»Mit ihm hat es eine besondere Bewandtnis«, sage ich zu Ursula, »ich glaube, er weiß um große Geschehnisse. Vielleicht war er selbst Fährmann.«

»Vom ewigen Deutschen sprach er. Ich glaube, er war der Fährmann.«

»Diese Landschaft hat etwas Rätselvolles, als ob sie schweigsam neben unserm Leben herginge. Auch dieser Mensch hat eine dunkle Sendung, die wir nicht kennen und nicht begreifen.«

Wir schauen beide hinaus aufs Wasser, wo der Angler mit der langen Rute sitzt, unbeweglich, festgebannt in ein verwunschenes Szenarium.

»Ursula, er ist wie ein Wächter am Strom.«

»Ja, wie ein Wächter am Strom.«

Sie schaut mich fragend an, dunkler Glanz bricht aus ihren Augen.

Wir machen uns auf und dringen ins Innere der Insel vor. Ich sehe plötzlich eine Gestalt zwischen den Dämmerschatten der Bäume.

Marlena. Dort steht Marlena.

Nein, es ist eine alte Kopfweide. Tollheit.

* * *

Zwei Menschen sind in eine Wildnis verschlagen. Sie dringen in ein Eiland vor, über gestürzte Baumstämme sich mühend, gegen Schilfwälder anstürmend, erschauernd innehaltend unter greisenhaften Weiden, Wild aufstöbernd und fremdes Getier. Vertrockneten Schlamm treten ihre Füße, verendete Pflanzen, flechtenüberzogenes Gewirr aus Hochwasserzeiten, würgendes Schlinggewächs.

Ursula, fremde Seele an meiner Seite. Ursula, zwischen Wind und Weite mir begegnet, welch ein Glück, der Himmel warf uns auf eine Rheininsel. Ursula. Grüne Insel.

Wind ist aufgekommen, vorsommerlicher Wind von Süden her. Hört nur, wie das Schilf saust und singt, wie die Weiden silbern blinken, wie die Pappeln mit den Kronen schaukeln und wie unsere Haare wehen im Odem des wachsenden Jahres. Ursula, du blühendes Rätsel, du Menschengefährte, den ich einem entgleisten Güterzug zu verdanken habe, wie soll dieses Spiel enden! Ein aufgestörter Inselhase hoppelt davon. Das Dickicht ist bevölkert von Fasanen. Allerorten brechen sie aus dem Versteck, enteilen gestreckten Körpers oder fliegen gurrend davon.

Draußen, wo das stille Wasser glänzt, tummeln sich die Wildenten, die Wasserhühner und Haubentaucher.

»Ursula, das kam so: Ich sah einen Schornsteinfeger und dachte, der Schwarze bringt dir Glück. Zwei Rippen und eine Unterarmfraktur. Das Glück geht wunderliche Pfade. Glauben Sie an Schornsteinfeger?«

»Ich glaube nur an Ihre Narrheit. Außerdem liegt hier ein Kahn im Wasser.«

»Ja, ein Kahn, ein ausgedienter Geselle, ich möchte nicht mit ihm über den Rhein steuern.«

Ursula sitzt schon in dem morschen Fahrzeug, halb ist das Wrack aufs Land gezogen, die Spitze schaukelt im dunklen Altwasser.

Ich setze mich an Ursulas Seite auf die Ruderbank, es ist sehr einsam hier, man hört das Lied der Welt. Die Welt singt auf ihre besondere Weise, man muss wachen Sinnes sein, um ihre Melodie zu hören.

»Einen Tag lang Räuberdasein«, sagt Ursula und starrt ins Wasser.

»Sie sollten ein Lied singen. Fräulein Ursula.«

Ursula fährt erschrocken hoch und schaut mich angstvoll an.

»Singen soll ich? Hier in dieser Wildnis singen, das ist nicht Ihr Ernst; nein, Sie scherzen wirklich. Ich singe hier nicht, warum sollte ich singen?«

»Weil Gott Ihnen die Stimme gab. Hier wohnt Gott.«

»Hier wohnt Gott? Ich sehe ihn nicht.«

»Man fühlt ihn. Singen Sie ein Lied, Fräulein Ursula!«

»Ich kann jetzt nicht singen, mir ist das alles viel zu fremd, die alten Bäume, das Schilf und das tote

Gewässer. Hören Sie nur, ein Schiff ruft. Ganz in der Ferne ruft ein Schiff. Ich singe wirklich nicht.«

»Sie singen nur im Theater?«

»Ja, nur im Theater, sonst nirgends. Im Theater singe ich gerne. Hat Ihnen der Roman gefallen, bin ich nicht eine sonderbare Heilige in diesem Roman?«

»Doch, das sind Sie, der Dichter ist wohl Ihr Freund?«

Sie lächelt ein wenig, der Blick senkt sich, der Mund wölbt sich, die Lippen werden feucht. Ich fühle einen quälenden Schmerz bei diesem Lächeln. Sie ist eine Komödiantin, man sollte sich beizeiten retten vor ihrem gefährlichen Lächeln. »Sprechen Sie es ruhig aus, am Ende lieben Sie ihn?«

Sie tötet mich, wenn sie ja sagt, geht es durch meine Gedanken, ich habe nicht mehr nötig, nach Italien und Sizilien zu fahren, nach Afrika und nach den südländischen Inseln. Das Lächeln leuchtet wie eine trunkene Blüte in ihrem bräunlichen Gesicht. Der Schalk mischt sich mit Melancholie.

»Ich bin froh, dass Sie schweigen.«

»Wenn ich antworte, wird es eine Lüge. Ich habe schon zu viel gelogen in meinem Leben, ich weiß nicht, warum ich so gern lüge. Es ist so verlockend, Rollen zu spielen, das Komödiantische lässt uns nicht mehr los, die Bühne und die Sucht nach der Bühne, beides verdirbt den Charakter. Lassen Sie es still sein um uns.«

Sie kauert sich im Kahn nieder, beugt sich über Bord und schaut in den dunklen Spiegel des Wassers. Ihr Bild malt sich auf der schimmernden Fläche, manchmal leise erzitternd und von Schleiern überwölkt.

»Sie müssen ganz ruhig bleiben«, flüstert sie und schaut ins Wasser. Die Flut ihrer Haare fällt nach vorn, ein sonderbarer Duft entströmt den hängenden Flechten.

»Sehen Sie mein Bild im Wasser?«

»Ursula über der Tiefe.«

»Fällt Ihnen nichts auf an diesem Bild?«

Ich komme nahe an ihre Seite, die Wärme des Körpers fühle ich wie einen Schauer, es ist eine beglückende Minute, ich könnte ihre Haare berühren mit meinem Mund.

Seite an Seite schauen wir in das zitternde Wasser.

»Ganz still, nicht bewegen. Jetzt sind wir alle beide im Wasser. Dort ist der Buchhändler, hier bin ich. Fällt Ihnen gar nichts auf?«

»Mir fällt wirklich nichts auf.«

Wir schauen uns an, eine silberne Brücke verbindet unsere Augen. Unfassbar nahe sind wir uns, auf der silbernen Brücke könnten wir zu einer Gemeinschaft zusammenfinden. Ein fremder Vogel ruft im Schilf, es ist ein schwingender, läutender Ruf.

»Was denn, Ursula?«

Wieder lächelte Ursula, hundert Teufel geistern aus diesem Lächeln. Zum zweiten Male ruft der fremde Vogel. Der Südwind kämmt die gläsernen Halme.

»Unser Spiegelbild ist ein zweites Wesen. Im Wasser ist eine andere Ursula. Denken Sie nicht darüber nach. Was für ein Vogel hat gerufen?«

»Ich weiß es nicht.«

»Wir wollen warten, bis der Vogel wieder ruft.«

Sie hat sich mit dem Rücken gegen die Bordwand des alten Wracks gelehnt und den Kopf nach oben gerichtet, über Schilf und windbewegte Weiden hinweg schaut sie hinauf in den Himmel.

»Hören Sie, nun ist plötzlich kein Wind, manchmal hält die Welt den Atem an.«

Beide Arme hat sie nach rückwärts aufgestützt und schließt, das Gesicht immer noch dem Licht dargewandt, die Augen. Zuckend liegen die Lider mit den schweren Wimpern über den erloschenen Sternen.

Wie viel Zauber in diesem Menschenantlitz.

Ich beuge mich langsam über Gottes ewige Maske und küsse die feuchten, roten Lippen, es gibt nur den einen Weg in dieser verzauberten Stunde.

Ursula rührt sich nicht, während ich sie küsse, ich schlinge beide Arme um sie und jetzt, mitten in der Lohe des Kusses, sinkt ihr Kopf nach hinten.

Erde, Weltall, Geburt, Jahrtausende, Sizilien, denke ich in einer kreisenden Wirrnis, Liebe, Tod, rufender Vogel, Schlosshotel. Schlagen Flammen aus der Erde, brennt das Schilf? Stürzen die Bäume, wälzen sich Wasserberge heran?

Feurige Garben über mir. Mir wird bald etwas Schreckliches zustoßen, denn so viel Glück kann nicht auf einen einzelnen Menschen stürzen.

Sie schlägt die Augen auf, zwei Sterne werden neu geboren. Ein Frieren läuft erschauernd über meinen Körper.

Horch, ein Vogelruf!

»Ursula, dort!«

Zwei weiße Reiher streichen mit lautlosem Flügelschlag an uns vorüber. Über den Weiden verschwinden sie wie silberne Abendwolken.

»Ursula!«

»Lass mich allein.«

Sie steigt aus dem Boot, sie schaut sich nicht um, langsamen Schrittes taucht sie in die Dämmerung der Gespensterweiden. Warum zittere ich so, warum bin ich so ohne Haltung und Fassung, was ist geschehen mit mir?

Ich sitze im Boot, den Kopf in beide Hände gestützt, ich kann nichts denken, möglich, dass ich hier verbrenne, dass ich zu Asche werde, im Zerfallen noch dankbar für die Gnade dieses Untergangs.

Warum kommt Ursula nicht zurück? Ich muss mich aufmachen und Ursula suchen. War nicht irgendwo ein Mann, ein wunderlicher Angler, der uns hierher brachte?

Ich bin in diesem Augenblick ein anderer Mensch geworden. Ich gehe, um Ursula zu suchen. Die ganze Insel durchstreife ich, jetzt erst sehe ich ihre Größe. Zwischen Dämmen ist fruchtbares Land, Ackerscholle und gebärende Erde, der Wildnis abgerungen. Zwischen Dämmen schreiten Bauern hinter Pflug und Egge. Saat sprießt auf, und Keime öffnen sich. Ich finde Ursula, draußen am Strom, auf dem großen Damm. Sie ist gegen eine Pappel gelehnt, ihre Haare wehen im unruhigen Wind.

Auf dem Rheinstrom regt sich gewaltig das Leben. Große Dampfer, schwarzen Qualm aus Schornsteinschlünden stoßend, schaufeln vorüber, gewaltige Schleppzüge mühen sich wogenschäumend gegen den Strom. Menschen sind auf den Kohlenschiffen, auf den Getreideschiffen, auf den Holzschiffen. Blumen blühen in Kästen neben der gehäuften Fracht, Wäsche flattert tobend im Wind,

Hunde bellen, tuuu ... so brüllen die Schiffe, tuuu brüllen sie, denn sie wollen durch die Schiffbrücke, sie melden aus dröhnenden Dampfsirenen ihr Kommen. Die Bugwellen erreichen das Ufer, klatschend und schäumend springen sie gegen die Dammböschung.

Tuuu - trooo ... schwarzer Qualm ... schapp, schapp, schapp ... Radschaufeln ... Halloo, ein Mann, am großen Rad stehend, ruft herüber ans Ufer. Was will er, der Himmel mag es wissen. Er winkt, er ist guter Dinge, er ist mitten im Leben, im Kampf, in der Schönheit, in der Arbeit. Es drängt ihn, zu uns herüberzurufen. Hohooo, gute Fahrt, ahoi! Barbara heißt sein Schiff. Barbara aus Mülheim an der Ruhr.

»Barbara heißt sein Schiff!«, rufe ich beglückt.

Ursula wendet den Kopf und schaut mich aus verstörten Augen an.

Ganz am Ende eines Schleppzuges hängt ein alter Frachtkahn. Teufel, das Schiff ist mir bekannt. Vorn am Bug eine Gestalt, auf dem Tauwerk sitzend. Ist das nicht Marlena? Ich erschrecke, warum erschrecke ich denn? Was für dunkle Zusammenhänge, lieber Himmel, sind wir ganz von schreckhaften Geheimnissen umgeben? Regt und bewegt es sich zwischen den Vorhängen unserer Seelen?

Maßlose Macht wohnt dem Unsichtbaren inne, dem Unfühlbaren. Nur die dumpfe Ahnung reicht an unsere Begriffe.

Ich bin recht verwirrt, ein Gefühl habe ich, als müsste ich mich verbergen.

Wie war das mit Stein, Schere und Papier?

»Ursula«, sage ich und fühle das Törichte meiner Reden, »da war ein Mensch, der nahm ein rohes Ei in die Faust, hielt es einige Sekunden umklammert, zack war das Ei hart gekocht. Hahaha, Teufel und Beelzebub. Was rede ich nur, das ist alles so sonderbar.«

Wir gehen durch die Inseleinsamkeit zurück, sie spricht kein Wort zu mir. Lange wandern wir und reden nicht, den inneren Damm verlassen wir und kommen wieder in die Wildnis des Rheinwaldes.

Dort bleibt Ursula stehen, beide Arme schlingt sie um mich und sagt leise:

»Niemand darf das wissen. Hörst du, niemand!«

Sie küsst mich, ihre Augen schimmern feucht.

Noch einmal ist sie mir ganz nahe, ich schlinge beide Arme um sie, das Leben dröhnt in meinen Ohren.

»Ursula!«

»Niemand darf es wissen!«

Der Abend ist nicht mehr weit.

»Ursula, unser Fährmann kommt. Schon ist er im Schilf.«

Das Boot stößt durch den Wald der Halme, es knirscht im Kies.

Ursula springt in das Boot.

Und nun ereignet sich etwas vollkommen Gespenstisches. Der Angler nämlich, aufrecht im Boot stehend, nimmt wie von ungefähr seinen alten Filzhut vom Kopf. Ich sehe deutlich, wie durch das halb ergraute Haar eine silberweiße Strähne zieht.

So steht der Mann vor mir, unheimlich bekannt ist mir sein Gesicht. Ich sah dieses Gesicht, ich sah diese Haare mit der silbernen Strähne bei einem jungen Menschen. Wo denn, wann denn?

»Sie sehen, dass ich erschrocken bin, Herr Angler, es

ist ohne Bedeutung; nichts als eine seltsame Ähnlichkeit.«

Ich wende mich um, und wieder glaube ich, das Mädchen Marlena zwischen den alten Kopfweiden zu sehen.

»Ich bin keiner, der sich narren lässt!«, rufe ich und dringe ins Weidengebüsch vor.

Nichts von Marlena, ich stolpere über Wurzelwerk und Schlingpflanzen. Nichts von Marlena. Was zum Teufel kümmert mich diese verkommene Schlampe.

Aber das Boot ist fort. Dort treibt es im Altwasser dahin. Ursula und der Angler im Boot.

»Oberhalb ist ein Damm!«, ruft der Angler zu mir herüber. »Kommen Sie über den Damm!«

»Über den Damm!«, ruft dann auch Ursula, »über den Damm!«

Ich finde den Damm nicht. Doch, jetzt finde ich ihn.

Ich stürme hinüber, am Ufer des Altwassers renne ich entlang, ganz von Sinnen bin ich.

Da ist die Fähre.

Ursula ist fort.

Der Angler ist fort.

Ich höre ein Auto rufen. Brooo, ruft das Auto. Brooo! Meine Gedanken verwirren sich. Unsinn, man kann doch ein rohes Ei in der Faust nicht hart kochen. Spiegelfechterei, hahaha.

Die Fähre landet.

»Sagen Sie mal, lieber Mann, haben Sie nicht den Angler und eine junge Dame gesehen?«

»Doch, sind gerade mit einem Auto davongefahren.«

»Merkwürdig, einfach davongefahren?«

»Ja, das ging etwas plötzlich und unerwartet.«
»War es ein gelber Wagen oder ein grüner Wagen?«
»Nein, es war ein blauer Wagen.«
»Taubenblau am Ende? Hehe, ich frage nur so. Wie heißt denn eigentlich der Angler? Kennen Sie ihn?«
»Den kennt jedes Kind. Herr Dietrich Hagen. Ein Wissenschaftler, ein Naturforscher.«

Ich wende mich und gehe. Dietrich Hagen, meinetwegen, was soll mir der Name.

Ich gehe zu meinem Motorrad. Im Beiwagen, auf den Büchern, finde ich einen Zettel. »Wir sehen uns bald wieder. Du musst schweigen.«

Was ist denn geschehen? Nichts, nur ein Mädchen kam aus einem Roman und verwirrte mir den Kopf. Ursula. Vor wenigen Minuten noch war sie da. Nun ist sie fort.

Ich nehme den Roman in die Hand und lese den Titel.

‚Die sieben Glückseligkeiten'. Von Wolf Hagen.

Es muss doch eine besondere Bewandtnis haben mit der Knodener Kunst.

* * *

Auf der Kaiserstraße in Karlsruhe befindet sich eine Plakatsäule, dort steht zu lesen: Badisches Staatstheater. Gastspiel Ursula Ulrichs, San Franzisco. So steht hier zu lesen. Kein Traum, keine romantische Angelegenheit.

Gastspiel Ursula Ulrichs. ‚Die Bohème'. Oper von Puccini. Mimi: Ursula Ulrichs.

Ich kann immerzu vor der Plakatsäule stehenbleiben, ich brauche im Leben hier nicht mehr wegzugehen. Es regnet heute, es ist kein erfreulicher Tag. Ein warmer Mairegen gießt boshaft auf mich hernieder. Nein, ich verlasse die Plakatsäule nicht, Regen ist gesund, Regen ist nützlich, die Mairettiche werden wachsen und die Spargeln.

Mimi: Ursula Ulrichs.

Ursula, man erinnert sich doch an Ursula, an das dunkle Kind. Vorsicht, Hexenstrumpf!

Alle Menschen rennen an der Plakatsäule vorbei, niemand bleibt stehen und liest. Ich könnte euch etwas erzählen, da würdet ihr Augen machen. Wenn ich auch hier verregnet und einsam stehe, ich wäre imstande, mich bei euch in ein großartiges Licht zu setzen. Nicht jeder ist mit einer Sängerin bekannt, gut bekannt, darf ich ruhig sagen, es wird nur wenige geben, die mit einer berühmten Operndiva im Rheinwald, auf einer Insel namens Floßgrün ... mehr sage ich nicht. Niemand darf wissen, dass ich mit ihr geräucherte Aale gegessen habe, dass sie gestottert hat und im Zauberdickicht des Rheinwaldes mit mir in einem alten Fischerboot saß. Ein Geheimnis ist um mich und Ursula, und dieses Geheimnis lässt mich nicht mehr zur Ruhe kommen. Ich grüble, früher habe ich nie gegrübelt, mögen Philosophen grübeln.

Mimi: Ursula Ulrichs.

Möglich, dass sie unser Verhältnis noch nicht enthüllen will; dass verschiedene Umstände sie zwingen, die Aale und den Rheinwald zu verheimlichen.

Höchste Zeit, dass ich mir eine Eintrittskarte hole.

Ein großer Schreck durchfährt mich; ich bin ein berühmter Pechvogel, ich wundere mich nicht, wenn es keine Eintrittskarten mehr gibt.

Durch den klatschenden Regen renne ich nach der Theaterkasse und erhalte noch eine Karte für die Galerie.

»Ist die Sängerin berühmt?«, frage ich.

»Sehr berühmt und sehr beliebt«, sagt das Fräulein mit den rotbraunen Haaren, »sie kommt aus Amerika.«

»Danke, vielen herzlichen Dank. Ich bin nass vom Regen, ich habe an einer Plakatsäule gestanden.«

Ich glaube, Ursula nimmt mich nicht ernst. Wie sollte sie, die unter so vielen Künstlern wie ein Wandelstern kreist, die in der Welt umherzieht, die bejubelt wird, umschwärmt und umworben, wie sollte sie ihr Herz an einen Buchhändler mit vier Schaufenstern verlieren, an einen Menschen, der schon einmal einen Knopf verschluckt hat und um ein Haar daran erstickt wäre.

Abends klettere ich auf die Galerie, tadellos trocken, im frisch gebügelten Anzug.

Parkett, Logen und Ränge wimmeln von Menschen, es ist ein wahrer Hexensud. Lichterfluten stürzen aus vielen hundert Glühbirnen. Im Orchesterraum sitzen schon die Musiker und stimmen ihre Instrumente.

Auf der Galerie hier ist es wie in einer Bücklingskiste. Wenn die Leute wüssten, wer ich bin, sie würden sich anders benehmen, sie würden mir Platz machen und sich nicht so breit und fett hinsetzen, wie es mein rechter Nachbar tut. Er hat Watte in den Ohren, sicher hat er Ohrenweh. Wenn der Mann nicht so geschwollen täte, ließe ich vielleicht mit mir reden, ich meine wegen meines Gehöröls. Wie bekannt ist, besitze ich ja ein Fläschlein Gehöröl, das ich von Herrn Häutle erstanden habe.

Der Mann spielt sich auf, als ob er die Bohème allein komponiert hätte, so nebenbei, zwischen Frühstück und Mittagessen.

Ich rate ihm nicht, sich irgendwie abfällig über Ursula zu äußern, das könnte ihm übel bekommen.

Kaum habe ich das gedacht, da sagt er auch schon: »Bin mal gespannt, was für ein fremder Braten uns da wieder aufgetischt wird.«

Mit dem fremden Braten meint er Ursula, es besteht kein Zweifel. Ich stoße vor und schaue ihm drohend ins Gesicht.

»Wieso Braten? Wen meinen Sie mit dem Braten?«

»Den Gast meine ich, den amerikanischen Braten, gewiss wieder eine dritte Garnitur.«

»Sie haben ja den Braten noch gar nicht gerochen. Wer Watte in den Ohren hat ...«

»Kümmern Sie sich nicht um meine Angelegenheiten.«

»Ruhe!«, ruft von hinten eine Stimme. Einige Galeriebeflissene recken die Hälse, der dicke Mann nimmt eine streitsüchtige Haltung an, seine Augen werden rund und gedunsen, die Unterlippe schiebt sich vor.

Eine liebenswürdige Frau, die links neben mir sitzt, will versöhnend wirken.

»Haben Sie schon mehr Opern gesehen?«, fragt sie mich und lächelt; sie hat einen fetten Mund, weil sie nämlich ein Schinkenbrötchen verspeist hat.

»Natürlich«, antworte ich ihr, »aber natürlich; erst in

letzter Zeit habe ich wieder einige Opern gesehen, ›Maria Stuart‹ und den ›Gewissenswurm‹.«

Hört nur, wie sie im Umkreis meckern und sich freuen, die Bänke wackeln, so ehrlich freuen sich die Galeriekartenbesitzer, weil sie glauben, in mir einen Dummen gefunden zu haben.

»Das sind doch keine Opern«, kichert die liebenswürdige Dame.

»Und so was mischt sich in Kunstgespräche«, brummelt der dicke Mann und schiebt die Unterlippe noch weiter vor. Es wäre mir ein leichtes, diesem Nebenmann die rechte Antwort zu geben, sofort könnte ich ihn zum Schweigen bringen.

Mein Herr, könnte ich sagen, ich sitze nur aus Laune hier, aus schrullenhafter Liebhaberei; genau genommen, gehöre ich in die Fremdenloge, in die Proszeniumsloge, dort, wo die Männer im Smoking und Frack und die Damen in Samt und Crêpe de Chine ihre Polstersessel innehaben. Dort wäre mein eigentlicher Platz, und wenn Sie mich fragen, warum, dann sage ich Ihnen, weil ich die amerikanische Sängerin kenne, weil ich sie sogar gut kenne, viel besser, als man hier auf dem Olymp ahnt. Nicht nur, dass ich mit ihr Räucheraale gegessen habe, nein, es wäre da von einem Abenteuer im Rheinwald zu berichten, das nicht gerade alltäglich genannt werden kann, ich will nicht prahlen.

»Junge Dachse«, knottert der Mann fort, »sollten erfahrenen Theatergängern ...«

»Meinen Sie mit den jungen Dachsen ...«

»Ich meine, wen ich meine.«

»Der Ausdruck amerikanischer Braten ...«

Er muss husten, der Kragen wird ihm zu eng.

»Schscht! Psst! Ruhe, es geht los!«

Der Zuschauerraum verdunkelt sich, das Chaos der Stimmen verebbt, noch klingt es wie ferne rauschendes Wasser, dann wird es still. Einige Nervöse hüsteln und räuspern sich. Mein Nachbar nimmt die Watte aus den Ohren. Der Vorhang geht auf.

Zu weit scheint mir die Entfernung zu sein von hier bis zur Bühne, eine ganze Welt liegt dazwischen, eine unsichtbare gläserne Wand, ein luftleerer Raum, unmöglich wird es sein, diese Entfernung zu überbrücken. Was haben denn die letzten Tage aus mir gemacht? In ein Netz haben sie mich gelockt, ein raffinierter Fischer hat mich in seinem Garn gefangen.

Von der Decke der Bühne hängt ein Mikrophon herab, die Aufführung wird also übertragen, durch alle Lüfte und Winde und Wolken rast sie, jeder Ton ein galoppierendes Pferd, ein Zauberpferd, das sich millionenfach teilt und spaltet. Jeder Mensch kann Ursula singen hören, der Gelehrte in seiner Studierstube, der Kranke im Spital, der Walfischfänger in der Nordsee und der Glöckner auf dem einsamen Turm.

Ich kenne diese Oper genau, keine zwei Minuten mehr und Ursula muss durch die wackelige Leinwandtür auf die Bühne treten. Jetzt ist sie da, dem Himmel sei Dank, mein Herz steht nicht still; es schlägt weiter, nur lauter schlägt es und wie ein Hammer.

Ursula, welche Anmut.

Ursula, wie viel Zauber geht von dir aus!

Warum friere ich denn so furchtbar? Wir sind im

Mai, hier ist es warm und dunstig, ich aber friere.

Des Himmels Engel singen in dir, Ursula, goldene Kugeln strömen aus deinem Munde.

Genau erkenne ich dich unter der Schminke; deine Augen, deine Stirn, deine Wangen und den ... den Mund, den ich ... ich ... ich ... geküsst ... habe!

Jeder Ton aus deiner Vogelkehle ist mir ein Geschenk der Welt, jede Bewegung rührt mich bis tief in meine Brust hinein, ich kann nichts tun, als hier sitzen und frieren. Zugestanden, die kleinen dunklen Mächte stellen mir ab und zu ein Bein, aber alles Pech meines Lebens gegen die Gnade dieser Stunde. Wie lange sitze ich hier? Bin ich ein Jahr älter geworden? Der Vorhang sinkt.

Wasserfälle, Überschwemmungen, tosende Katarakte.

Nein, das ist der Beifall.

Ursula vor der Rampe, immer wieder vor der Rampe.

Ich heule nicht, das ist nur Entspannung, Wirkung von Akkorden, weiß der Himmel, was es ist. Tränen sind es, gewiss, aber bitte mich nicht für weichlich und sentimental zu halten. Was heißen Tränen? Wenn man Meerrettich reibt, kommen auch die Tränen. Tränen beweisen nichts. Ich wische sie aus den Augen, es ist hell überall, eine unangenehme Helle.

»Das Licht tut einem in den Augen wehe«, sage ich zu der liebenswürdigen Dame. Die Dame lächelt.

»Wundervoll«, stellt sie fest, »nicht wahr, wundervoll. Ist sie eigentlich verheiratet?«

Der dicke Mann mischt sich ein, er kneift ein Auge halb zu, er macht eine Schnecke aus seinen Lippen.

Spott überkräuselt sein Gesicht.

»Es fehlt ihr an der Stütze.«

»Woran fehlt es?«, frage ich und fixiere sein Kinn.

»An der Stütze.«

»So, an der Stütze? Sie reden von Stütze, wo Sie von Grütze reden sollten; an dieser nämlich fehlt es Ihnen.«

»Werden Sie nicht ausfallend; Sie kommen anscheinend nur ins Theater, um zu krakeelen; um Händel zu suchen.«

»Ich kann es nicht dulden, dass eine Dame, eine weltberühmte Künstlerin ...«

»Hehehe, weltberühmt! Kritik ist frei, jeder Theaterbesucher hat das Recht, zu kritisieren. Verschonen Sie mich mit Ihren albernen Bemerkungen.«

Er greift in die Tasche und wickelt ein Esspaket aus. Isst Knoblauchwurst und Schwarzbrot. Ein Duft verbreitet sich, als ob man in Schwetzingen wäre.

»Sie reden von Stütze und essen dabei Knoblauchwurst. Hier ist eine Luft, die meinen Freund, den Dichter Alex, beglücken würde. Dieser Alex will in Gegenden, wo wilder Knoblauch wächst, Sanatorien errichten. Hier ist aber kein Sanatorium.«

»Aber Sie gehören in eines hinein«, sagt der Dicke und kaut schmatzend weiter.

»Wenn jemand schon von Stütze redet - was meinen Sie überhaupt mit Stütze; bitte, was verstehen Sie unter Stütze?«

Die Galerieumgebung freut sich, die Nachbarschaft hat eine angenehme Abwechslung während des Szenenwechsels.

»Er hat es nicht so schlimm gemeint mit der

fehlenden Stütze«, flötet die Dame links, »man sagt das nur so hin. Was meint er überhaupt mit der Stütze?«

»Stütze, das ist ein gesangstechnischer Ausdruck«, meldet sich eine Stimme hinten, »die Gesangsstütze liegt im Brustkorb, sie ...«

»Ich lasse mir meine Wurst nicht verbieten!«

»Schscht! Ruhe, es geht weiter. Still jetzt da vorne.«

»Man weiß noch lange nicht«, trumpfe ich noch rasch auf, »ob es nicht Pferdewurst ...«

Der Vorhang geht hoch.

Ich will meine Umgebung vergessen, Wurst und Watte sind mir einerlei, ich will sitzen wie in einem klaren Kristall, durch dessen glitzernde Fläche die Akkorde schwingen. Ich will ein Taucher sein und hinabtauchen in ein Meer der Liebe und Schönheit. Ursula singt, Ursula verklärt die Zeit.

Sprach ich nicht vom Walfischfänger? Hoch am Sturm kreuzt er durch nördliche Zonen, vielleicht ist Treibeis in Sicht, Vögel segeln im Odem des Sturmes, die Brecher gehen über Bord, eine Regenbö stürzt schaudernd auf das Schiff.

Unten sitzt ein Mann in der Kajüte, alles Gerät ist festgeschraubt, er muss sich irgendwo anklammern, sonst wirft ihn diese Affenschaukel über den Haufen.

Was macht der Mann? Putzt er Fische, schärft er Harpunenhaken, liest er einen Kriminalroman, betäubt er sich mit Punsch und steifem Grog? Liegt er da und schläft, schnarcht, träumt, segelt durch die Welt, steigt in seinem Traum auf gespenstischen Stelzen über sein Walfängerdasein hinaus und schmückt sich mit einer Königskrone?

Nichts von alledem. Er schraubt am Empfangsgerät.

Jetzt hört er Ursulas Stimme.

Auf Welle 609 hört er Ursula Ulrichs, gastierend als Mimi im Staatstheater Karlsruhe.

Ja, das hört er, deutlich und rein, als ob er selbst im Theater säße, oben auf der Galerie, wo ... furchtbar tobt die See, die Kajüte dreht sich wie ein Hexenrad, Wasser klatscht tobend gegen die Bullaugen ... wo auch noch ein Buchhändler sitzt, ein Pechrabe und Glücksritter, ein Segler auf Landstraßen, ein Kraftfahrer mit einem merkwürdig erworbenen Motorrad. Auf dem Schiff singt Ursula - Wal in Sicht, ruft oben ein Mann am Ausguck, klar Harpunenkanonen - Ursula singt weiter. Bald färbt sich das Meer rot von Blut ... Ursula singt. Im vierten Akt muss sie sterben. Es gibt keinen Ausweg, sie muss sterben. Ich muss mich festhalten an der Brüstung, um nicht zu schreien; ein Ton, ein Hilferuf sitzt in meiner Kehle, er will heraus, ich ersticke. Hat sie alles vergessen, den Rheinwald, den Angler, das alte Boot, das Versprechen? Legt man sich einfach hin und stirbt?

»Ssst! Schsch! Ruhe!«

Was denn, wo denn? Ist der Wal aufmerksam geworden, ist das gewaltige Tier vergrämt? Ein Fehlschuss?

Licht; dem Himmel und allen Heiligen sei Dank, Licht. Der Kronleuchter, der mir fast vor der Nase hängt, schlägt plötzlich seine hundert Augen auf.

Klatschen, Rumoren, Spektakeln, Trampeln.

Ein Mann steckt Wattepfropfen in die Ohren. Wer ist der Mann, ich kenne ihn, er hängt irgendwie mit Knoblauchwurst zusammen.

Ursula ist nicht tot, es war ein Irrtum, ein

Komödienspiel, ein Theaterschwindel war es.

Ursula lebt. Unten auf der Bühne lebt sie und wird immer wieder beklatscht.

Auch andere Künstler werden beklatscht, Dirigent und Regisseur, Maschinenmeister und Bühnenbildner, alle nehmen Huldigungen entgegen, wie im Kindergarten haben sie sich an den Händen gefasst, sie müssen gewiss unter sich gut befreundet sein und sich gegenseitig lieben, eine einzige große Eintracht muss unter ihnen herrschen, seht nur, wie sie sich an den Händen gefasst haben und lächeln. Es sind gute Menschen, man muss sie bewundern. So friedvoll und in Harmonie, so ganz ohne Neid und Scheelsucht sollten alle Menschen untereinander leben, es wäre schöner auf dieser Welt.

Kein Ende des Beifalls. Ursula muss zuletzt vor den Eisernen, die Menge wünscht es. Ich brülle meine Hurras und Bravos, dass der Kronleuchter zittert.

Die Galerie ist schon leer, Lichter verlöschen, es wird immer dunkler um mich.

Eine enge Treppe führt nach unten, es ist so kahl und nüchtern, das Echo meiner Schritte kommt aus allen Ecken und Winkeln, ich wundere mich nicht, wenn hier Mäuse laufen. Die Nacht draußen ist voller Lichterglanz.

Menschen, feierlich gekleidet, eilen zu ihren Autos, Motoren schnurren, Scheinwerferaugen öffnen sich gleißend, weiße Lichterkegel schieben sich in die Schwärze des Schlossgartens.

Ich stehe am Portal und schaue dem festlichen Treiben zu. Alles, was um mich herum geschieht,

geschieht um Ursulas willen, es ist kaum zu Ende zu denken. So viel Aufwand für dich, Ursula. Der Platz leert sich. Geräusche verebben, die Schutzleute verlassen das Szenarium, das ihrer Obhut anvertraut war.

Mich aber hält der alte Steinkasten wie ein Magnet, ich finde den Theaterbau schön, angenehm und sympathisch. Ich könnte hier wohnen auf weiß wie lange Zeit, jeder Stein ist mir lieb und jede alte Tür. Auf die Treppe könnte ich mich setzen und ganz zufrieden sein.

Ich gehe noch nicht fort, wohin sollte ich gehen, es gefällt mir hier, die Mainacht ist warm, über mir glänzen Sterne, und vom Botanischen Garten kommt ein Rauschen und Plätschern. Uralte Brunnen verströmen ihre Wasserkunst, wenn ich Glück habe, singt eine Nachtigall.

Nein, ich gehe noch nicht fort, hier ist mein Platz, hier geht das Glück um, ich warte auf seine gute Kameradschaft. Überall sind die Lichter erloschen, ein einziger Eingang nur ist schwach erleuchtet, ich will hingehen und Umschau halten. Dort steht auch noch ein Auto, stumm und starr sitzt der Lenker auf seinem Sitz und wartet.

»Die Vorstellung ist wohl zu Ende?«, frage ich. Warum frage ich so töricht?

»Ja«, sagt er, »schon lange.«

»Sie warten hier gewiss auf einen verspäteten Besucher?«

»Nein, es ist der Wagen des Herrn Intendanten.«

Ich trete ins Dunkel zurück. An der erleuchteten Tür steht: Eingang nur für Bühnenmitglieder. Ich lehne mich gegen die kühle Steinmauer.

Wie leise das Wasser rauscht. Duft fremder Blüten weht vom Botanischen Garten her. Vielleicht sind es Orchideen, Nachtgewächse mit weit geöffneten Blütenkelchen. Wer weiß, ob dieser Duft nicht giftig ist, betäubend und betörend, ein Fallstrick der Natur.

Jetzt, da alle Lichter gelöscht sind, werfen die Sterne ihren ganzen Lichtzauber aus. Immer wenn es geregnet hat und der Himmel aufklart, vergeuden die Sterne ihren Glanz.

Die Tür zum Bühneneingang öffnet sich.

Drei Gestalten schreiten über den Platz auf das Auto zu. Eine Dame und zwei Herren.

Ursula!

Ich erkenne sie zwischen Dunkel und Schatten. Das ist Ursula. Der erste Herr eilt auf das Auto zu.

Der zweite Herr empfängt Ursula; zärtlich duldet sie seine Umarmung. Sie schaut zu ihm auf und lehnt den Kopf gegen seine Schulter.

Ich presse meinen Körper an die Mauer, bebend und zitternd kralle ich meine Hände in das Gestein.

Einen Augenblick bleiben sie stehen unter dem Mantel der Nacht. Er streicht über ihre Wangen, sie neigt sich ihm fester zu, sie sind ein glückliches Paar unter den Sternen. Sie steigen alle in das Auto, und dann fährt das Auto fort. Nie in meinem Leben war ich so allein.

Ich gehe dem Rauschen nach, der Stimme des Wassers.

Ein kleiner Teich, ein Wasserrondell mit einem Springbrunnen. Der Springbrunnen springt nicht, er ist müde geworden und schlafsüchtig, nur kleine

Wassermengen entströmen ihm, es ist, als ob er am Verbluten wäre.

Im Wasser schwimmen Fische, ich kann sie deutlich sehen, nur langsam sind ihre Bewegungen. Sie schlafen, und im Schlaf rudern und treiben und gleiten sie durch ihre feuchte Welt.

Es ist gar nicht einmal gesagt, dass der Mann Ohrenweh hatte, es gibt Menschen, die tragen aus alter Gewohnheit Watte in den Ohren.

Wenn ich nach Sizilien fahren will, dann wird es Zeit, dass ich mich davonmache. Ein weiter Weg, ein paar tausend Kilometer.

Das Wasser hier ist kühl, wenn man beide Hände eintaucht, fühlt man die Kühle bis ans Herz. Das Mädchen Marlena hatte Angst vorm Wasser. Toll, auf einem Schiff zu leben und Grausen vorm Wasser zu haben. Einmal träumte ich von Marlena, ich habe es noch keinem Menschen erzählt. Sie trieb im Wasser dahin, ein lautloses Schiff. Auf dem Rücken lag sie, die Haare schwammen wirr zerteilt im Strom. Sie war bleich im Gesicht, nur die Narbe an der Stirn leuchtete wie eine rote Blüte.

Ein dicker Goldfisch ist ganz in meiner Nähe, ihn interessieren meine Hände, er kann seine Neugierde nicht bezähmen. Alles, was lebt, ist neugierig. Die Neugierde ist allen Lebewesen gemeinsam.

Ich selbst bin neugierig, was für eine Bewandtnis es mit dem Angler hat, mit dem Wächter am Strom, mit der Ähnlichkeit und mit dem Verfasser der sieben Glückseligkeiten. Ich will ihn noch einmal aufsuchen, bevor ich nach Sizilien fahre. Meine Bücher werde ich verschenken, die Sizilianer lesen keine Bücher.

Mir tut nichts weh, mir tut bestimmt nichts weh. Ich bin ganz still und ruhig. Ich brauche niemand, der mir beisteht. Da sitze ich am Wasser, am Teich. Dort sind die Fische. Das Wasser plaudert im Schlaf. Ich rede auch oft wirres Zeug im Schlaf, meine Mutter sagt es.

Ich bin ganz still.

Mir tut nichts weh.

In dieser Nacht noch habe ich Karlsruhe den Rücken gekehrt. Wenn man nach dem Süden will, vielleicht bis zu wilden Völkerstämmen, darf man sich nicht zu lange in einer fächerförmigen Stadt aufhalten. Ich war lange genug in Karlsruhe, Gott stehe mir bei.

Nein, ich fahre nach Sizilien, noch in dieser Nacht will ich bis Basel knattern.

Ich bin schon auf dem Wege, da habe ich eine nächtliche Begegnung. Durch die Kaiserstraße fahrend, will ich bei der Hauptpost in Richtung Sizilien einbiegen, da überholt mich in scharfer Fahrt ein Kraftwagen.

Ein taubenblauer Wagen.

Ehe ich recht zur Besinnung komme, ist der Wagen schon eine ganze Häuserreihe voraus.

Ich hinterher. Das Auto kenne ich, diesen taubenblauen Wagen gibt es nur einmal.

Mit viel Kattun rase ich hinter dem Auto her. Sizilien kann warten, die Insel ist nicht auf mich angewiesen. So ein verrücktes Tempo mitten in der Stadt. Mit Mühe bleibe ich auf seiner Fährte, wenn wir erst im Freien sind, will ich ihm schon auf den Pelz rücken. Durch ein Dorf; bei des Teufels Spucke, ich gewinne keinen Boden. Scharfe Kurven. Lichterglanz, Dröhnen und Hämmern, ein wildes nächtliches Schauspiel. Die Schiffbrücke bei Maxau. Der taubenblaue Wagen ist schon in der Mitte der Brücke. Glanz des Stromes, Rauschen der Wasser, Glitzern der Strudel und Wellen. Wanderer, ewiger Wanderer.

Was für Lichter, was für ein Lärm und Getöse. Welches Feuerwerk. Stromauf wird eine große, neue, prächtige Brücke gebaut. Schon ragen Pfeiler auf, Eisenträger, gewaltige Gitterwerke. Dröhnen von Stahl, Hammerschlag, Poltern und Surren, Bellen von Niethämmern.

Lichterfluten bestrahlen das technische Wunder.

Ich muss hinter dem Wagen her, eine dunkle Kraft zwingt mich, diesem rasenden Teufel zu folgen. Immer sehe ich das rote Schlusslicht, glühendes Auge des Satans.

Wir rasen durch einen Wald. Abblenden. Aufblenden. Ochsengespann in der Nacht. Zigeunerwagen am Weg.

Abblenden. Aufblenden.

Ein Dunstschwaden quer über der Straße. Rauch des Waldes, magisch durchleuchtet.

Ein Hase, panikartig durch den Lichtkegel irrend.

Aha, ich hole auf, ich komme näher, ich habe zähere Nerven, meine Besessenheit siegt.

Nein, mein Pech siegt.

Eine Bahnschranke wird mir zum Verhängnis, mit hager drohenden Armen gebietet sie Halt. Der taubenblaue Wagen ist noch hinüber, die Arme bewegen sich, senken sich ...

»Eine Sekunde noch!«, brülle ich in die Nacht, »einen Herzschlag lang, Herr Schrankenwärter.«

Fort. Nacht, Entfernung zwischen mir und dem Wagen.

Herr Bahnwärter, der Teufel soll Euch mitternächtig begegnen. Herr Schrankenwärter, besser, ich wäre nach Sizilien gefahren. Güterzug, Kohlenzug. Rumpelt dahin. Rumpelt langsam dahin, eine plumpe, eiserne Schlange, langweilig, der Lokomotivführer kann mir leidtun.

»Guten Abend, Herr Schrankenwärter, Sie haben in mein Schicksal eingegriffen. Ihr Kohlenzug wurde mir zum Verhängnis. Wie heißt dieser Ort, wenn die Frage erlaubt ist?«

»Sie werden doch Kandel kennen! Hier wurden früher die Pfannkuchen nur auf einer Seite gebacken.«

»Kurios, warum denn das?«

»Weil nur auf einer Seite der Straße Häuser standen, hoho!«

»Hahahaha!«

Wir lachen beide, wir freuen uns über den Scherz, der Bahnwärter freut sich, weil ich hereingefallen bin, weil er mir eins versetzt hat mit seinem Pfannkuchenulk. Er ist ein guter Mensch, man sieht ihm das an, einen struppigen Bart hat er und riecht nach Petroleum und Wagenschmiere.

Wagenschmiere? Da hatte ich doch früher einmal ein Erlebnis mit Wagenschmiere, wie lange mag das her sein, viele Jahre wohl, viele, viele Jahre.

»Einmal Herr Bahnbeamter blieb der Rheingold stehen, mitten auf der Strecke, in der Nähe einer Zuckerfabrik; ein berühmtes Fräulein, eine

Theaterschlange stieg aus dem Zug und beschmutzte sich das Kleid mit Wagenschmiere. Ich habe den Fleck entfernt, mit Benzin, verstehen Sie? Wie toll habe ich gerieben, plötzlich war kein Fleck mehr da. Ja, man hat Erlebnisse, auch Sie werden mancherlei hinter sich gebracht haben, Püffe werden Sie bekommen haben und Stöße - nehmen Sie eine Zigarette?«

Es ist gemütlich beim Bahnwärter, ich könnte die ganze Nacht hierbleiben und mit dem Mann plaudern. Wir könnten Stein, Schere und Papier spielen.

»Wenn ich noch etwas fragen darf, haben Sie vorhin den eleganten blauen Wagen gesehen, der kurz vor Schrankenschluss über die Gleise fuhr?«

»Wohl, ich habe sogar die Herrschaften gekannt.«

»Wie, Sie haben jemand gekannt?«

»Jawohl, und zwar den Herrn Bastian Berghaus aus Deidesheim. Und seine junge Frau Karola war auch dabei.«

»Woher kennen Sie die Leute?«

Ich bin nicht erregt, ich zittere nur ein wenig mit den Händen, zugestanden, aber das kommt vom Motorradfahren.

»Woher ich sie kenne? Weil ich fünfzehn Jahre in Deidesheim Bahnwärter war. Ich bin versetzt worden und erst seit vierzehn Tagen in Kandel.«

»Ich begreife gut, Sie kennen also diese Leute? Waren denn noch mehr Personen in dem Auto?«

»Mindestens fünf. Eine Dame saß am Steuer, das war aber nicht Frau Karola.«

»Frau Karola? Sie sagen immer Frau Karola, merkwürdig!«

»Ist auch eine merkwürdige Frau.«

»Wie meinen Sie das, was verstehen Sie unter einer merkwürdigen Frau?«

»Sie hat Schrullen, verhexte Launen, der Mann hat es nicht gerade leicht mit ihr.«

»Ich habe davon gehört, sie hält sich ein Vogelhaus.«

»Ein Galgenvogelhaus.«

»Sie will menschliche Zugvögel sesshaft machen, eine sonderbare Idee.«

»Woher wissen Sie das?«

»Ein Dichter namens Alex Grauvogel hat mir das flüchtig erzählt. Was mag sie für schrullenhafte Klinkenputzer beherbergen.«

»Nicht zu glauben, solche Pflanzen gibt es da.«

»Was machen denn nun diese Sonderlinge Gottes?«

»Sie sollen arbeiten, in den Weinbergen, in Ställen und Scheunen. Frau Karola will ihnen das Vagabundieren abgewöhnen. Das mag aber einen besonderen Grund haben.«

»Und welchen denn?«

»Man sagt, dass sie selbst ein heimlicher Zugvogel sei. Eine Frau, Sie verstehen, die immer auf und davon fliegen möchte. Ein bunter Vogel, der in einem Käfig sitzt.«

»Was Sie nicht sagen! Ich begreife halbwegs. Sie fühlt eine innere Verwandtschaft mit den Menschen der Landstraße. Ich weiß, es gibt Menschen, deren Heimat immer die Ferne ist, sie müssen bis an ihr Ende wandern. Ein gefangener Vogel, ich begreife.«

»So ähnlich mag es sein. Na ja, das sind alles noble Passionen. Frau Karola hält sich auch noch allerlei Getier. Vögel und Hunde. Und Schildkröten. Verrückt.«

»Schildkröten sagen Sie? Schildkrötenring. Vielleicht trägt sie auch einen Hexenstrumpf.«

»Ich bin ein einfacher Mann, ich danke Gott, dass mich nicht solche Schrullen plagen. Es ist Mitternacht, ich muss nach Hause. Ich habe mit der Hebamme geschnupft.«

»Mit der Hebamme geschnupft?«

»Ja, wer mit der Hebamme schnupft, bei dem schlägt's ein. Meine Frau liegt im Wochenbett. Ein Beil liegt unterm Bett.«

»Da kann man ja gratulieren. Nun sagen Sie mir doch noch, was für ein Mann ist denn dieser Herr Berghaus? Er muss eine recht bekannte Persönlichkeit sein.«

»Der ist ein großer Weingutsbesitzer, ein reicher Mann; er hat sein Bauholz im wachsenden Schein geschlagen, das dürfen Sie mir glauben. Und eine große, vornehme Verwandtschaft, immer Leute im Haus, immer Besuch, da geht's hoch her, der Mann bringt Geld unter die Leute, ein großartiger Herr, sage ich Ihnen. Und keinen Hochmut, keinen Dünkel. Im Bahnwärterhaus haben wir schon zusammen Tarock gespielt. Sie dürfen mir's glauben oder nicht.«

»Ich will es gerne glauben; ein bedeutender Mann also?«

»Nicht wenig. Es soll jetzt wieder hoher Besuch ins Haus kommen, da wird es noch eine Hochzeit geben. Aus Amerika sind Verwandte zurückgekommen.«

»Am Ende gar aus Kalifornien?«

»Schon recht, Sie wissen mehr als ich. Ich vermute, die Amerikaner haben im Auto gesessen. Mit denen hat es auch eine ganz besondere Bewandtnis. Der Vater ist hier in der Nähe, zwischen Winden und Landau bei einem Eisenbahnunglück ums Leben gekommen, da ist die Mutter mit den Kindern nach Amerika zu Verwandten. Der Herr Bastian Berghaus ist ja später auch nach Amerika, er hat dort den Obstbau studiert. Seine Frau Karola hat er von drüben mitgebracht.«

»Was für ein abenteuerliches Gespinst. Und welche Bewandtnis hat es denn mit den Kindern und mit dem Vater, der ums Leben gekommen ist?«

»Ein andermal, Herr. Ich stehe hier und schwätze, meine Frau ... Sie wissen ...«

»Ich weiß, Sie haben mit der Hebamme geschnupft. Hazi und alle Hochachtung.«

»Da gibt es noch viel zu erzählen, die Tochter ist doch Sängerin geworden und ein junger Mann, der einmal aus Deutschland flüchten musste, soll sie heiraten.«

»Wer soll wen heiraten? Welchen Sohn, welche Sängerin, ... Gott, mein Kopf ist wirr und elend.«

»Sie zittern, vielleicht haben Sie zu starken Wein getrunken?«

»Ja, der Wein macht, dass ich zittere. Ich zittere sonst nicht, der Himmel ist mein Zeuge. Hören Sie zu, es verhält sich so: Es sind hier einige Menschen durch gemeinsame Schicksale verknüpft, die Gunst und Ungunst des Lebens hat aus ihnen eine unsichtbare Gemeinschaft gemacht. Sie bilden gewissermaßen unter sich ein Netz. Und in dieses Netz bin ich hineingeraten. Wohin ich mich auch wende, immer wieder stoße ich gegen die Maschen dieses Netzes. Daran ist vielleicht ein Apotheker schuld, ein Mann namens David Häutle. Ich bin der Mann im Netz.«

Mein Herz klopft zum Zerspringen. Was für Ungeheuerlichkeiten hat der Mann geredet? Ein Bahnbediensteter, ein Schrankenwärter kommt daher und redet Tollheit, Wahnsinn; unfassbare Dinge erzählt er gleichmütig, als ob er Rüben rupfe.

Hatte ich nicht dieses kleine Pech mit der Schranke? Ließ dieser einfache Mann, der mit der Hebamme geschnupft hat, ließ er nicht zwischen mir und dem blauen Wagen die Schranke herunter? Welch ein Glück hinterher. Meine Augen sind offen, ich sehe klar, keine Zweifel trüben meinen Blick.

Welch ein Narrenpech, in Segen sich wandelnd.

Was soll ich beginnen mit meinem Leben?

Ich brause in die Nacht, in den wachsenden Morgen. Jetzt bin ich einsam auf dem Wurm der Straßen, die Welt schläft, es herrscht eine Stille, eine tiefe Geborgenheit.

Manchmal glühen zwei Lichter auf, das ist eine Katze, die mordend in die Stille einbricht, Vögel würgt und Mäusen auflauert, eine grauenvolle Sendung.

Berge kommen näher, bewaldete Kuppen, die sich schwarz in den bestirnten Himmel schieben.

Manchmal geht ein Flügelschlag durch diese schwermütige Nacht, das mag Wind sein, der aufkommt und wieder verlöscht. Eine tiefe Ergriffenheit liegt über den heranschleichenden Bergen.

Jetzt kommen Weinberge, unendlich viele Weinberge, sie säumen meine Straße, in langen Reihen gliedern sie sich über das hügelige Gelände, ein seltsam betörender Duft strömt von ihnen aus. In der hellen Nacht kann ich sehen, wie sie bis zu den Bergen hinüberreichen; auch in die Ebene haben sich ihre

Kolonnen vorgeschoben, es ist eine Landschaft, die mir ans Herz greift.

Es muss schön sein, hier zu Hause zu sein, man muss die Weingutsbesitzer beneiden, sie wohnen in des Herrgotts Sonntagsstube.

In meiner Brust ist ein Gewicht, ganz deutlich fühle ich dieses Gewicht, es drückt mich nach unten, ich werde müde und gekrümmt unter diesem Gewicht, ich möchte nicht mein ganzes Leben lang eine solche Last mit herumschleppen, es müsste schrecklich sein.

Während ich so durch die Nacht geschleudert werde, ist mir mit einem Mal, als ob die Wälder rauschten, und das klingt wie die Orgel der Welt. Ein rhythmisches Gewoge, eine tänzerische Traumsucht bewegt die Heerschar der Weinstöcke. Einzelne Lichter oben am Gebirge. Drohender Schattenriss einer Burg, eines zerfallenen Schlosses. Dort mögen Eulen hausen und boshaftes Getier der Nacht. Alles ist wider mich, die Sterne sind mir zu klar, sie quälen mich mit ihrem Glanz.

Ein Mann hatte Watte in den Ohren, auf der Bühne sang Ursula. »Ursula!«, schreie ich, mein Schrei rennt durch die Weinberge, es wird niemand in der Nähe sein, der mich hört. Ich darf es hier in die Höhle der Nacht hineinrufen, niemand vernimmt den Ruf, er verhallt im Grenzenlosen.

»Ursula!«

Es ist durchaus möglich: Ein Mensch kommt und frisst ein fremdes Leben. Grüne Kugeln, Katze; schrie nicht ein Vogel im Sterben, mitten im Entsetzen des Verlöschens?

Gnade, Gnade für alle Kreatur.

Mitten in meiner polternden Fahrt muss ich an den Rheinwald denken, seine Pappeln tauchen phantomhaft vor mir auf, ich höre die Silberweiden rauschen, abgeschiedene Altwässer glänzen unterm Sternenzelt. Zwei Reiher streichen lautlos über das Baumgewoge, irgendwo aus Schilf und Erlengestrüpp ruft das Wildgeflügel. Der Angler am Strom, der Wächter. Ich weiß es, die Erde hier ist getränkt mit Erlebnissen aus verrauschten Epochen, die Verwegenheit des Grenzlandes liegt über der trächtigen Erde. Der Angler hat etwas zu mir gesagt, in dieser Sekunde hat er etwas zu mir gesagt, aber ich habe es schon wieder vergessen, die Worte flügeln davon wie ein schattenhafter Vogelschwarm. Ein Mensch schwamm im Strom, irgendwann, lange her. Alle Weinstöcke leben, sie sind plötzlich geschäftig wach, sie haben es wichtig mit Blattgeflüster und Zweiggewedel.

Vielleicht habe ich eine Sekunde lang geschlafen, mitten im Fahren bin ich hinübergesunken in das Rätsel jenseits der Vernunft.
Deidesheim.
Meine Borduhr zeigt zwei Uhr. Da stehe ich in der pfälzischen Frühlingsnacht. Häuser zeichnen sich ab, ein Kirchturm mit schiefer Spitze. Gewirr von Dächern kriecht in den Schattenmantel der Nacht. Einzelne Lichter strahlen ruhig und mit geborgenem Glanz. Manche Lichter singen, ein Ton, eine verschlafene Melodie geht von ihnen aus.
Das ist Deidesheim, warum diese Unruhe, Herz? Warum dieses Hämmern und Toben, warum dieser Frost auf meiner Haut? Warum diese Bangnis, diese

Furcht, diese erbärmliche Verlassenheit? Was will ich in Deidesheim, ich wollte doch in Palermo Wassermelonen essen. Man kann eine glutäugige Sizilianerin kennenlernen, warum nicht. Wenn man Glück hat, erlebt man ein Erdbeben, einen kleinen Weltuntergang.

Jetzt bin ich mitten im Städtchen. Irgendwo stelle ich mein Motorrad an eine Häuserwand und lösche das Licht.

Ich gehe durch Straßen und Gassen, man hört jeden meiner Schritte, ein Hund bellt. Merkwürdig, wie laut meine Schritte sind, man sollte in Filzpantoffeln schleichen, Pfoten sollte man haben wie eine Katze.

Ich bin ein suchendes Geschöpf, ein Mensch lange nach Mitternacht, ich durchschnuppere die Straßen. Ich folge einem unsichtbaren Befehl, einem Gesetz in mir, einer Kraft, die keinen Widerstand und keinen Zweifel kennt.

Ich muss hier sein, so ist es, ich muss schnuppern und stöbern und schnobern, ein Schöpfungstrieb plagt mich und jagt mich umher, ich werde wohl überhaupt nicht mehr schlafen können. Horch, jemand singt.

Horch hin! Ich gehe der Spur der Töne nach, ich verfolge die dunkle Witterung. Jemand singt, die Nacht ist durchbebt von Tönen, die Nacht schwingt und zittert, eine Brandung bewegter Luft kommt auf, es ist wie auf dem Meere.

Ein schönes altes Haus, eine Mauer, ein tiefer Graben, bepflanzt mit Bäumen, Strauchwerk und Blumen.

Duft strömt aus der Versenkung, die Erde ist aufgebrochen und schleudert Zauberdünste aus.

Große Fenster sind hell erleuchtet. Ein Fenster steht offen. Zwischen mir und dem Fenster liegt der breite, duftverströmende Stadtgraben, ein romantischer Rest aus mittelalterlicher Zeit.

Hier stehe ich im Schatten, kein Mensch kann mich sehen, unter einer Platane laure ich und stehle fremder Menschen heitere Geselligkeit.

Im Hause wird wohl ein Fest gefeiert, es geht hoch her, man ist in ausgelassener Stimmung, die Freude füllt alle Räume. Eine Frau singt, eine fremde Frau singt ein Lied. Ich kenne diese Stimme genau, jede Schwingung ist mir vertraut; das Gewicht, das auf meiner Brust liegt, rührt von dieser Stimme her, das Frieren und Frösteln von dieser Frau.

Beifallklatschen, fröhliches Stimmenchaos, Menschen stoßen mit Weingläsern an und trinken gegenseitig auf ihre Gesundheit und auf ihr Wohlergehen.

Ich wünsche euch gewiss nichts Schlechtes, in des Teufels tiefstem Sud will ich kochen, wenn ich das Verderben über euch wünsche. Glaubt mir, ich wäre selbst gerne vergnügt und würde Späße machen, es war bisher gar nicht meine Art, schwermütig zu sein.

Nur jetzt bin ich traurig, ich könnte nicht lachen, um keinen Preis der Welt könnte ich lachen.

Ich will es einmal versuchen, hahaha - furchtbar, wie ich lache, ich erschrecke vor meinem eigenen Lachen.

Menschen fluten am offenen Fenster vorüber, ich sehe auf vorgezogenen Gardinen ihre koboldhaften Schatten. Ein schwarzes Hexenspiel geistert auf den Vorhängen.

Eine Frau tritt ans offene Fenster.

Das ist nicht Ursula, nein, das mag Frau Karola sein. So etwa stelle ich mir Frau Karola vor, man hat mir von ihr erzählt, Schrullen hat sie und absonderliche Launen.

Eine wunderliche Frau muss es sein, dort steht sie am Fenster und scheint abwesend, vielleicht wünscht sie sich Flügel in diesem Augenblick, um in die Nacht, in den überglänzten Raum hinaussegeln zu können.

Ich kann nicht weiterdenken, denn jetzt ist Ursula zu ihr ans Fenster getreten.

Jenseits des Burggrabens, an einem offenen Fenster, im Schwingenschlag des kommenden Morgens steht Ursula. Ursula Ulrichs. Rheingold, Wagenschmiere.

Wenn ich jetzt umsinke, dann nur nicht schreien, nicht um Hilfe rufen. Schrecklich wäre es, wenn man mich hier unter der Platane fände, wenn man einen Arzt rufen müsste; nächtlicher Auflauf von Menschen würde entstehen, Durcheinander von Stimmen, Polizei, Unfall, Zeitungsmeldung.

Und Ursula würde dabei sein, mich erkennen, trotzdem ich unschön entstellt wäre im Gesicht. Sie würde mich erkennen und sagen: Liebe Welt, den Menschen kenne ich doch, wo ist er mir schon begegnet?

Ursula, dort stehst du am Fenster.

Dank, heißen Dank für dein Lied.

Ursula, mein Leben für einen Blick aus deinen Augen. Deine Nähe macht mich ruhiger, ich könnte deinen Namen rufen, du würdest mich hören. Ursula, könnte ich rufen, über den Graben hinweg und durch das Meer unruhiger Düfte.

Ursula, einen Tag lang habe ich gelebt, es genügt. Einen einzigen Tag zu leben. An diesem Tag fiel das

Glück wie Regen auf mich nieder. Ein einziger Tag kann ein Leben aufwiegen, ich habe das früher nie gewusst.

Fort. Das Fenster geschlossen. Lichter verlöschen.

Vorhang herunter, die Menschen verlassen das Theater.

Mimi: Ursula Ulrichs. Plakatsäule in Karlsruhe. Damals. Gestern. Schritte im Garten, im alten Burggraben, wo die ersten Rosen blühen, wo die Jasmin-hecken duften.

Zwei Menschen, verdeckt vom Gesträuch, Schattenwesen auf klingenden Gartenwegen.

Zwei Menschen unter den Sternen, dahinwandelnd in einer fürchterlichen Gemeinsamkeit.

Der Teufel hat mich zum Zuschauer bestellt, aber ich ertrage es nicht. Langsam gleite ich an der alten Mauer nieder, ich sinke auf die Erde, mein Kopf schlägt gegen den Stein. Der Himmel gähnt mich an wie eine glitzernde Schlucht.

Ich müsste ein Schlafpulver haben, ein sicher wirkendes Mittel.

Es rauscht von den Wäldern her.

Schlaf zwischen Weinbergen, zwischen Blättersäuseln und Wälderstimmen. Schlaf ist Zuflucht. Tod ist letzte Zuflucht. Ich fahre einen engen Hohlweg hinauf, zwischen altem Mauerwerk und Steinblöcken.

Mitten im Meer der Weinstöcke schlage ich mein Zelt auf und krieche in den Schlafsack. Da liege ich auf dem Rücken mit offenen Augen.

Die Erde dröhnt und orgelt, ein rasendes Gebilde im Raum. Es ist nicht die Erde, es ist mein Blut, das rauscht, mein Herz, das dröhnt, meine Sinne, die rasen.

Aufruhr durchwühlt meine Brust.

Die Erde ist still und schöpferisch. Alles Schöpferische ist still und verschwiegen. In dieser Mainacht öffnen sich Millionen Blüten, Gräser sprießen, Ackerscholle bricht auseinander, es drängt und schiebt und wächst im Gezweig der Weinstöcke, Getier wird geboren, entfaltet Flügel, Beine, Fühler, dumpfen Trieb. Die Erde gebärt, ihre ungeheuerliche Trächtigkeit kennt keine Schranken. Kein Fleckchen, wo es sich nicht lautlos regt und bewegt, keine Krume, die nicht lebendig wird.

Lautlos, unheimlich lautlos. Das Schöpferische, das Entstehende ist ohne Stimme.

Was gäbe es, wenn das alles dröhnen und klingen und spektakeln wollte, was sich in diesen Mainächten grandios entfaltet! Welch ein Höllenkonzert, welch ein Wiesen- und Wäldertumult, wenn das Wunder des Wachstums sich laut und prahlerisch gebärden wollte!

Vielleicht ist es so still in mir, weil es so groß ist und schicksalhaft, was ich erleben und erleiden muss.

Ich kann mich nicht wehren gegen meine Erschütterungen, gegen das Gewicht in meiner Brust, gegen die Nacht in meinem Herzen. Hier darf ich weinen, niemand sieht meine Tränen, niemand weiß um meine Verlassenheit.

Ich weine wild und hemmungslos, ich sollte mich schämen.

* * *

Wer hätte es für möglich gehalten, dass plötzlich der Dichter Alex daherkommt? Alex Grauvogel, wie er leibt und lebt, froher Laune und voll Unternehmungsgeist. Alex, der Verspoet, der Flunkerer, der liebenswürdige Schwindler, da sitzt er neben dem Chauffeur auf einem Fernlastzug und rasselt durch Deidesheim.

»Alex«, rufe ich, »hee, Herr Alex!«

Er hört mich, der Fernlastzug bremst, Alex springt vom Wagen und kommt auf mich zu, flatternden Gummimantels, mit der Aktentasche wedelnd.

»Ich dachte Sie schon in italienischen Orangenwäldern, Gott zum Gruß, mein Lieber!«

Gott zum Gruß, mein Lieber, sagt er; die Bücher hat er wohl vergessen. Er streckt mir die Hand hin, der Lavaliereschlips glänzt fettig, prachtvoll sieht die Samtjacke aus.

»Gut, dass ich Sie hier treffe, wirklich ein verteufeltes Glück«, flunkert er und klopft mir auf die Schulter.

Er tut, als ob ich ihm die Bücher abgelaust hätte, großartig benimmt er sich und aufgeräumt, er trägt mir gewiss nichts nach.

»Wie kommen Sie nach Deidesheim?«, frage ich.

»Wie ich nach Deidesheim komme? Was für eine Frage, haha, wie komme ich nach Deidesheim. Wohin komme ich nicht, müssen Sie fragen. Überall komme ich hin, die ganze Welt mein Feld, faktisch, nichts zu tippen.«

»Der Fernlastzug ...«

»Großartiger Zufall; mein Zug wäre erst in einer Stunde gegangen, überhaupt die Eisenbahn; hier verkehrt nicht ein einziger D-Zug. Ich bitte Sie,

Deidesheim und kein D-Zug, ein so weltberühmter Weinort. Wenn mein Einfluss bei der Eisenbahndirektion größer wäre, ich würde einen Fliegenden Deidesheimer ... apropos, Buchhändler, Bücher, richtig, mein Konto bei Ihnen ist noch nicht ganz ausgeglichen - kommen Sie, wir gehen einen Schoppen trinken, kommen Sie in die Bettlade ...«

Mit der Bettlade meint er eine Weinstube. Richtig, hier hängt ein Wirtshausschild: Bettlade. Alex bestellt einen Schoppen Deidesheimer Traminer, Jahrgang 1933. Er schiebt mir das Glas hin.

»Ich habe in Deidesheim wichtige Dinge vor. Die Menschen schlafen alle, sie wittern kein Neuland. Wenn ich mehr Zeit hätte, aber man kommt ja nicht zur Ruhe, überall Pläne, Unternehmungen ...«

»Zu dem Schwetzinger Knoblauchsanatorium ist wohl noch kein Grundstein gelegt?«

»Knoblauch hin, Knoblauch her, ich will mich auf die Schnecken werfen.«

»Sie wollen in Schnecken machen?«

»Schnecken, jawohl, Schneckenzucht. Die Leute pflanzen hier nur Wein und immer wieder Wein. Richtig, zugestanden, kein Wort gegen den Wein, die Pfälzer aber vergessen die Weinbergschnecken. Hier könnte ein Schneckenparadies geschaffen werden - ich denke, wir trinken noch einen Schoppen. Herr Wirt, haben Sie hausgemachten Schwartenmagen? Ja? Zweimal, bitte!«

So ist dieser Alex, er weiß nicht einmal, ob ich Schwartenmagen esse, morgens um zehn Uhr, ich könnte ein Gegner dieser Wurst sein, ein ausgekochter Schwartenmagenfeind. Es sitzen noch einige Leute in der Bettlade, gute, echte Pfälzer Winzer, Deidesheimer Winzer, ein wenig derb und grobgeschnitten, ein prächtiger Menschenschlag. Sie reden vom Wein, wie wäre es anders möglich. Vom rationellen Zuckern reden sie, vom Asbestfilter und vom Unfug des Schwefelns, von Gelatine und Fischblasen zum Schönen der Weine, von Kasein und spanischer Erde. Auch die Knochenkohle spielt eine Rolle, Herrgott, sie geraten sich noch in die Haare, sie werden hitzig, es entstehen Meinungsverschiedenheiten. Zwischendurch saugen sie mit Inbrunst an den Weingläsern.

Der Wein verbrüdert sie, er schlingt ein betörendes Band um die Bewohner dieses reichgesegneten Landstriches, wo alle Menschen sich so gebärden, als ob sie miteinander verwandt wären.

»Die Schnecken haben Zukunft«, prophezeit Alex und zieht den Schlips fester, »ich würde es ohne Besinnen wagen, größere Summen in die Schnecken zu stecken.«

»Geld in die Schnecken stecken?«

»Natürlich, selbstredend, liegt klar auf der Hand; wer Geld in die Stecken schneckt ... Schnecken steckt, hat einen guten Riecher. Eine ganz einfache Rentabilitätsberechnung zeigt Ihnen die Wahrheit meiner Behauptung. Nehmen Sie an, eine Schnecke legt vierzig Eier, nur vierzig Eier ...«

»Legen Schnecken Eier?«

»Natürlich legen sie Eier, Schneckeneier. Man könnte es in der pfälzischen Weingegend jährlich mindestens auf zehn Millionen Schnecken bringen. Wenn ich mehr Zeit hätte und wenn meine Gelder nicht festgelegt wären ... übrigens hören Sie mal zu, was am Nebentisch geredet wird: Vom Weinzuckern, von der Frankenthaler Sonne reden sie.«

»Wieso Frankenthaler Sonne?«

»Nicht nur in Waghäusel, auch in Frankenthal ist eine große Zuckerfabrik.«

»Mit Bücherliebhabern?«

»Reden Sie nicht von Büchern. Mit diesem Frankenthaler Zucker wird der Wein gezuckert, genau nach dem Gesetz, wenn er nämlich zu viel Säure hat, das heißt, wenn die Sonne sich in dem betreffenden Jahr zu selten machte. Und weil dieser Zucker quasi a priori die Sonne ersetzt, nennt man ihn Frankenthaler Sonne, im Volksmund, compris? Der Volksmund hat Witz, verachten Sie den Volksmund nicht!«

Ein großartiger Mann betritt jetzt mit dröhnenden Stiefeln die Bettlade, eine kolossale Pfälzer Weingestalt geradezu. Ein Bär, wuchtig, gewaltig, drohend, mit einer Stimme, die aus kellertiefen Fässern kommt.

Er poltert zum runden Tisch, wo die andern sitzen. Der Mann ist im Lederschurz, er trägt eine Schirmmütze, sein Kopf ist imponierend; rot angelaufen und verändert das massige Gesicht, ein Doppelkinn fällt über den Hals. Er hält die hohle Hand auf das linke Ohr.

Es wird lauter und stürmischer, als er an den Tisch tritt, er schmunzelt, und sein gütiges Schmunzeln zeigt, dass seine bedrohliche äußere Aufmachung nur Theaterdonner ist. Sie nennen ihn Radieschen. Ein sauberes Radieschen, ich möchte es nicht mit Schwarzbrot und Butter verspeisen. Radieschen mischt sich in die Unterhaltung ein, sein Dialekt ist unverfälscht, seine Stimme rollt und brodelt. Es steht fest, dass er den K.-S.-Filter verwünscht, dass er das Zuckern verwünscht und dass er für den hundertprozentigen naturreinen Wein sein Leben einsetzt. Alles moderne Teufelswerk soll der Blitz zerschlagen.

»Milljackedunnerwetter!« So ruft er.

Milljackedunnerwetter.

»Ich muss nun einen Besuch machen«, sagt Alex und trinkt das Glas leer. »In der Schneckenangelegenheit habe ich hier eine Besprechung mit Herrn Bastian Berghaus, ich habe Ihnen ja von dem Herrn schon erzählt.«

»Sie gehen jetzt zu Bastian Berghaus?«

»Auf der Stelle. Elf Uhr Sitzung. Ein Komitee soll gebildet werden.«

»Ein Schneckenkomitee?«

»Wenn Sie's so nennen wollen. Ich möchte nur noch rasch, ... es wird Sie nicht stören, wenn ich in Eile eine kleine Sache erledige.«

Er öffnet die Aktentasche, wühlt im Gerümpel und zieht einen weißen länglichen Karton hervor. Aus dem Gummimantel zaubert er ein Glas mit chinesischer Tusche.

Alex nimmt einen stumpfen Pinsel und malt, frei aus dem Handgelenk, in schönen, geschwungenen Buchstaben einen Spruch auf den Karton.

Rein sei der Wein, des Trinkers Wonne,
Und ohne Frankenthaler Sonne!

Dieser gerissene Hund, dieser Teufelsalex, da will er schon wieder Nutzen ziehen aus einem gutmütigen

Wortstreit, der am Nebentisch entstanden ist!

Er steht auf, geht zum runden Tisch und zeigt den soeben verfassten Original-Alex-Vers.

Ein großes Gelächter entsteht, auch der Wirt der Bettlade freut sich, er ist unbedingter Anhänger der ungezuckerten Weine.

Alex schwätzt dem Wirt ein Ohr ab, sie gehen beide an die Wand, und Alex, aus dem Gummimantel eine Schachtel mit Reißnägeln hervorziehend, heftet den Zweizeiler mit vier Nägeln an die Wand.

Er bleibt dann noch eine Weile am runden Tisch stehen und lässt sich über den Weinbau aus; schwafelt von Blauschönung und überschönten Weinen. Schnecken, meint er dann, Schnecken seien hier die Zukunftsmusik. Ob sie überhaupt schon einmal Schnecken gegessen hätten, mit Kräuterbutter?

Ich selbst bin wieder ein wenig verwirrt, eine Tür hat sich geöffnet in meiner Brust, Erlebnisse treten heraus, ich muss mich mit ihnen beschäftigen. Mit einem Schlag bricht alles in mir auf wie eine Wunde.

Wieder greift die dunkle Hand nach meinem Herzen.

Ich habe das Gefühl, ich müsse Alex noch etwas sagen, ihn auf eine Dame aufmerksam machen, der er möglicherweise begegnen könne.

Ich finde nicht den Mut. Alex geht.

Er ist schon draußen.

Das Radieschen schmunzelt ihm nach, dann kommt der Koloss mit seinem gefüllten Weinglas an meinen Tisch und hält die hohle Hand aufs linke Ohr.

»Jetzt sage Se mol, was war des für en fideler Schnurrant? Der macht jo Wind wie e Dudelsack.«

»Eine zufällige Begegnung auf der Landstraße. Der Mann hat es auf die Schnecken abgesehen.«

»Was will er mit Schnecken? Is erlaubt, mich zu setze? Prost, do trinke Se mol den Schoppe an.«

»Prosit, auf Ihr Wohl. Sie sind gewiss auch Winzer hier in Deidesheim? Eine Gotteswelt, wahrhaftig. Sind Sie zur Zeit beim Weinkeltern?«

Er lacht wie ein Unwetter und haut sich knallend auf die Schenkel.

»Ohohooo! Sie sin e Schlaule. Im Mai keltere, do lachen die Gäns.«

Er hat eine diebische Freude, weil ich so dumm dahergeredet habe. Kostenlos habe ich ihn in Heiterkeit versetzt.

»Woher kommen Sie denn, Sie Mailüftchen?«

»Aus dem Frankenland.«

»Aha! Also Winzer bin ich bloß nebenbei, ich bin Küfermeister im Weingut Berghaus.«

»Bei Berghaus? Den Namen kenne ich, er beherrscht die Gegend hier.«

»Ja, do bin ich schun achtezwanzig Johr. Gute Leut, feine Leut, der Urgroßvatter hot schon's Glück ins Haus gebrocht. Wisse Se, der hot so e Stückel vum Strick eines Gehängten im Hosesack getrage.«

»Was sagen Sie vom Erhängten? Er hat den Strick ...?!«

»... eines Gehängten, nit anders. Des bringt Glück ins Haus. Ween Se mol im Wald 'n Uffgehängte finden, dann vergesse Sie nit, e Fetze Strick abzuschneide un einzustecke.«

»Kaum zu glauben. Sie halten schon wieder die Hand aufs Ohr.«

»Ohrenweh, die Klamm, des sin manchmol verdammte Schmerze.«

»Haben Sie kein Mittel, kein Medikament?«

»Nix, die Dokter wisse nix, der Wein is de best Arznei, prost!«

»Es müsste doch irgendetwas geben, um den Schmerz zu stillen.«

»Bei Zahnweh ja, do gibt's e probates Mittel. Man muss mit dem Nagel von einer Totenlade den kranken Zahn dreimol bestreichen.«

»Du lieber Himmel, das sind ja alles grausige Mittel.«

»Sie helfen, uff Ehr und Gewissen! Gucken Sie mich an, ich bin ja sunscht kei Nippfigürche, ich blos dem Teufel in de Schornstein, wann's druff ankommt, aber des Ohreweh, des hot die Neunundneunzigkränk.«

»Ich will nicht aufdringlich sein, aber ich hätte da ein Gehöröl, nach alten Rezepten gebraut. Es stammt von einem Apotheker namens Häutle. Er wohnt auf der Knodener Höhe.«

»Gehöröl? Verkaufe Sie so Zeugs?«

»Ich verkaufe es nicht, ich will Ihnen aber gerne einige Tropfen versuchsweise ins Ohr träufeln.«

Ich öffne das Fläschlein und denke daran, wie gut es doch war, dass ich damals im Neckartal kein Benzin im Tank hatte, welches Pech ja bewirkte, dass ich David Häutle kennenlernte.

»Halten Sie mal bitte den Kopf auf die Seite.«

Ich träufle ihm einige Tropfen ins Ohr und stopfe einen Wattepfropfen hinterher.

»Glauben Sie nicht, dass ich jedem beliebigen Menschen von meinem Gehöröl gebe.«

»Warum geben Sie mir's, Sie kenne mich doch nit?«

»Weil ... weil ... was soll ich sagen, ... weil Sie Küfermeister bei Berghaus sind.«

»Is des so was Nobliges?«

»Für mich gewiss. Denken Sie nur, ich war noch nie in meinem Leben in einem großen Weinkeller.«

»Do kommt man auch so leicht nit rein. Des kann ich Ihnen aber sage, wenn mir Ihr Ohreöl hilft, dann führe ich Sie uff eigene Verantwortung in unseren Keller. Do is des Radiesche gut defür.«

»Sie heißen hier wohl allgemein Radieschen, Sie nehmen das Wort nicht krumm?«

»Ich heiß Radieschen wege mei'm Kopp. Sie sehen selbst, ich hab' en kleine Weinkopp, nenne mer's Kind beim Name, aber wann ich auch e bissel behäbig bin, ich hab' doch nie e Hoor in de Arbeit gfunde. Jesses, ich muss fort, wir fülle jo de Musenhang ab. Also Herr Ohredoktor, wie geredd so gebabbelt.«

Er poltert hinaus, ich höre seine Schritte auf dem Straßenpflaster.

Der Wirt, der Bettladenwirt, steht an meiner Seite.

»Das is'n Mann, des Radiesche, der braucht schon 'n Schoppe fors Maul auszuschwenke.«

»Ein lustiger Mann, das muss ich sagen. Und der Herr Bastian Berghaus, der muss ja eine Persönlichkeit sein, weil alle Welt ihn kennt?«

»Nit zuviel g'sagt, lieber Freund, e weitgereister Mann, kennt die ganze Welt. Un hat schon viel getan für die Pfalz, für den Weinbau un die Weinkultur. Un des kann ich Ihnen unter vier Augen sagen: Wie die Franzmänner im Land waren un des Separatistegesindel, do hat der Mann, der Herr Bastian

Berghaus, sein Grund und Bode un sein ganz Vermögen uffs Spiel g'setzt. Anno dreiundzwanzig habe sie ihn über de Rhein gejagt, nachts hat er flüchtig gehe müsse, uff'm Fahrrad is er nach Germersheim un dort vom Altwasser aus über den Rhein.«

Der Bettladenwirt redet im Flüsterton, und jetzt kommt er ganz nahe herbei und zischelt mir ins Ohr.

»Sie werden gehört haben von dem ... peng peng! ... in Speyer, im Wittelsbacher Hof, do habe se dene traurige Lumpen und Verräter e Kleinigkeit Blei zu schlucke gebe. Der Herr Bastian ... war nit ganz unbeteiligt an der Sache. Die Fäden gehen nach Heidelberg, dort war auch der Herr Berghaus. Damals war er sechsundvierzig, jetzt is er achtundfünfzig, aber ich sage Ihnen, der haut noch dem Teufel 's Ohr ab.«

»Und seine Frau Karola?«

»Die Frau Karola kann ma losse, wie sie is. Hat e bissel was Exotisches, wie kann des anders sein. Der Herr Berghaus hat Beziehungen zu Kalifornien. Pfälzer sind vor Jahren schon nach Kalifornien, e Deidesheimer hat dort große Obstplantagen angelegt un is e reicher Mann geworde. Seine Nachkommen sind als Obstzüchter bekannt. Vor fünf Jahren is Berghaus wieder übers Wasser, er hat in Kalifornien den Obstbau studiert, er hat immer große Plän im Kopf. Da hat er sich auch die junge Frau Karola mitgebracht.«

»Man erzählt sich von ihrem Vogelhaus?«

»Exotische Launen, versteht kein Hutmacher. Aber der Herr Berghaus is e Mann mit große Raupe im Kopf. Immer was Neues un immer was Neues.«

»Das wird den Dichter Alex freuen, der will ihn ja für die Schnecken begeistern.«

»Wenn die Sache Hand und Fuß hat, dann is der Herr Bastian die richtig Adress. Hoppla, seh'n Sie, do kommen zwei aus dem Vogelhaus. Die halten jetzt hier ihre Brotzeit.«

Zwei wunderliche Burschen betreten die Bettlade.

»Der Dürre is der Salto, un der Kleine mit dem Strohhut is der Elwetritsch«, sagt der Bettladenwirt.

Wirklich, zwei komische Gesellen, zwei Wunderblüten der Schöpfung, der Salto und der Elwetritsch. Sie tragen Leinenanzüge, genagelte Stiefel und Ledergamaschen. Was für merkwürdige Namen sie haben.

Der Salto ist ein magerer Mensch mit einem schmalen Gesicht und einer kräftigen Nase, die sich aufdringlich hervortut in diesem etwas komödiantischen Gesicht. Der Hals ist lang und sehnig, die Brust im Verhältnis zum übrigen Körper breit und gewölbt. Er mag dreißig Jahre alt sein, die Bewegungen sind lebhaft und haben etwas einstudiert Schaubudenhaftes. Er trägt eine alte, braune, fleckige Baskenmütze.

Der andere, der unbegreiflicherweise Elwetritsch heißt, ist klein und in sich viel dürftiger, wenn er auch rundlich und fett erscheint. Sein Gesicht ist glatt und ähnelt fast einem Kinderluftballon. Er hat Sommersprossen, die Haare sind rötlich, über den sanften Augen sind nur weißlich schimmernde Spuren von Augenbrauen festzustellen. Der Mann schwitzt, Perlen stehen auf der Stirn, der ganze Körper scheint feucht, er hat das Hemd geöffnet, fährt sich, vom Schweiß bedrängt, hinter den Halskragen und wischt das speckige Band innen im Strohhut ab.

»Zweimal Saft, bitte«, ruft der Salto und ist aufgekratzt. Er pfeift durch die Zähne und jetzt ... was macht denn dieser drollige Kauz aus Karolas Vogelhaus?

Auf dem Stuhlsitz macht er einen Handstand, Donnerwetter. Da balanciert er auf den Händen, die Beine stehen nach oben, er klappert mit den Absätzen.

Der Elwetritsch lächelt sanft und schwitzt. Die anwesenden Gäste sind vergnügt und klatschen ihm Beifall.

»Wirklich zwei aus der Menagerie der Welt«, sage ich leise zum Bettladenwirt, der ihnen den Wein bringt. Sie kramen Essbares aus ihren Beuteln und fangen zu kauen an.

»Ohne Eintritt zu sehen«, flüstert der Wirt.

»Was für Menschen sind es?«

»Gefangene Tippler.«

»Vögel in Käfigen?«

»Zwei von Frau Karolas Lieblingen. Der Salto war ein großer Artist, Luftakt. Er hat einen Finger verloren, aus war's mit ihm.«

»Und der andere? Warum heißt er Elwetritsch?«

»Nach dem Vogel Elwetritsch, des is e Vogel, den's gar nit gibt, ein sagenhafter Vogel, ein Spuk, verstehen Se?«

»Ach so, und der Mann ...«

»... is ein ganz seltener Zwitscherer. Denken Sie bloß, zu dem kommt alles Viehzeug, auch das wilde Getier, Hasen und Rehböck und Fasanen. Nit zu glauben.«

»Salto, mach die Kreuzbiegung«, ruft ein Winzer vom Tisch herüber. Salto lässt sich das nicht zweimal sagen. Er biegt das Kreuz, bis die Hände den Boden berühren, überschlägt sich nach rückwärts und läuft auf den Händen durch die Gaststube.

Der Elwetritsch lächelt und wischt sich mit einem roten Taschentuch die entblößte Brust ab.

»Bei der Hochzeit«, ruft der Salto und schneidet eine Zirkusfratze, »bei der Hochzeit werdet ihr ein Wunder erleben. Auf das hohe Seil, meine Herrschaften. Ich spanne ein Seil über den Gutshof und tanze Seil zu Ehren von Fräulein Ursula.«

Ich erschrecke, ein boshafter Schlag trifft mich aus dem Hinterhalt.

»Was meint er mit der Hochzeit?«, frage ich den Wirt. Wieder friere ich, eine grässliche Angewohnheit, immer gleich zu frieren. Dort sitzt der Elwetritsch und kann sich vor Schweiß nicht retten, ich aber friere wie ein Hund im Winter.

»Es findet demnächst e Hochzeit statt bei Berghaus. Eine Sängerin is aus Kalifornien gekommen, berühmt, sage ich Ihnen, ihr Bild war in der Illustrierten ...«

»Soso«, sage ich und fange auch noch zu zittern an, »soso, nun das interessiert mich nicht ... sehen Sie nur den Elwetritsch an.«

Der Elwetritsch steht am offenen Fenster und hält die flache Hand mit Brotkrumen hinaus. Da kommen die Spatzen und Buchfinken an, sie umflattern und umzwitschern ihn, setzen sich auf seine Hand und picken die Brotkrumen.

Welch ein Hexenkabinett. Was geschieht denn mit mir, ist das alles nur ein verrückter Traum! Ursula und immer wieder Ursula. Der Mann im Netz, immer gegen die engen Maschen stoßend. Seiltänzerei bei ihrer Hochzeit. Ein Mann mit Spatzen auf der Hand. Ein Mann, auf den Händen laufend. Ein Mann im Netz.

Gebt mir frische Luft, meine Freunde.

Luft, ich ersticke. Es ist furchtbar, in einem Netz zu hängen. Ich verlasse die Bettlade.

Durch die Weinberge steige ich hinauf bis zum Wald. Dort setze ich mich auf einen Fels und bin still und nachdenklich. Ich bin früher nie so still gewesen und auch nie so traurig. Gewiss, ich freue mich ja auch, weil es so lustige Geschöpfe Gottes gibt, weil diese Erde so reich bedacht ist mit kuriosem Spielzeug, weil ich selbst lebe und Allotria treibe.

Ich hätte nicht nötig, traurig zu sein. Seht, ich traf einen Mann, der mir Rosen von Schiras gab, ich traf einen Mann, der sich mit Zweizeilern durchs Leben schlägt, ein Dritter hat mit der Hebamme geschnupft und wieder ein anderer zog aus, um eine wundersame Frau aus einem fernen Land überm Meere zu holen. Übrigens kriecht hier eine Weinbergschnecke. Recht vorsichtig geht sie zu Werk, tastend, prüfend, maßlos misstrauisch. Ich mache eine kleine Bewegung, schon zieht sie ihre Hörner ein. Nun wandert sie dahin, eine glitzernde Fährte hinterlassend, ihr wundervolles Haus glänzt in der Sonne.

An Alex denke ich, an zehn Millionen Schnecken, an Kräuterbutter. Nie ist dieses Gespensterleben zu begreifen. Weinberge, überall Weinberge. Himmel und goldene Sonnenstraße. Rauch aus Schornsteinen, schwankende Kuhgespanne. Und über mir rauscht der Wald, der Bruder der Ewigkeit. Immer wird es Wälder geben.

Oh, wie ich den Wald liebe.
Oh, wie ich Ursula liebe!

* * *

Ich bin noch höher hinaufgestiegen, bis zum Rand des Waldes. Das Land ist so feierlich heute, dabei ist ein Werktag wie andere auch; warum ist das Land so feierlich?

Ich sitze auf dem Heidefelsen, irgendwo singt eine junge Winzerin. Das Lied ist wie ein Schiff auf schwach bewegtem Meer.

Es kommt jetzt ein Riese durch den Wingert heraufgestiegen. Goliath ist auferstanden und stapft zwischen Rebstöcken, einen derben Pfahl in der Hand.

Nie sah ich in freier Wildbahn einen so hünenhaft großen Menschen.

Er kommt näher, da steht er vor mir, gewaltig aufgeschossen, wie ein Baum schwankend und wankend in seiner übernatürlichen Länge.

»Ich will mich zu dir setzen«, sagt der Riese und lässt sich auf dem Felsen nieder. Mindestens zwei Köpfe ragt er über mich hinaus.

Er sagt du zu mir, ich muss unbewusst mit Riesen auf gutem Fuß stehen.

»Ich glaube«, sage ich voll Staunens, »ich sehe dich durch ein Vergrößerungsglas. Du bist eine erweiterte Ausgabe«, und muss schmunzeln.

»Siehst du, schon fängst du an zu schmunzeln. Das ist mein ewiges Schicksal. Das ganze Weltgebäude lacht über meine Größe.«

»Du bist weit über zwei Meter groß.«

»Ich bin zwei Meter dreiundvierzig, ärztlich gemessen. Warum aber ist das lächerlich? Du erlaubst, dass ich hier Mittag mache.«

Er kramt seinen Rucksack aus, bringt Schwarzbrot, Speck und einen Weinkrug hervor und fängt zu tafeln an.

»Willst du mithalten?«

»Nein, ich bin nicht hungrig. Woher kommst du denn?«

»Aus den sieben Glückseligkeiten.«

»Aus den sieben Glücks …?«

Er kaut kolossal drauflos, mein Erstaunen bemerkt er nicht. Sein glattes, gebräuntes Gesicht ist in zuckenden Bewegungen, die Zähne gräbt er kannibalisch in den Speck.

»Ja, aus den sieben Glückseligkeiten. So heißt der Wingert dort. Mensch, eine berühmte Spitzenlage. Weingut Berghaus.«

»Überall Berghaus. Wohnst du . . .«

»Ich wohne im Vogelhaus.«

»Nicht anders zu erwarten. Dann hast du einen kuriosen Namen?«

Er reißt Schwarzbrot auseinander, er kaut mit gewaltigen Backen, sein Hunger ist eine Art Sehenswürdigkeit.

»Drunten heiße ich Gulli. Das kommt von Gulliver, weiß der Henker. Frau Karola hat mich Gulli getauft.«

Er setzt den Krug an den Hals.

»Bist du ein Kunde?«, fragt er mich, »oder ein Kuckucksei?«

»Du kannst mich fast so nennen.«

»Mensch, aber nicht vom Bau, du bist ein Linkmichel.«

»Wie kamst du denn ins Vogelhaus?«

»Das ist ein ganzer Roman, mein Lieber.«

Gulli heizt weiter ein, er hat Zähne wie ein Pferd. Seine Hände sind Tatzen, monströse Glieder, man hat Angst vor solchen Greifwerkzeugen.

»Gulli«, sage ich, »wenn du mir die Hand schüttelst, muss ich zum Arzt.«

Er trinkt den Krug leer, stößt fauchend Luft aus und legt sich ins Heidekraut. So, da liegt er jetzt auf dem Rücken, die Knie stehen nach oben.

Baumwipfel schaukeln im schwachen Wind, es riecht nach Harz und Rinde. Ach, welch eine zauberhafte Stunde, ein Riese liegt auf dem Rücken und erzählt.

»Mein Schicksal ist, dass ich aus dem Rahmen falle. Der Herrgott hat sich einen Spaß mit mir erlaubt, ich bin über das Durchschnittsmaß hinausgewachsen. Ich bin ein Einsamer, ein Alleingänger, ein Mensch jenseits der normalen Abmessungen. Ein solcher Mensch wird von den übrigen abgedrängt, er steht bald außerhalb, er ist eine unglückselige Einzelfigur. Mein Riesenwuchs hat mich zum Elenden gemacht, zum Geächteten, zur Spottfigur, zum Schmunzelobjekt. Als junger Mensch nährte ich den Hass in meinem Busen, die ganze Menschheit wurde mir zuwider, weil sie so gleichmäßig groß gewachsen ist. Stelle dir mal gefälligst vor, du kannst nirgends hingehen, ohne belacht zu werden, hoho, seht den großen Kerl, den Goliath, den Riesen, was für ein komischer Kauz beim Neungeschwänzten, der kann den Mond abstauben, wenn er umfällt, ist er über der Landesgrenze. Pass auf, Mensch, ein anderer kann in einen Laden gehen und sich einen Hut kaufen oder ein Paar Schuhe; ich nicht, denn ich habe Größen, die aufs Zwerchfell wirken. Schuhnummer zweiundfünfzig und Kopfweite fünfundsechzig. Für mich hängt in der ganzen Welt kein Anzug auf der Stange; in kein Bett kann ich mich legen, auf keinem Stuhl kann ich sitzen, durch keine Tür komme ich ungebückt hinein. Alles muss mir nach Maß gemacht werden, selbst Teller und Gabeln und Messer lassen, in meinen Händen, nur den Hohn der Umwelt aufkommen. Ich bin eine lebendige Unmöglichkeit, das Zerrbild aller, die in Normalmaßen durchs Leben wandeln; ich bin ein Titanenabkömmling, ein Urwaldaffe mit Menschenverstand, eine Abnormität, die zum grausamen Schicksal wird, weil sie so grotesk hinausragt über die menschliche Gemeinschaft.«

»Du redest wie ein Buch, Gulli; aber ich verstehe dich, deine Tragik wächst mir riesenhaft entgegen. Du bist nur irrtümlich auf der Erde.«

»Riesenhaft, siehst du! Wenn ich noch dumm geboren wäre oder blöd, meine Lage selbst nicht erkennend, in ein wohltätiges Dunkel träger Gedankenlosigkeit gehüllt. Aber nein, ich bin mit klarem Verstand ausgestattet, meine törichte und barocke Sensation steht klar vor meinem Hirn, ich weiß um meine Unmöglichkeit. Siehst du, das hat mich vor die Hunde gebracht.«

»Vor die Hunde?«

»Ja, ich bin verkommen, verelendet, verludert, verstromert. Die Landstraße hat mich geschluckt, die große Wanderstraße, wo allein man untertauchen kann.«

Wie prachtvoll redet dieser Mensch daher. Ist es denn möglich, dass ein Riese auftaucht mitten zwischen blühenden Weinstöcken, dass er neben mir im Heidekraut liegt und mir so plastisch sein seltenes Schicksal darstellt!

»Ich bin Tippler geworden, denn ich war in keinem Beruf möglich, das Lachen der Umwelt hat mich hinausgespien ins Alleinsein, das verfluchte Schmunzeln wurde mir unheilvoll zum Verhängnis, die Heiterkeit, die ich allerorten stürmisch erregte, hat mich halb zum Wahnsinn getrieben. Ich bin von guten Eltern, mein Lieber, von ganz normalen Eltern, ich habe gute Schule genossen, ich hätte studieren sollen, meine Goliathfigur hat mir den Garaus gemacht. Ich bin nichts als ein Hokuspokus.«

»War es denn nicht möglich, gleichgültig zu werden ...?«

»Es wäre mir fast geglückt, wenn das eine nicht gewesen wäre, das eine ... verstehst du, was ich meine?«

»Ich weiß nicht ...«

»Jeder junge Mensch verliebt sich in ein Mädel, hörst du, bei jedem kommt einmal die Stunde. Einmal im Leben tritt das zutiefst Menschliche an ihn heran. Mir blieb es versagt, ich ging durch meine Mammutjahre mit einer unsagbaren Qual. Und ich sagte mir oft selbst: Sieh nur, Goliath, du bist geboren und wirst sterben, ohne das erlebt und kennengelernt zu haben, was am stärksten menschlich ist. Hahaha, musst du nicht schmunzeln, treibt es dir nicht das Gelächter in die Kehle?«

»Ich denke mir, es müsste eine Riesin zu finden sein, die ...«

»Hahaha! Verpuchte Schwarzamsel. Nirgends, mein Lieber. Vor die Hunde. Tippler bin ich geworden, zehn Jahre lang habe ich den ganzen Erdball durchwandert. Mein blonder Knabe, ich habe allerlei hinter meine Stiefelsohlen gebracht. In Afrika war ich und in Amerika, in der Südsee und bei den Walfischfängern, in der Steppe, im Urwald und im Busch. Nach zehn Jahren bin ich hier im Vogelhaus gelandet. Frau Karola hat mich eingefangen, diese wunderliche Frau, die sich einbildet, man könne die Landstraße sesshaft machen, man könne die Ungesiedelten siedeln. Man kann es nicht, auch in mir gärt es und tobt es, in hellen Nächten ruft mich die Landstraße, denn sie ist mir Heimat geworden. Ich lebe hier gut, ich hätte sonst keine Wünsche, uns allen geht es gut im Vogelhaus: wenn der Trieb nicht in uns wäre, der unselige Trieb.«

Gulli schweigt. Ich höre ihn atmen, seine Nähe ist gewaltig, ich fühle, wie die Schöpfung ihr krauses Spiel mit ihm treibt. In diesem Augenblick wird mein eigener Schmerz klein und unscheinbar. Fast scheint es mir, ich könne durch das Netz entkommen, ich könne eine zerrissene Masche benützen, um zu entschlüpfen.

Gulli schweigt. Heide wächst im Umkreis und Heidelbeergesträuch. Das Konzert des Tages ist eröffnet, die Welt scheint gut gelaunt heute, sie hat ihre verschwenderische Stunde. Wer mich sucht, kann mich finden, bei einem Riesen liegend, mitten im Palast des Tages.

Zugestanden, es gibt Grausamkeiten auf dieser Erde, die Natur ist nicht ohne Brutalität. Hier aber dreht sich das Universum zu einer Leierkastenmelodie. Vielleicht bewegt ein genialer Gassenhauer die Sonne und alle Wandelsterne.

Seht, ein Riese kam aus den sieben Glückseligkeiten und sprach zu mir von seinem Schicksal.

Der Riese richtet sich jetzt hoch, stützt sich auf die Arme und schaut mir nahe ins Gesicht.

»Gestehe nur, du hast doch sicher ein Mädel; irgendwo hast du eine Freundin, die an dich denkt, die auf dich wartet, habe ich recht oder nicht?«

»Ich ... weiß ... es nicht.«

»Rede kein Gewäsche, Knabe. Ich kann dir nur sagen, sei Gott dankbar dafür, freue dich in jeder Stunde, dass du solches Glück hast.«

»Ja, Gulli, ich will mich freuen.«

»Wer das nie erlebt hat, der ist kein Mensch, der ist ein Monstrum, wie ich. Hör mal zu: Uns alle packt es manchmal im Vogelhaus, wir zittern mit den Flügeln, wir schütteln das Gefieder und möchten auf und davon fliegen. Aber Frau Karola hält uns mit einer unsichtbaren Macht. Wir haben ja auch keine Papiere. Frau Karola hat unsere Fleppen in Verwahrung genommen. Sie hält keinen mit Gewalt, aber wer fliegen will, der muss vor sie hintreten und seine Fleppe verlangen. Das hat bis jetzt noch keiner fertiggebracht. Ab und zu macht sich einer auf die Socken. Nachts zieht er davon, ohne Papiere, es treibt ihn nur so hinaus, ein unsichtbarer Wind fegt ihn davon.«

Noch näher rückt er zu mir heran, seine Stimme sinkt zum Flüstern.

»Wir alle wissen, dass Frau Karola selbst gefangen ist, dass sie fliehen möchte und nicht kann, dass sie verborgene Wünsche hat, die sich nicht mehr erfüllen lassen.«

»Sag mal, Gulli, kann man nicht einmal dieses Vogelhaus sehen, kann man nicht auf Umwegen hineinkommen, um es zu bestaunen? Ich traf schon zwei Vögel in der Bettlade, den Salto und den Elwetritsch.«

»Du kannst heute schon kommen. Die Herrschaften sind fort. Besuch aus Amerika ist da, eine Sängerin ist dabei, sie singt heute Abend in Mannheim; die ganze Familie ist zur Vorstellung gefahren. Du kannst uns heute nach Feierabend besuchen. Knäblein, wir sind kuriose Wolkenschieber. Komme nur herein, und wenn dir jemand in den Weg läuft, dann mache den Unzelmann.«

»Unzelmann?«

»Na ja, das ist ein Brocken Rotwelsch. Heißt sich dumm stellen und eine Falle reißen. Jetzt muss ich an die Arbeit.«

Gulli erhebt sich, er wächst aus dem Heidekraut heraus, mit Wucht schiebt er sich in den blanken Himmel, lieber Gott, was für kolossale Füße hat der Mensch.

»Gulli, man hat früher den Wein mit den Füßen gekeltert. Damals hätte dein Leben einen tieferen Sinn gehabt.«

Er wankt davon, die Arme baumeln, der Körper biegt sich wie im Sturm, sein Rücken ist wie ein bewegter Fels, er stapft den Hang hinab, ein plumper Höhlenbär, langsamen und tappenden Schrittes. Die Sonne bescheint ihn, eine Lerche steigt auf, es rauscht von den Wäldern her. Über dieser Stunde liegt das rätselvolle Lächeln der Welt.

»Wohin gehst du, Gulli?«, rufe ich dem Riesen nach.

»In die sieben Glückseligkeiten.«

* * *

Es ist Feierabend, nun gehe ich in Karolas Vogelhaus. Durch das breite Tor trete ich in den Innenhof des Anwesens. Ein großes Gut, muss ich sagen, das sieht man auf den ersten Blick. Rechts das stattliche Herrschaftsgebäude, von Weinreben umrankt, die Front im Winkel nach der Straßenseite gekehrt. Links Stallungen, Schuppen, Scheunen und Lagerräume.

Fässer und Bütten, eine gewaltige Kelteranlage, Weinpumpen und Schläuche, Flaschen und Kisten, es muss toll hergehen in solch einem gärenden, weinsummenden Gehöft, der Duft des Rebenblutes steigt aus allen Kelleröffnungen, der Wein regiert in diesen Bezirken. Und überall, wo Wein wächst, geschehen sonderbare Dinge.

Als ich so zaghaft über den gepflasterten Hof trete, muss ich an Ursula denken. Welch eine Vermessenheit von mir, hier einzudringen, welch ein Wagnis, mich in eine Welt zu wagen, wo sie lebt und atmet, und wo sie mir in jeder Sekunde gegenübertreten kann.

Durch ein kleineres Tor komme ich in einen zweiten Hof. Hier erkenne ich die alte Stadtmauer, es blüht und duftet allerorten, ein Meer von Blumen und Blüten sprosst und treibt in Gärten, an Mauern und Zäunen, kaum sind so viel blühendes Leben, so viel

Glück und so viel Schmerzlosigkeit zu ertragen. Mit einem Male stehe ich vor einem großen Käfig, der vom Boden etwa zwei Meter aufsteigt und einige Meter lang ist. Im Käfig wächst eine Hecke, auf der sich mancherlei Vögel emsig tummeln. Wirklich eine bunt gemischte Gesellschaft gefiederter Lebewesen, Finken und Meisen, Drosseln und Schwarzblättchen; dazwischen eine Krähe, aus klugen Augen neugierig schauend. Eine chinesische Nachtigall.

Ein lärmendes Vogelhaus, erfüllt von einem nimmermüden Zwitschern, Trillern und Flöten.

Ich bleibe sinnend vor diesem Vogelhaus stehen, ich weiß nicht, warum ich nachdenklich werde mitten in diesem vielstimmigen Jubilieren. Beim näheren Hinschauen bemerke ich, dass einige Vögel still auf ihren Zweigen sitzen, sie machen einen müden und vergrämten Eindruck; ihr Sinn steht nicht nach Gesang, sie scheinen mir traurig und elend. Ihr buntes Gefieder ist aufgeplustert und hat an Glanz verloren, sie sind weiß Gott nicht in guter Laune.

»An den Käfig muss man sich erst gewöhnen«, höre ich hinter mir eine Stimme. »Immer Drahtmaschen vor den Augen. Flattern, aber nicht fliegen.«

Ich wende mich um, da steht ein Mann im Leinenanzug. Er hat beide Hände in den Taschen und ist ein wenig in sich selbst zusammengekrümmt. Der Mann ist alt, sein Gesicht ist faltig und zerfurcht, auf dem Kopf wuchern nur noch wenige dünne Haare; diese Haare glänzen silberweiß im Licht. Die Augen sind trübe und entzündet, blicken mich aber mit einer durchdringenden Schärfe an. Alles in allem ein unheimlicher Mensch.

»Futter und Wasser und beste Gesellschaft vorhanden«, fährt der Mann fort, »und doch nicht immer nach Vogelart. Habe ich gelogen? Kommst du ins Vogelhaus?«

»Ja, ich komme ins Vogelhaus, wo ist es denn?«

Der Mann, zuerst auf den lärmerfüllten Käfig, dann auf ein niederes Gebäude an der alten Mauer deutend: »Hier, mein Herr, und dort. Ohne Schlummerkies die beste Bleibe, besser als jede Zuckerbüchse. Das Ende aller Speckjäger, höhöhö!«

Der Mann hat ein merkwürdiges Lachen, er ist wohl nicht richtig beisammen, offenbar leidet er unter einer kleinen Störung. Ich wette, er ist Mitglied des Vogelhauses.

»Wer bist du?«

»Eine alte Sumpfeule. Ein kranker Ohrenuhu.«

Leise durch die Zähne zischend, greift er mich beim Rockärmel und zieht mich nach dem Käfig; mit dem ausgestreckten Finger auf einen Vogel deutend, sagt er:

»Siehst du den dort? Das bin ich. Der und ich, wir gehören zusammen.«

Abseits sitzt ein bunter ausländischer Fink auf einem Ast; still sitzt er da und verelendet, umlärmt vom abendlichen Gesang. Er rührt sich nicht, er ist zu einer flaumigen Kugel aufgeblasen, manchmal zucken die Lider über die schwarzen Perlenaugen.

»Der macht nicht mehr lange mit. Komm herein jetzt, komm nur, es geht lustig zu in unserer Klappe. Du scheinst mir ein Honorist.«

Der Mensch bedrückt mich, ich bin froh, wenn ich ihn nicht mehr sehe, denn er bringt Verstimmung und unheimliche Gefühle. Fort mit der Ohreneule.

Ich schaue mich um und sehe Haus und Ställe und Keller, die Dämmerung lagert über dem Gutshof. Wie komme ich in diese Umgebung, ich bin ein Mann im Netz.

Die Tür des niederen Hauses öffnet sich, heraus kommt Gulli, der Riese.

Heraus kommt hinter ihm der Elwetritsch, und jetzt hebt im Käfig ein Lärmen und Tosen und Umherfliegen an, als ob ein Unwetter unter die Gefiederten gefahren wäre.

Ein Schauspiel ohnegleichen ersteht vor meinen staunenden Augen. Während Gulli auf mich zukommt, öffnet der kleine Elwetritsch die Drahttür und schlüpft in den Vogelkäfig hinein.

Fliegend und flatternd, schwirrend und hüpfend stürmen die Vögel auf ihn zu und umtoben ihn wie ein buntschillerndes Gestöber. Auf seinem Kopf sitzen sie, auf seinen Schultern und Armen, an der Brust krallen sie sich fest und auf den Händen, es ist ein unbeschreiblicher Aufruhr unter sie gefahren, sie scheinen besessen vor Freude und Glückseligkeit. Wahrhaftig, dieser Mensch ist der geliebte Bruder aller Tiere.

Da steht er mitten im Käfig, klein, mit rundlichem Gesicht und rötlichem Haar. Da steht er in einer Vogelwolke, schmunzelt und schwitzt. Perlen stehen auf seiner Stirn, das Gesicht glänzt von ausbrechendem Schweiß, o über diesen Sonderling der Welt.

Gulli zerrt mich durch die Tür in das Gebäude hinein, wir kommen in eine große Stube, wo die Hölle lodert.

Da sind ein Dutzend aufgeräumter Brüder beisammen, es geht hoch her in diesem Gesinderaum, in dieser einzigartigen Vogelstube. Der Salto muss wohl gerade eine tolle Geschichte erzählt haben, denn sie sind in wildem Gelächter begriffen.

»Ein neuer Taschenkrebs, was?«, ruft mir einer zu, »bist du auf dem Drallewatsch gekommen?«

»Den kenne ich doch«, sagt der Salto und kommt auf mich zu. »Warst du nicht heute Morgen in der Bettlade?«

»Doch, dort war ich, weil ich meine Mitmenschen für mein Leben gerne auf den Händen laufen sehe.«

Die Vögel umdrängen mich jetzt, dicht schieben sie sich heran, die ehemaligen Kornhasen und Klinkenputzer, eine rechte bunte Kollektion, muss ich sagen.

»Du bist doch kein Kunde«, sagt einer und packt mich lachend bei den Schultern. »Du willst hier wohl die Menagerie besuchen? Mensch, Eintritt ein Krug vom vorjährigen Saft.«

»Den will ich gerne spendieren.«

»Kanker, hast du's vernommen? Der Herr gibt einen Vorjährigen aus.«

Kanker ist ein junger Kerl, dürr, dass er brennt, ein verhungertes Bürschlein. Er nimmt den großen Tonkrug und streckt die Hand aus.

»Kies, wenn ich so frei sein darf.«

Der Riese schiebt sich monumental zur Tür herein, gebückt kriecht er durch die Öffnung wie durch eine Höhle.

»Was sagst du zu dem Pachulke?« Der Salto lacht mich an und deutet auf Gulli. »Wenn er eine Braut hätte, sie müsste mit der Leiter zu ihm kommen.«

Gulli ist in bester Laune, er hat sein ganzes Elend vergessen, wie ein Turm ragt er über die Brandung hinaus.

»Hab' ich euch nicht einen sauberen Gast gebracht?«

Ein Männlein mit O-Beinen wackelt heran, sein Mund ist eingefallen, fast ohne Lippen, die Nase will aufs Kinn stürzen.

»Bist am Ende ein verkappter Fußlatscher, August ohne Latte?«

»Quatsch«, ruft Gulli, »er ist gekommen, um uns zu studieren, hab' ich recht? Ihn interessieren unsere Schicksale. Komm, schau dir diesen an, er ist der letzte Tippler.«

»Oha, ein Romanschreiber, ein Geschichtenschwindler. Kannst du 'ne anständige Schere machen?«

Ich lache ihn an. »Nein, aber Stein, Schere und Papier kann ich.«

»Das sehe ich dir an«, meint der letzte Tippler, »dass du noch keine gebrannten Mandeln unter den Trittlingen gehabt hast. Geschichten, was? Ich könnte dir vielleicht was erzählen, mein Leben ist ein ganzer Roman.«

Der Kanker bringt den Wein, Herr meines Lebens, ist das ein Riesenkrug. Er knallt ihn auf den Tisch, zehn Liter fasst dies Behältnis.

»Her mit dem Rachenputzer!« Gulli greift zum Krug, er setzt an, sein knolliger Adamsapfel hüpft auf und nieder.

»Aussteigen«, brüllt das O-Bein und reißt ihm den Krug vom Mund.

Da kommt ja auch der Elwetritsch herein, langsam

und vorsichtig, wie ein scheues Tier, das in eine freie Lichtung tritt.

»Salto, wir müssen dem noblen Honoristen eine Galavorstellung geben.« Gulli packt den Kanker vorn an der Krawatte, Rock und Hemd ballen sich zusammen in seiner Eisenfaust, er hält den Dürren wie eine Zaunlatte in die Luft hinaus.

»Elwetritsch, komm in meine Linke!«, ruft er und grapscht auch noch den Rothaarigen; nein, dieser tolle Riese, der an seiner Kraft und an seinem Volumen Schiffbruch litt.

Da zappeln die beiden in seinen Fäusten. Ein rauer Beifall setzt ein, nie war ich in einer solch verrückten Gesellschaft. Kaum ist der Kanker frei, stelzt er zum Krug, packt ihn mit beiden Händen und fängt an, wie eine Saugpumpe zu schlucken.

Er krakelt in die Ecke, holt eine Papierrolle, hängt sie an einen Nagel und rollt sie auf.

»Kanker, die Moritat!«

Im Hintergrund ergreift jemand ein uraltes Schifferklavier, schiebt sich durch den Menschenklumpen und hockt sich vor das Plakat, das mit kindhaften Zeichnungen geschmückt ist. Der Kanker deutet mit dem Stock auf die Jahrmarktsbilder und grölt eine schreckliche Moritat herunter.

Mich trifft es wie ein nasses Tuch, wo habe ich diesen elenden Gassenhauer gehört, wer sang solchen Leierkastenschmachtfetzen?

Marlena.

Richtig, Marlena, in jener Nacht am Neckar, ein Schiff lag vor Anker, es war eine sonderbare Stunde. Marlena ist schuld, dass man einen Menschen tötete.

Marlena mit der Narbe an der Stirn sang diese blutige Geschichte.

> Ein Mädchen jung von achtzehn Jahren,
> Verführt von einer Männerhand,
> Sie musste ach so früh erfahren
> Was falsche Lieb' für Folgen fand.

Der düstere Mann, der am Vogelkäfig stand, die Ohreneule, kommt durch die Tür. Dort bleibt er gebückt stehen und hört auf das Johlen. Kanker ist in guter Fahrt, die Quetschkommode jault, Gulli lacht, dass die Scheiben zittern.

»Macht doch ein Fenster auf«, sage ich, »hier ist eine Luft, die man mit dem Hammer zerschlagen muss.«

Manchmal muss ich an das Mädchen Marlena denken. Einmal sah ich sie im Traum, sie trieb im Strom dahin, ein dunkles und gespenstisches Schiff.

> Sie lief von Hamburg bis nach Bremen,
> Von da aus ging sie an die Bahn,
> Ihr Haupt, sie legt es auf die Schienen,
> Bis dass der Zug von Hamburg kam.

»Diese Tränenzwiebel kenne ich«, rufe ich in das Getöse hinein.

Der düstere Mensch lehnt gegen den Türpfosten, seine Gedanken sind grimmig und irgendwie bösartig. Weiß Gott, was er auf dem Gewissen hat, er passt nicht in diese fröhliche Kameradschaft, etwas Lasterhaftes spielt um seinen eingefallenen Mund.

»Wer ist der Mann dort?«, frage ich Gulli.

Kanker singt weiter, das Schifferklavier macht einen Heidenlärm.

> Jedoch der Schaffner hat's gesehen,
> Er winkt ihr zu, ja mit der Hand;
> Allein der Zug, er blieb nicht stehen,
> Ein Haupt voll Blut rollt in den Sand.

Welch einen Beifall weckt das blutige Haupt. Der Krug ist leer.

»Bringt einen neuen Krug! Was will die Ohreneule?«

»Hoho«, lacht Gulli, »vielleicht drücken ihn Erbsen in den Schuhen. Hohoo, hast du Heimweh? Du musst das Hemd verkehrt anziehen.«

»Den sehe ich an der Feldglocke hängen, den alten Miesmacher.«

Der Salto kommt auf den Alten zu und stößt ihm lachend vor die Brust.

»Brauchst einen Strick, gelt? Willst dich aufhängen. Musst du immer kommen und uns Essig in die Stimmung schütten? Einen Strick, hee, einen Strick.«

Das O-Bein bringt ihm wirklich einen Strick, eine raue Gesellschaft ist hier beisammen. Der Düstere nimmt den Strick und schwingt ihn grimmig wie einen Lasso.

»Ihr Dummköpfe!«, sagt er und schiebt sich langsam in die Bank hinein.

Der Salto, als er den frisch gefüllten Weinkrug sieht, startet zu einer Solonummer.

Er zieht den Rock aus, die Genagelten zieht er aus und die Ledergamaschen. Er streift die Hemdärmel hoch und schnallt den Hosengürtel fester.

»Tisch frei!«, ruft er, »meine Galanummer auf die Walze!«

Seht den Salto, diesen Teufelskerl mit dem maroden Finger, nun der Artist in ihm aufersteht wie der Jüngling zu Nain. Solche Verbeugung, solche Prahlerei mit dem Bizeps bei gewinkeltem Arm bringt nur ein Mann vom Bau zuwege.

Seht den Salto, wie er unter der Galoppmelodie der Quetschkommode Anlauf nimmt und nun waagrecht, wie ein Indianerpfeil über den langen Tisch dahinschnellt, wie er am Ende Griff fasst mit seinen neun Fingern, sich blitzartig überschlägt, und »hee hopp!«, mit einem Schlusssalto elegant wie Gummi auf die Beine kommt.

Der Beifall stürzt wie eine Wetterwolke über ihn her. Ist er schon zu Ende, war das alles? Bewahre, er saust schon wieder über den Tisch, hält mitteninne, steht auf den Händen und hüpft über den Tisch, verharrt eine kurze Weile auf der Kante, federt mit den Ellbogengelenken und springt - Herrgott noch mal - auf den Händen vom Tisch auf den Boden, hopst dort wie ein Verrückter umher, macht die Kreuzbiegung, macht die Brücke und richtet sich schlangenmenschhaft von rückwärts auf.

Da steht er, die große Nase scheint noch stärker hervorzutreten, sein Gesicht ist rot wie eine Tomate, die Sehnen am Hals sind wie Stricke geschwollen.

Das Publikum donnert Applaus, die Quetschkommode gibt einen Tusch, der Salto tritt gravitätisch aus der Manege.

»Nächste Nummer«, ruft er aus, »der Herr Direktor selbst mit seinen vierzig Elefanten.«

Ich kann mir nicht helfen, ich muss begeistert in die Hände klatschen.

»Gebt den Krug dem Salto, gebt ihm W ...!« Mir bleibt der Satz in der Kehle stecken, wie ein Hieb aus dem Ungewissen trifft es mich, meine Hände erstarren mitten im Klatschen ... ich starre nach dem offenen Fenster!

Draußen ist eine Gestalt am Fenster; schaut zu uns herein, ein Antlitz ist hell erleuchtet, staunende Augen sind dem Lampenlicht preisgegeben ... Ursula!

Ich taumle nach rückwärts, ich will umsinken, ist niemand da, der mich hält? Sagte ich nicht, überall wo Wein wächst, geschehen sonderbare Dinge.

Nichts mehr, die Gestalt ist fort, Nacht hat das Antlitz verschluckt, Schwärze hat die Augen ausgelöscht o dieses Hexenkabinett.

Ich stoße durch den Tabakqualm zum offenen Fenster vor, und schaue hinaus. Nichts, die Nacht ist dunkelblau geöffnet, Sterne glänzen, ich höre einen Brunnen rauschen. Nachtschwärmer kommen durchs Fenster und umschwirren die Lampe.

Das Getöse wächst wieder an, der Krug kreist, die Menschen sind besessen. Der Düstere soll verschwinden, bitte sehr, ich wünsche, dass er verschwinde. Keine Eule unter den Prachtfinken.

Salto steht vor mir, seine Brust geht auf und nieder, er zeigt mir den Zaun seiner Zähne.

»Mensch im Vogelhaus«, sage ich, »warum bist du nicht auf Tournee? Du kannst mit neun Fingern noch die Menge begeistern.«

»Schon lange aus, für die Spitzentricks reicht's nicht mehr. Mein Finger ist beim Teufel, schau her. Ich habe früher nur im großen Luftakt gearbeitet, mein Freund. Ich glaube manchmal, das ist schon hundert Jahre her.«

»Sahst du niemand am Fenster stehen?«

»Nein, du siehst Unken und Eulen.«

»Es stand eine Frau am Fenster. Ich schwöre es bei meiner Gesundheit.«

»Verrückt. Schau dir den Elwetritsch an, die Nachtschmetterlinge brechen ihm das Herz.«

Was ist denn? Elwetritsch, sieh zu, dass du in die Falle kommst, du bist von Gott verlassen. Er rennt in der Stube umher und fängt die Nachtschwärmer ein, geht zum Fenster und setzt sie in Freiheit. Kein Zweifel, ihn bedrückt die leidende Kreatur, die hier am Licht verbrennt.

»Elwetritsch«, sage ich zu ihm und packe ihn am Rock, »komm mit dort in die Ecke auf der Bank, du musst mir ein Endchen erzählen, was für eine komische Kanaille du bist.«

Wir sitzen in der Ecke, Qualm brodelt im Raum, der lustige Lärm rennt in Ecken und Winkel. Es herrscht eine unsagbare Schwefelstimmung, der Satan hockt in den Mauerritzen.

»Wie kommst du ins Vogelhaus, Elwetritsch; du Geistergestalt?«

»Das ist ein ganzer Roman.«

»Überall Romane, jedes Leben hier ein romantischer Wälzer. Sag mal, sahst du vorhin jemand am Fenster stehen?«

»Ja, ein fremdes Mädchen, ich glaube, es war das amerikanische Fräulein. Warum fragst du, interessiert dich etwa ...?«

»Nein, nein, nur nebenbei; es fiel mir ein, ich

erschrak, als so plötzlich ... du wolltest mir erzählen, du bist der Bruder aller Tiere.«

»Das ist mein Verhängnis geworden. Von mir führt eine Brücke zu den Tieren, lache mich nur tüchtig aus. Alle Tiere kommen zu mir und sind mir zugetan, du darfst es mir glauben. Ich könnte durch Urwald und Dschungel gehen, bald wäre das wilde Getier um mich versammelt, ich bin wie ein Rattenfänger, hinter dem die Tiere herziehen.«

»Was faselt er dir vor?«, ruft der Düstere, der plötzlich neben uns an der Wand steht. »Ein Muttersohn, eine Fliege, sonst gar nichts. Was hat er erlebt? Dunst, das ist alles.«

»Geh in die Hölle!«, rufe ich.

»Siehst du«, fährt Elwetritsch fort, »ich wirke überall peinlich. Ich habe Sommersprossen und schwitze. Ich würde am Nordpol schwitzen. Du lachst dir einen Leistenbruch, wenn ich dir erzähle, wie mir das Leben mitgespielt hat. Hör zu: Mein Vater hatte eine größere Schlächterei, unser Geschäft hat einen klingenden Namen. Stelle dir vor, mein Vater ein Metzger. Sein Handwerk hat mir schon von Kind an die Nerven stranguliert. Nun hätte ich als einziger Sohn Metzger werden sollen, begreifst du den Hohn? Schon als Kind merkte ich, wie sich die Tiere mir anfreundeten. Ich konnte keine Spinne töten. Und hätte Metzger werden sollen. Der Gedanke, irgendetwas abschlachten zu müssen, trieb mir das Grauen in die Kehle. Mein unseliger Vater hatte sich aber in den Kopf gesetzt, ich müsse Metzger werden. Ich wurde in die Lehre gedrängt, gezwungen. Mach dir doch mal gefälligst klar, ein Mensch soll berufsmäßig Tiere töten, dem der

Schweiß in Strömen ausbricht, wenn er nur daran denkt. Aus dem Schlachthaus bin ich davongelaufen, schreiend und tobend, ein kranker Taugenichts ... holla, ein Ligusterschwärmer!«

Er rennt davon, klettert an der Lampe hoch und geht auf eine wilde Jagd nach dem Ligusterschwärmer.

Haha, welche Erlebnisse fallen mir in den Schoß, auf welcher Marionettenbühne des Lebens befinde ich mich, wie viel Kuriositäten sind hier auf engem Raum versammelt. Ein Kabinett verelendeter Menschen, eine Privatlaune der Schöpfung machte sie zu Tipplern und Kornhasen.

Da war doch noch einer, der sich der letzte Tippler nannte. Wo ist er, ich will ihn sehen, beim Pferdefuß. Wer mag ihm das Bein gestellt haben, über welche Verdrehtheit ist er gestolpert?

Am Tisch ist ein großer Aufruhr entstanden. Der Salto hat mit schmierigen Karten ein verdammtes Kunststück gemacht. Sie umlärmen und bestürmen ihn.

In mich fährt ein boshafter Teufel, ich weiß nicht, was mich von der Bank hochtreibt, was mich wie Pulver unter diesen Knäuel verschrobener Menschen schleudert.

Da bin ich schon mitten unter ihnen, unselig aufgestachelt.

»Das ist nichts«, rufe ich in die lodernde Bewegung hinein »Ich weiß euch einen Steuermann, der nimmt ein rohes Ei in die Faust, hält es eine Weile umklammert und - zack! - ist das Ei hart gekocht.«

Eine Weile herrscht Stille, sie hören mir zu, ihr Staunen wird wachgerufen.

»Was will der Honorist, er soll es vormachen. Was ist es mit dem rohen Ei? Ein Schwindel. Spiegelfechterei. Schaubudenzauber.«

»Ich selbst kann es nicht«, fahre ich in meiner unseligen Verblendung fort, »aber der Steuermann Max kann es nur so aus dem Handgelenk heraus. Das Mädchen Marlena hat mir das erzählt, in einer Nacht am Neckar.«

»Welche Marlena? Wo ist denn Marlena?«

Ein Stimmenchor fällt über mich her.

»Ist sie deine Kalle?«

»Das Mädchen Marlena auf einem Frachtschiff. Eine, die zu euch gehört, ausgestoßen, auf der Landstraße liegend. Eine Narbe auf der Stirn, mit einer Kohlenschaufel geschlagen.«

Was jetzt geschieht, hätte kein Mensch erwartet, es kommt blitzschnell und mit stürmischer Leidenschaftlichkeit.

Der Düstere nämlich, urplötzlich lebendig geworden, drängt wie ein Torpedo durch den Menschenklumpen und fährt mir an den Hals. Wie auf einem Raubflug fällt die alte Ohreneule über mich her.

»Welche Marlena denn, du Komödiant?« Er keucht, er gräbt die Zähne in die Unterlippe. »Welche Marlena meinst du, was willst du mit der Narbe? Wer schlug mit der Kohlenschaufel?«

Er würgt mich, ich packe zu und will ihn von mir abschütteln, mit der flachen Hand fahre ich unter seinen Hals und drücke ihm das Kinn zurück.

Jetzt drängen die anderen herbei und wollen helfen.

»Zurück!«, rufe ich, »ich werde allein fertig.«

Ein Druck noch aufs Kinn und ein Griff in die Lenden, eine kurze Drehung, und ich schleudere ihn auf den Fußboden.

Langsam erhebt er sich, kommt auf mich zugewankt und bleibt vor mir stehen, die Arme baumelnd, den Rücken gekrümmt, schillernde Nässe in den trüben Augen.

»Du hast - da - etwas gesagt ... du - hättest - das nicht ... sagen sollen. Das lebt immer weiter ... das ist wie eine - Ratte in mir.«

Er wendet sich und torkelt durch die raucherfüllte Stube.

»Wie eine Ratte ... ist das!«

Er will hinaus, da öffnet sich die Tür und, wie aus einem schwarzen Schlund kommend, tritt eine Frau herein.

»Frau Karola!«, höre ich eine Stimme hinter mir.

Das also ist Frau Karola, denke ich in einem Nebel, in einer Verwirrung und Betäubung. Das ist Frau Karola, nun steht sie lebendig vor dir. Hunde kommen hinter ihr hereingestürmt. In ausgelassenen Sätzen rennen sie geradeswegs auf den Elwetritsch los. Ich erkenne zwei schwarze Cockerspaniel, einen herrlichen braunen Setter und einen Drahthaarvorsteher.

»Was für ein Leben herrscht hier?«, sagt Frau Karola und tritt weiter in die Stube herein. »Wird ein Fest gefeiert?«

Eine schöne Frau, bei meiner Seele, mit einem verwegenen Anstrich. Nicht jede Frau ist von einem solchen Schmelz umgeben.

Sie erkennt in mir den Fremden, sie schaut mich

durchdringend an mit diesen merkwürdigen Augen, die schmal werden beim Beobachten, so, als ob die Frau ein wenig kurzsichtig wäre.

»Wer sind Sie, ich kenne Sie gar nicht.«

Mir rasen verschiedene Gedanken und Vorstellungen durch den Kopf. Diese Frau, das weiß ich bestimmt, saß damals nicht im taubenblauen Wagen. Sie trägt auch keinen Schildkrötenring.

»Sie antworten nicht, warum schauen Sie nach meinen Händen?«

»Einer, der uns studieren will«, sagt mit demütiger Stimme der Salto, »er interessiert sich für unseren Lebenswandel. Wir sind dankbare Objekte.«

Weiß Gott, ich fange an zu stottern, ein nebelhaftes Rad kreist in der Stube, ich würde etwas darum geben, wenn ich draußen wäre.

Der braune Setter kommt und beschnüffelt mich, ich fühle seltsam erschauernd seine kalte Hundenase. Das Beste, denke ich, du redest etwas Dummes, das hat dir schon manchmal aus der Klemme geholfen.

»Einen prachtvollen Bernhardiner haben Sie hier, gnädige Frau.«

Und ich tapse mit beiden Händen nach dem Hund und versuche, ihn zu streicheln. »Ein gutes Tier, kann er bellen?«

Segen über meine Dummheit, Frau Karola lacht.

»Bernhardiner!«, sagt sie mitten im fröhlichen Lachen, »die beiden Schwarzen halten Sie wohl für Meerschweinchen?«

»Das nicht, o nein, ich werde doch wohl Pudel kennen; ich bin Hundefreund, Hundeliebhaber geradezu, bitte um Vergebung.«

»Unsinn, Vergebung. Wer sind Sie in Teufels Namen?«

Es ist recht still geworden im Raum. Die Vögel sitzen auf ihren Stangen, vielmehr auf den Bänken und gebärden sich alle recht friedlich, es ist wie in einer Kinderschule.

»Ein Buchhändler bin ich, ein fliegender Hans. Ich bin im Motorrad auf Tournee, ich will ... sammle Stoff ... ich nahm nicht an, dass Sie so plötzlich hier erscheinen würden, mein Pech ist berühmt, wenn es auch nur recht mäßig im Format ist. Hinwiederum ist ein umgestülpter Handschuh ...«

»Buchhändler? Motorrad?! Erzählte mir nicht jemand von einem motorisierten Buchhändler, von einem Hans im Pech?«

Sie macht einen Schritt auf mich zu, eine Falte legt sich gedankenvoll über ihre Stirn.

»Sind Sie am Ende neulich mit einer Dame ...«

Ich falle ihr ins Wort, ich lasse sie nicht ausreden; meine Erregung wird so groß, dass ich irgendetwas Törichtes plaudern muss. Ich handle in Notwehr.

»Ich hatte das Glück - das Pech ... das Glück, das Pech, dass ein Güterzug entgleise. Meine Hand liegt auf dem Herzen, ich war nicht schuld daran.«

Wieder muss Frau Karola lachen, nein, nur lächeln. Da steht sie leibhaftig vor mir, ein Rätsel zwischen Galgenvögeln und einem Buchhändler, da steht sie also, ich sehe sie mit wachen Augen, ihr Haar ist braunrot, das Gesicht schmal, die Nase ein wenig gebogen. In der Mitte des Scheitels stoßen die Haare in einem geschwungenen Winkel in die Stirn vor.

»Kommen Sie mit«, sagt Frau Karola, »es ist spät in der Nacht.«

Wir verlassen das Vogelhaus, es zwitschert und zwilcht hinter mir her. Wir sind schon draußen im dunklen Garten, die Hunde, nächtlich erregt, umkreisen uns wie ruhelose Trabanten. Dort ist der Käfig, in Schwarz und Schatten gehüllt. Ich höre schlaftrunkene Vogelstimmen, der Rabe plappert, sein Schnabel knackt.

Wie in aller Welt kommt es, dass ich mit Frau Karola zusammen in einem finsteren Gutshof stehe, umgeben von Rebenlaub und vom Duft blühender Jasminhecken?

»Wissen Sie denn, dass diese Dame hier im Hause ist?«

»Fräulein Ursula sagte mir, dass sie hierher ...«

»Ursula sagte Ihnen das?«

Frau Karola ist überrascht. Sie scheint über etwas nachzudenken, und mitten im Nachdenken muss sie wieder lächeln.

»Ja, sie machte kein Hehl daraus. Auch dass demnächst hier eine Hochzeit stattfindet, weiß ich. Ich habe nichts damit zu tun, nur ein kleines Erlebnis, sonst nichts. Nein, nein, Sie sollen sich nichts dabei denken, das ist alles vorbei.«

»Warum sind Sie nach Deidesheim gekommen?«

»Das - das weiß ich nicht ... der Dichter Alex, ich kenne einen Dichter namens Alex. Er hat eine Schneckenidee, wir wollen mit Herrn Berghaus ... nehmen Sie an - kennen Sie - gnädige Frau, es ist jemand oben am Fenster, jemand schaut heraus ...«

»Karola!«, ruft eine Stimme von oben.

»Ursula, bist du es? Ich komme gleich.«

O Gott, die Hölle zündet um mich ihre Fackeln an. Ich schaue nach dem Fenster. Das Licht verlöscht.

»Was ist denn los mit Ihnen? Sie frieren?«

»Ja, ich friere. Gnädige Frau, es ist mein Geburtsfehler. Immer muss ich frieren, es ist toll. Sehen Sie, der Elwetritsch, der kommt immer in Schweiß, ein trostloser Zustand. Und ich friere immer, es ist rein zum Verzweifeln. Ich würde am Äquator frieren.«

»Hat diese ... Ursula Ihnen den Sinn verwirrt?«

»Keineswegs, wie sollte sie. Ich habe sie längst vergessen, du lieber Gott, man trifft so viel Menschen. Ich habe eine große Reise vor, bis nach Sizilien und Afrika, haha, die Abenteuer warten auf mich.«

»Lassen Sie sich nicht verwirren, es gibt Mädchen, die ein Doppelspiel treiben.«

»Hexenstrümpfe.«

»Es sind Doppelwesen, man muss vor ihnen auf der Hut sein.«

Wie nahe steht Frau Karola bei mir, ich fühle etwas von ihrer Wärme auf mich überströmen. Eine wunderliche Frau ist in meiner Nähe, eine Frau mit einem Geheimnis. Ein Fenster war hell. Nun ist es dunkel.

Die Frau mit dem sonderbaren Geheimnis fasst plötzlich mit beiden Händen meinen Kopf, drückt ihn nach hinten, dass mein Gesicht dem Himmel zugewandt ist. Sie schaut mich lange an, ich sehe ihre Augen in der Nacht; sie muss feine Hände haben, das fühle ich an der Berührung.

»Es ist gut, dass wir Geheimnisse haben«, sagt sie mit ganz veränderter Stimme. »Wir sind reich durch unsere Geheimnisse.«

»Ja, gnädige Frau, ich - ich ... liebe Ursula!«

Sie führt mich durch das Gittertor ins Freie.

»Ich glaube nicht, dass Sie Ursula lieben!«, sagt Frau Karola.

Ich stehe allein.

Wo war ich? In Frau Karolas Vogelhaus.

Mit der flachen Hand fahre ich über meine Stirn. Es gibt hier etwas wegzuwischen.

Die alte Mauer. Das Vogelhaus von hinten, ich erkenne es, die Nacht hat es umhüllt.

Dicht am Haus ein blühender Kastanienbaum.

Es regt sich in der Schwärze über mir.

Ein kleines Fenster wird geöffnet. Jemand steigt durch das Fenster auf den blühenden Kastanienbaum.

Undeutlich erkenne ich eine Gestalt. Wenn mich nicht alles täuscht, ist es der Salto.

»Hee, Salto?!«, rufe ich leise in die Äste hinauf.

Wie ein Affe kommt er am Stamm herunter.

»So, du bist es, Buchhändler? Warum gehst du nicht in den Kahn?«

»Ich gehe schon. Die Nacht ist groß, der Wein blüht.«

»Wie hat dir Frau Karola gefallen?«

»Es darf nicht viel solche Frauen geben. Man kommt um den Verstand.«

»Hör mal, ich weiß um ihr Geheimnis, nur ich allein.«

»Sag es mir.«

»Ich darf nicht, ich muss schweigen. Gute Nacht.«

»Was machst du auf dem Baum?«

»Ich schlafe manchmal oben im Gipfel. Du weißt, ich habe jahrelang im großen Luftakt gearbeitet. Ich muss manchmal zwischen Himmel und Erde sein. Ich habe eine alte Hängematte, die knüpfe ich oben zwischen die Äste. Dort schlafe ich.«

Er klettert am Baum hoch, er verschwindet zwischen den Zweigen.

Ich höre das Laub knistern und rauschen.

Jetzt ist alles still.

Ich lüge, wenn ich sage, dass Karolas Vogelhaus mich in Deidesheim hält, ich bleibe um Ursulas willen, ich denke bei der Flut der Geschehnisse immer nur an sie, ich kann nicht mehr atmen, ohne an sie zu denken, im Wachen und im Schlaf ist sie mein unsichtbarer und unseliger Weggenosse. Ich werde verbrennen, das Feuer in mir selbst wird mich verzehren. Wer mich sucht, kann mich finden. Überrest eines Menschen, der wie ein Krater brannte und dann erlosch. In alle Winde meine Asche.

Ich wandere durch die Weinberge, es wird gearbeitet zwischen den grünen Zeilen, der Werktag ist geschäftig rege, viele fleißige Hände regen sich. In Kellern fließt Wein durch Pumpen und Schläuche, Flaschen werden gefüllt, Kisten vernagelt, es riecht allerorten nach des Herrgotts Wundertrank. Überall wird gearbeitet, nur ich allein taumle durch diesen Sommertag und bin unnütz wie ein vom Winde getriebenes Blatt.

Ich gehe in die sieben Glückseligkeiten, zu Gulli, dem Riesen, gehe ich. Beim Scherben will ich ihm helfen, ich will meine Hände rühren, erbärmlich ist das

Leben eines Tagediebes.

»Guten Tag, Gulli.«

»Du bist es, Pappenheimer? Du läufst herum mit einem Mühlenstein.«

»Warum meinst du das, Gulli?«

»Weil du ein Gesicht machst, als ob dir eine ganze Essigfabrik durch den Schlund gerutscht wäre. Pass auf, der Herr ist da.«

»Welcher Herr?«

»Bastian Berghaus.«

Ich will mich umwenden und den Wingert verlassen, da kommt mir ein Herr entgegen, ich weiß, das ist Bastian Berghaus. Er steht schon vor mir, ein großer Mann mit lebhaft funkelnden Augen, mit Güte im Antlitz, man hat keine Furcht vor diesem Weingutsbesitzer. Ich weiß, er hat sein Holz im wachsenden Schein geschlagen, das Leben meint es gut mit ihm.

»Guten Tag, wer sind Sie denn?«, fragt der Herr mit dem kurzen grauen Bart. »Ich meine, haben Sie irgendein Anliegen?«

Was soll ich ihm antworten, wie soll ich erklären, warum ich mich hier in fremdem Eigentum herumtreibe.

»Genau genommen, wegen der Schnecken«, sage ich mit bodenloser Frechheit.

»Wegen der Schnecken?«

Herr Berghaus lacht lautlos. Er macht etwas Merkwürdiges mit seinem Mund. Das Gesicht bläst er auf und rollt die Zunge hinter den Backen, als ob er eine heiße Kartoffel im Mund habe und diese weder ausspucken, noch hinunterschlucken wolle. So macht Herr Berghaus, sicher eine kleine, nervöse Angewohnheit.

»Ja, wegen der Schnecken«, flunkere ich tapfer drauflos, »das Schneckenparadies beschäftigt mich Tag und Nacht. Entschuldigen Sie, wenn ich hier eingedrungen bin.«

Der Riese Gulli bückt sich über die Rebstöcke, er hat, wie ich sehe, gegen eine kleine Heiterkeit anzukämpfen.

»Da war doch gestern erst ein Mann bei mir und sprach von Schnecken!«

»Ganz recht, das war Alex, der Dichter Alex. Ich weiß nicht, ob Ihnen die Alex-Verse bekannt sind.«

»Was er über Schnecken sagte, war gar nicht so übel. Der Gedanke faszinierte mich.«

»Sehen Sie wohl; ja, er ist ein Schneckenfachmann, er ist eingearbeitet auf Schnecken, ein Schneckenspezialist. Auch ich habe mich mit diesen Tieren beschäftigt. Man könnte zehn Millionen - nehmen Sie an, eine Schnecke legt nur, wie viel gleich ... nur viertausend Eier ...«

»Viertausend Eier, eine einzige Schnecke?«

»Gewiss, man staunt. Ich will keine feste Zahl nennen, auf jeden Fall aber schlummern Millionen in den Schnecken.«

»So, so, das ist also der tiefere Grund, warum Sie hier sind?«

»Ja, das ist der tiefere Grund, bei meinem Wort.«

Herr Bastian Berghaus betrachtet mich ein wenig misstrauisch und rollt die Kartoffel im Mund.

»Sie machen einen unternehmungslustigen

Eindruck, solche Leute kann man heute gut gebrauchen. Sind Sie denn irgendwie bewandert auf landwirtschaftlichem Gebiet? Stammen die Schnecken von Ihnen oder von diesem sonderbaren Herrn Alex?«

»Um nicht zu lügen - von uns beiden.«

»Potzteufel, Schnecken. Ganz gut, wirklich ein Gedanke. Ich muss sagen, dass ich mich schon damit sehr befreundet habe. Keine Übertreibung.«

»Schnecken mit Kräuterbutter, Herr Berghaus, auf einem Salzberg serviert ...«

»Ich weiß, ganz famos. Sie sind ein junger Mensch und haben schon gemeinnützige Pläne im Kopf, das ist erstaunlich, ich freue mich, dass ich Sie hier kennenlerne. Das ganze Land ruht ja auf den Schultern der Jugend; die Jugend muss nun wieder aufrichten, sie muss arbeiten und immer wieder arbeiten. Kommen Sie, setzen Sie sich mal mit mir unter diesen Mandelbaum.«

Das ist also ein Mandelbaum, ich habe es nicht gewusst. Nun gut, aber sagt selbst, ist Herr Bastian Berghaus nicht ein prächtiger alter Herr? Das heißt, von seinem Alter merkt man rein gar nichts, er besitzt einen lebhaften Geist, eine innere Beweglichkeit, vor der man den Hut ziehen muss.

»Gulli«, ruft Berghaus dem Riesen zu, »es ist vier Uhr, warum machst du keine Brotzeit?«

Gulli schwillt dämonisch aus einer Rebzeile hervor, ein Fels steht zwischen Rieslingtrauben, seine Arme bewegen sich wie Propellerflügel.

»Ja«, sagt der Riese und peitscht mit Heftweiden durch die Luft.

Herr Berghaus und ich, wir setzen uns unter den Mandelbaum.

Wie ein Gemälde sitzen wir da. Gulli bewegt sich aus dem Wingert hinaus und pflanzt sich auf eine kleine Stützmauer. Es ist ein Sommertag ohnegleichen, das Herz wird einem warm, es ist wirklich viel Glückseligkeit in der Welt, man muss nur die Augen öffnen.

»Unsere Pfalz«, beginnt Berghaus, »hat ein gesegnetes Klima, ein geradezu südländisches Klima. Wie viel Möglichkeiten bietet ein solches Klima, wie viel Pläne könnte man verwirklichen. Das Klima fordert dazu heraus, man kommt von selbst auf Gedanken, die sich in die Tat umsetzen ließen. Ein solcher Gedanke ist Ihre Schneckenzucht, alle Hochachtung. Mein junger Freund, ich habe die ganze Welt bereist, ich kenne ihre Licht- und Schattenseiten, ich kann Vergleiche ziehen, verstehen Sie mich recht. Und weil man, halten Sie mich nicht für sentimental, sein Stückchen Heimatland liebt, denkt man unaufhörlich darüber nach, wie man diesem Lande dienlich sein, wie man es fördern und seine Bewohner glücklicher und zufriedener machen könnte. Ohne es zu wollen, wird man immer älter, man droht, ins Gras zu beißen, ohne etwas Wertvolles und Beständiges hinterlassen zu haben. Ich habe leider keine Kinder, denen ich irgendeine Sendung übertragen könnte. Kein Mensch aber sollte das Zeitliche segnen, ohne dass irgendetwas von ihm bleibt, dass ein Akkord seines Lebens nachklingt, dass er weiterlebt in der Verwirklichung einer Idee, die das Ganze betrifft, das Wohl der Menschheit, und die auf viele Jahre hinaus deutlich bekundet, dass er nicht umsonst gelebt habe. Ich glaube, Sie verstehen mich, wenn ich sage, man lebt fort im Dienst am Ganzen. So ist es gewesen, seit Menschengemeinschaften vorhanden sind. So muss auch ich Umschau halten, um nicht ein Mensch gewesen zu sein, den man hätte missen können, dies um so mehr, da mir materielle Güter zur Verfügung stehen, die sich nutzbringend verwerten lassen. Ich habe daher allerhand Pläne im Kopf. Da ist zum Beispiel die Seidenraupenzucht ...«

»Stammt sie nicht auch vom Dichter Alex, Herr Berghaus?«

»Keineswegs stammt sie von diesem Alex, ich habe sie aus Frankreich, Italien und China mitgebracht. Unser pfälzisches Klima muss doch dem Maulbeerbaum gut gesinnt sein. Schauen Sie mal in die Ebene hinaus. Wie viel Land vom Donnersberg bis zur französischen Grenze könnte mit Maulbeerbäumen bepflanzt werden, das ganze herrliche Gebirge entlang ließen sich solche Kulturen anlegen. Es müsste mit dem Teufel zugehen, wenn hier volkswirtschaftlich kein Vorteil herauszuholen wäre. Glauben Sie nicht auch?«

Er schaut mich fragend an und rollt die Kartoffel im Mund. Gott strafe mich, ich verstehe nichts von Seidenraupen, was soll ich ihm antworten, ich sah nie einen Maulbeerbaum.

»Ja, ganz gewiss, Herr Berghaus, die Seidenraupen leuchten mir ganz und gar ein. Wenn eine einzige Raupe nur, sagen wir mal, vierzig Eier legt ...«

Herr Berghaus lacht, er freut sich, dass ich, was die Raupen angeht, eins mit ihm gehe.

»Ich kann mir denken«, fahre ich fort, um mein

Interesse noch stärker zu bekunden, »wenn man die Raupen mal im Kopfe hat, dann ...«

Jetzt muss er noch herzlicher lachen, eine Lust, zu sehen, wie Herr Berghaus sich freut.

»Spaß beiseite, junger Herr, hören Sie nur zu: Ich habe die Erdkugel bereist, ich weiß, wo uns der Schuh drückt. Hier wächst der beste Wein der Welt. Gut, großartig. Aber: Hier wächst auch Obst in Hülle und Fülle. Nicht so viel wie in Kalifornien natürlich. Ich kenne Kalifornien, ich habe Verwandte dort, ich besitze sogar eine Plantage drüben. Passen Sie mal auf, das kalifornische Obst wächst, wie es der Züchter will und wünscht, er diktiert dem Obst seinen Willen. Vor allen Dingen wünscht er madenfreies Obst. Die Obstschädlinge rottet er systematisch aus, mit Erfolg. Was der Kalifornier kann, das müssen wir auch können. Meine Bestrebungen gehen dahin, unter allen Umständen madenfreies Obst auf den Markt zu bringen. Madenfreies Obst, junger Freund, eine Lebensaufgabe!«

»Ich gestehe, dass mir die Maden im Obst nie gefallen haben, sie könnten gut und gerne ausgerottet werden.«

»Sehen Sie, so ist es. Ich sage Ihnen, wenn es mir gelänge, madenfreies Obst auf die Beine zu bringen, mein Leben bekäme erst den rechten Inhalt, ganz abgesehen von den Seidenraupen ...«

»... und den Weinbergschnecken«, falle ich ein.

»Das sind große Gedanken, die auf der flachen Hand liegen, dafür Gönner und Mitarbeiter zu erhalten leider bei uns unglaublich schwierig ist. Wissen Sie, woran es noch fehlt? Es müsste mehr darüber geschrieben werden, ganze Bücher sollte man auf den Markt werfen und die Allgemeinheit dafür gewinnen. Grotesk, zu denken, dass man Fernsehen kann, dass man in drei Tagen nach Pernambuco fliegt, dass man geheime Absichten auf die Mondoberfläche hat und nicht mal madenfreies Obst bei uns zuwege bringt.«

»Bei dieser Gelegenheit, Herr Berghaus, wäre auch des Knoblauchsanatoriums Erwähnung zu tun.«

»Schweifen Sie nicht ab, mit Knoblauch habe ich nichts zu tun, der geht mehr die Kurpfuscher an, ich weiß nur, dass man ihn bei Vollmond sät. Was ich sagen wollte, es müssten Bücher geschrieben werden über brennende volkswirtschaftliche Probleme, die Nationalökonomie ist heute die wichtigste Wissenschaft. Es wird Sie nicht interessieren, aber mir kommt jetzt da ein Mensch in die Verwandtschaft, der dem Teufel vor die Schmiede geht. Schon sein Vater hat sich überall da eingesetzt, wo es um das Wohl des Ganzen ging. Dieser Mensch ist Schriftsteller geworden, ohne es eigentlich zu wollen. Ein typisches Nachkriegsschicksal. Er setzte sich im Ruhrkampf für seine Heimat ein, er war einer jener Freibeuter der Nation, die damals den Glauben an Deutschland aufrechthielten. Er musste flüchten, sonst hätten ihn die eigenen Landsleute noch an die Franzosen verraten. Ich half ihm zur Überfahrt nach Kalifornien. Zu gleicher Zeit wanderte auch eine Schwester von mir mit ihren Kindern nach Kalifornien aus. Der Mann dieser Frau kam ums Leben, durch die unbewusste Schuld des jungen Menschen. Ich habe dafür gesorgt, dass sie in Kalifornien drüben ein gutes Unterkommen fanden, ich sagte Ihnen, dass ich eine Plantage drüben besitze.

Jetzt sind sie unerwartet zurückgekommen, der junge Mann ist inzwischen der Bräutigam meiner Nichte geworden, die als Sängerin einen gewissen Ruf erlangte. Beide haben die Absicht ... aber, Sie zittern ja, warum zittern Sie denn?«

»Ich zittere nicht, Herr Berghaus, nur ein kleines Frieren, das kommt manchmal so über mich. Sie sprachen von den Büchern, von den madenfreien Büchern ...«

»Richtig, ich bin ganz aus dem Geleise gekommen. Was wollte ich sagen, natürlich, der junge Mann ist Schriftsteller geworden. Und was, so frage ich Sie, schrieb er als Erstes? Was meinen Sie denn?«

»Er schrieb, Herr Berghaus, am Ende den Roman seiner Liebe? Den Roman seiner sieben Glückseligkeiten?«

Jetzt muss man sehen, wie Herr Berghaus die Kartoffel rollt, weil er nämlich so erstaunt ist und nicht begreifen kann, woher ich um diesen Roman weiß.

»Sie wissen mehr, als sich auf den ersten Blick ahnen lässt. Richtig, er schrieb einen Roman, nicht über madenfreies Obst. Woher wissen Sie ...?«

»Nichts als ein abenteuerlicher Zufall.«

»Dann ist Ihnen also der Roman bekannt?«

»Er ist mir sehr bekannt.«

»Wissen Sie auch, dass Sie hier in den sieben Glückseligkeiten sitzen?«

»Das hat mir der Riese Gulli gesagt.«

»Die Bezeichnung stammt aus Peking. Ich war lange in China und wohnte in einer Straße, die hieß die Straße der sieben Glückseligkeiten. Ich habe meine beste Weinlage so genannt, weil sie aus sieben übereinanderliegenden Parzellen besteht. Am Ende kennen Sie auch den Verfasser des Romanes?«

»Wenn er Wolf Hagen heißt und eine graue Strähne im Haar hat, dann kenne ich ihn. Wenn er ein taubenblaues Auto besitzt, dann kenne ich ihn erst recht. Und wenn er gar der Sohn eines merkwürdigen Anglers ist, der am Rhein sitzt und mit seinem seltenen Schicksal nicht zuwege kommt, dann kenne ich ihn zum dritten Mal. Und wenn Fräulein Ursula Ulrichs seine Braut ist, dann ...«

»Bitte nicht weiter! Sagen Sie mal, bester Fremdling, wer sind Sie denn? Sie kennen die Verhältnisse, als ob Sie Waschfrau in der Familie wären?«

»Das ist auf die Knodener Kunst zurückzuführen. Denken Sie sich, Herr Berghaus, es leben da auf dieser Erdkruste einige Familien, die durch Lebensfügungen und Schicksale eng zusammenhängen. Die Zusammenhänge sind unsichtbar, aber sie bilden ein Netz. In dieses Netz gerät ein wildfremder Mensch, es ist um diesen Armen gespannt wie eine gewaltige Kugel. Wohin nun auch der gefangene Tropf schwimmen mag, immer wird er gegen das Netz stoßen. Betrachten Sie mich genau, Herr Berghaus, ich bin jener junge Buchhändler, der Zuschauer war, als der Rheingold mit dem Onkel, aber ohne Fräulein Ursula davonfuhr.«

Bastian Berghaus muss fortgesetzt Kartoffeln rollen, da sitzt er unterm Mandelbaum, hat die flachen Hände auf die Knie gestützt und zieht eine Unmenge Falten in die Stirn.

»Der Buchhändler, richtig, der Buchhändler. Und Ursula, sagten Sie nicht Ursula? Haha, das ist ein ganz köstlicher Spaß. Sie hat mir das natürlich alles erzählt. Urkomisch, wie der Sohn am Rhein seinen Vater suchte und ... und ...«

»... und die Braut fand, die den Schwiegervater gar nicht kannte. Hahaha.«

»Hoho, so wird es wohl gewesen sein, nun ja, meinetwegen. Komödie muss sein. Sie werden schon dahinter kommen, junger Freund, ich will hier keine Enthüllungen machen. Aber sagen Sie selbst, konnte ich es günstiger treffen? Sprachen wir nicht von Büchern? Gottesknabe, ich bin bei Ihnen an der rechten Adresse. Wir müssen noch darüber reden, der Zufall führt mir einen Fachmann in den Weg. Sie sollten meine Pläne aufgreifen, wenn Sie leistungsfähig sind ...«

»Wir haben vier Schaufenster, Herr Berghaus.«

»Sie sollten sich mit mir und Wolf Hagen zusammentun, wir könnten etwas Großartiges zuwege bringen. Das madenfreie Obst, die Seidenraupen, die Schneckenzucht, merken Sie nicht, wie unser Horizont sich vergrößert. Nebenbei gefragt, hat Ihnen diese ... diese Ursula vielleicht den Kopf verdreht? Tollheiten, Jugenddummheiten, machen Sie sich nichts daraus. Wenn der Wirrkopf erst mal verheiratet ist, dann wird alles anders. Haha, eine lustige Komödie. Doch zur Sache.«

Ein scharfer Stahl dringt durch meine Brust, aber ich bleibe fest, ich lache Herrn Berghaus an.

»Ja, zur Sache. Die Seidenschnecken - die Raupenschnecken, ich bin ein wenig wirr, Herr Berghaus, halten Sie mich nicht für zerstreut ... mir fällt plötzlich ein Schleier von den Augen, es gilt in der Tat, Großes zu erreichen.«

»Als Buchhändler werden Sie wissen, dass in Deidesheim ein Mann wohnt, der bereits ein Standardwerk über den gesamten Weinbau schrieb. Er hat mir das vorweggenommen, alle Hochachtung. Ich würde, wenn es nicht schon getan wäre, mich auch diesem Werk zugewandt haben. Auch die Geschichte des Vogelhauses ist, menschlich gesehen, von sozialer Bedeutung. Die Idee meiner Frau ist gar nicht von schlechten Eltern. Gelingt es, durch allmähliche Veränderung der Gewohnheiten und der Umgebung einen wandernden Menschen an die Scholle zu binden? Könnte man das Millionenheer der Ruhelosen, der Heimatlosen, der ewigen Wanderer, könnte man dieses Menschenaufgebot sesshaft machen? Welche Perspektiven für einen Menschen mit außergewöhnlichem Unternehmungsgeist!«

Meine Erlebnisse im Vogelhaus kommen mir plötzlich ins Gedächtnis, ich sehe das alles wie einen großartigen Spuk an mir vorübergleiten. Keine Briefmarke ist seltener, als zum Beispiel ein Elwetritsch.

Wo ist eigentlich Gulli, denke ich und schaue mich nach dem Riesen um. Dort steht er in einer Wingertzeile, und bei ihm steht Ursula. Ich erkenne sie deutlich, mein Herzschlag stockt, aber ich bleibe ruhig. Wie sollte mich Ursula bewegen, ich habe andere Pläne im Kopf. Seidenraupen und Obstmaden und essbare Schnecken, was soll mir Ursula, die ihr unseliges Spiel mit mir trieb.

Sie kommt die Zeile heran zum Mandelbaum. Jetzt erst erkennt sie mich. Siehst du, Schlange, nun weicht die Farbe aus deinem Antlitz, nun wirst du bleich wie eine Mondnacht, du ewige Theaterschlange.

Du legst den Zeigefinger heimlich auf den Mund, ich verstehe gut, ich soll schweigen, das Abenteuer im Rheinwald soll ich mit mir allein ausfechten. Keine Angst, ich treibe kein Schindluder mit meinem tiefsten Erlebnis.

»Guten Tag, Fräulein Ursula«, sage ich. Ja, so sage ich.

»Herr Buchhändler? Nein, wirklich?«

Sie tut, als ob ich vom Mandelbaum gefallen wäre, sie ist verwirrt, ihren Onkel schaut sie beschwörend an. Der Onkel lächelt, verdammt, wie lächelt der Onkel. Die heiße Kartoffel ...

»Ursula!«, sagt er jetzt, »du siehst, dein Buchhändler ist auch hier eingelaufen. Komm, setze dich unter den Mandelbaum, setze dich an des Buchhändlers Seite.«

Wer sagt, dass dies keine Theaterszene ist, dem will ich zwischen Tag und Dunkel den Garaus machen. Richtig, ich sah einmal eine Katze; sie hatte eine Maus gefangen, sie spielte mit der Maus. Die Maus, im törichten Wahn nach Flucht, wurde immer elender und erbärmlicher, bis sie zuletzt ... was denn?

»Ich möchte nun gehen, Herr Berghaus, ich habe Ihnen lange genug die Zeit gestohlen, Herr Alex erwartet mich.«

»Aber nein, ich habe Zeit für Sie«, sagt Berghaus, »ich habe noch viel mit Ihnen zu besprechen. Bleiben Sie hier sitzen, ich will nur dem Gulli sagen, dass er – – na ja, die Anwesenheit meiner Nichte wird Sie nicht beängstigen.«

Er geht die Wingertzeile entlang, und ich sehe, dass

er im Gehen das Bein ein wenig nachzieht.

»Ich habe es eilig, Herr Berghaus!«, rufe ich ihm nach, »genau genommen, wollte ich ja nach Sizilien, nach Afrika und zu den Goldwäschern. Nein, ich möchte wirklich gehen.«

Ich treffe Anstalten, mich zu verabschieden, hier ist kein Platz für mich.

»Du sollst jetzt nicht fortgehen«, flüstert mir Ursula erregt zu.

»Ich habe kein Anliegen mehr«, sage ich bitter und gequält.

Sie schaut mich an, ihre Augen sind traurig, sie hat den Kopf geneigt und blickt mich von unten herauf an. Dank, Ursula, nur für diesen einzigen Blick.

»Du sollst nicht fortgehen, hörst du. Ich bin froh, dass ich dich hier getroffen habe.«

»Das ist viel zu spät, Ursula. Ich habe große Pläne, ich will mich mit Dingen beschäftigen, die uns alle angehen. Ich zerschneide das Netz.«

»Welches Netz denn?«

»Ich bin keine Maus. Schau mich genau an, findest du, dass ich eine Maus bin?«

Ursula lächelt mich an, bezaubernd, Ströme von Betörung gehen von ihrem Lächeln aus.

Ach, um das Lächeln eines Menschenmundes, eines Menschenantlitzes! Was alles kann sich spiegeln in einem kleinen Lächeln! Liebe und Hass, Verschlagenheit, Bosheit, Glück und Grausamkeit, Wunsch und Zufriedenheit, Rachsucht, Begierde, Verrat und Lüge und Dankbarkeit, Lust und Schmerz, Geburt und Tod. Alle Regungen der versteckten Menschenbrust enthüllen sich im Lächeln. Das Lächeln ist ein Verräter am Geheimnis der Seele, das Lächeln plaudert alle verschwiegenen Gefühle aus.

Bastian Berghaus kommt zurück.

»Da will ich also gehen«, sage ich zu ihm und strecke ihm die Hand hin. »Was Sie mir auseinandersetzten, hat mich innerlich bewegt. Ich sehe irgendwo ein Ziel, das erstrebenswert ist. Ich darf gewiss noch einmal mit Ihnen darüber plaudern.«

»Aber natürlich, ich stehe Ihnen immer zur Verfügung. Ich kann Ihnen nicht sagen, wie dankbar ich Ihnen bin, dass Sie mich auf die Weinbergschnecke gebracht haben.«

Welche Lüge von mir, keine Ahnung habe ich von Schnecken, die Idee stammt von Alex, ich zehre von seinen Einfällen, es ist schändlich und lasterhaft.

»Wenn erst mal die Hochzeit vorbei ist, dann haben wir recht Muße, uns mit der Sache zu beschäftigen.«

Und mit einem ironischen Augenzwinkern fügt er hinzu: »Haben Sie denn nicht Lust, auf die Hochzeit zu kommen, Sie sind herzlichst eingeladen? Habe ich recht, Ursula?«

»Ja«, sagt Ursula und hat den Blick gesenkt.

Ich mache mich davon, es ist nicht zu ertragen, hier noch länger zu verweilen.

»Aber so bleiben Sie doch!«, ruft mir Ursula nach, ihre Stimme klingt gereizt und schmerzlich. Im Gehen wende ich mich um und schaue sie an. Ihre Augen sind tränenfeucht, sie ist eine Komödiantin. »So bleiben Sie doch! Ich habe Ihnen etwas zu sagen. Ich habe Sie angelogen, alles war Lüge, nichts als Lüge. Hören Sie, was ich ...«

Bei Gott über den Wolken, ich lasse mich nicht

aufhalten, ich gehe weiter, ich verlasse die sieben Glückseligkeiten.

Ich schreite dahin, hinter den Weinbergen schimmert die Ebene herauf, das Land scheint zu schwingen und zu beben. Überall Maulbeerbäume, denke ich, und Seidenraupen, ein herrlicher Gedanke. Die Schnecke als Volksnahrungsmittel. Verdienst für viele Tausend. Und madenfreies Obst, wahrhaftig eine Lebensaufgabe.

Ich bin keine Maus, Ursula, hohoo. Ein Mensch hat Pech, wird überfahren und liegt im Spital. Fährt auf einem geschenkten Motorrad davon und wird unterwegs zum Spielzeug, zum lebendigen Gerümpel, zum Kulissenschwindel, besten Dank, zu viel Aufmerksamkeit.

Meine Schritte werden immer rascher. Ich komme nach Deidesheim und renne nur so durch die Gassen.

»Langsam, Freund«, ruft mir jemand zu. Das Radieschen. »Alles mit Maß, hot der Schneider gsagt un sei Frau mit der Elle totgschlage. Also Ihr Gehöröl, ich sag bloß prima. Mei Ohreweh is wie weggebloose, ich hör uff Engelsohre. Un mei Verspreche, das halt ich. Heut Abend steige wir zwei in de Weinkeller, verstande?«

»Ja«, sage ich, »das freut mich, Radieschen.«

* * *

In einer uralten Laterne brennt ein dickes Stearinlicht. Diese Laterne hält das Radieschen in der Hand, außerdem noch einen Weinkrug und einen langen Schlauch. Wir treten über abgetretene Sandsteintreppen in ein finsteres Gewölbe hinab, in einen Weinkeller.

Schon umfängt mich eine verwegene Atmosphäre, ein eigenartiges Gemisch von Wein und Gruft, von Erdfeuchte und versteckten Pilzgewächsen.

Die schwere Kellertür aus geschnitztem Eichenholz ist hinter uns ins Schloss gefallen, das erbärmlich tränende Stearinlicht frisst sich in die Finsternis, überall hagere und plumpe Schatten gebärend und im Schlingern der Laterne ein krauses Gespensterzickzack entfesselnd.

»Der Umstand, Herr Kellermeister, dass Sie mich in diesen wundersamen Bauch der Erde führen, beweist mir, dass mein Gehöröl ...«

Das Radieschen bleibt stehen und wendet sich um.

»Ich sag Ihnen bloß, ich hab' e Hallelujatrummelfell.«

Wir stolpern weiter, jetzt kommen wir in die Fassgasse. Da liegen in langen Reihen plumpe Ungeheuer von verschiedener Größe, schlafende Dickhäuter, in die Urträume der Welt zurückgesunken. Da liegen sie mit fetten Bäuchen, gemästete Unholde, darinnen die blühenden Seligkeiten des Lebens schlummern. Sie sind gefüllt mit köstlichen Weinen. Diese Weine sind versunken, kellerdunkel eingelullt, sie sind vernünftig geworden; einmal waren sie Rebellen, die tobten und schäumten und ihre Fesseln sprengten; jugendliche Stürmer, Revolutionäre und Raufbolde, giftige Gase ausstoßend, gefährlich in ihrer hefegeschwängerten Kraft. Jetzt sind sie still geworden, nachdenklich, grüblerisch versonnen, weltkluge Philosophen.

Sie liegen in Fässern mit geschnitzten Fassböden.

»Nie war ich in einem solchen Weinkellergewölbe, überall hängt Spinnweb in Ecken.«

»Spinnweb muss sein, es vertilgt die Gifte, das Weingesindel und Kellergelichter fängt sich im Spinnweb, losse Sie nur des Spinnweb hänge! Es hilft gege die Unsichtbare.«

»Gegen die Unsichtbaren? Sind hier Unsichtbare?«

»Unsichtbare gibt's überall. Habe Sie noch nie gehört, dass die Finger von ungetauft gestorbene Kinder unsichtbar machen?«

»Sie haben es nur mit den grausigen Dingen, Herr Kellermeister. Ich glaube, Sie könnten von Hexenstrümpfen erzählen.«

Er stellt die alte Funzel auf den Steinboden, geht zu einem Fass und klopft mit dem Fingerknöchel an den Fassboden. An dem Fass hängt eine kleine Tafel, darauf steht mit Kreide: Dürkheimer Museumsgarten 1934.

»Des is noch e Konfirmand, der hat jetzt ausgschlafe, den wolle wir mol uff Herz und Niere prüfe.«

Auf einer kleinen Treppenleiter klettert er hoch, öffnet oben den Spund und senkt den Schlauch in das Fass.

Er füllt den Krug, er zieht den Rüssel aus dem Fass.

Hat es nicht gerumpelt in einem furchtbaren Bauch, ich wette, es hat gepoltert, am Ende ist eine Darmverschlingung im Anzug.

»Herr Kellermeister, es hat gerumpelt, ich habe meine guten Ohren, ist irgendwo ein ungetauftes Kind gestorben?«

Er steht vor mir im Spiel des gelben Lichtes, er hält den Krug in der Hand, gewaltig ist sein Bauch vorgeschoben, kleine Augen funkeln aus dem kolossalen Kopf. Sein Mund bewegt sich, die Lippen kommen in flatternde Bewegungen, faltig zieht sich die Stirnhaut nach oben; das Radieschen schmunzelt.

Ein Weinschmunzeln, ein Kellerschmunzeln, ein Gewölbeschmunzeln. Noch trinkt das Radieschen nicht. Er hält den Krug und senkt die Nase hinein.

»Schschscht! Riechen Sie was? Steigt Ihnen was in de Buchhändlerzinke? Sehen Sie Schmetterlinge fliegen?«

»Schmetterlinge?«

Weinschmunzeln, Gewölbeschmunzeln. Urtiefes Fässerschmunzeln. Er trinkt. Lange trinkt er, furchtbar lange, eine Ewigkeit währt dieser Zug, eine Kehle ist fanatisch geworden, ein Schlund wird zum Nimmersatt.

Er setzt ab. Faltenstirn, weite Äuglein tränenfeucht, er kaut und schmatzt und schluckt, ein wehender Strom, weinduftgeschwängert, kommt aus seinem Mund.

»Da!« Mehr sagt er nicht. Da, zwei Buchstaben.

Ich schaue in den Krug hinein, das flüssige Gold glänzt mir entgegen, es schimmert verführerisch auf dem Grunde dieses duftenden Tümpels.

»Sie müssen an was denken, wenn Sie trinken. Den Troppe, Herr Buchhändler, den hot kei Esel aus der Wand gschlage.«

An wen sollte ich denken, wenn nicht an Ursula, wem sollten alles Sinnen und Handeln, alles Fühlen und Wünschen angehören, wenn nicht Ursula!

Du Dunkle mit dem gescheitelten Haar, du Antlitz mit den schwermütigen Augen, du Gesegnete, du Engel, du Kind mit der Lüge, du Lichtgestalt aus Rheingold und Wagenschmiere, du geliebte Komödiantin - sei hier in meiner Nähe, wenn ich jetzt den Krug leere auf dich, die du dein erbärmliches Spiel mit mir triebst.

Ich trinke, es ist kein Wein, es ist Ursulas Blut, das in mich hineinströmt, geöffnete Schlagader ihres ungestümen Herzens überschwemmt die Kanäle meiner Brust.

Kein Tropfen bleibt im Krug, Herr Kellermeister, das nenne ich einen Zug.

Das Radieschen staunt, vorgestreckten Bauches starrt er in den leeren Krug.

Er sagt nichts, die Leistung einer Buchhändlerkehle hat ihn stumm gemacht, er bückt sich nach der alten Lichtfunzel und schlurft die Fassgasse entlang.

Was für herrliche Namen, mit Kreide auf Tafeln geschrieben, flüssige Juwelen der Erde, Smaragde und Diamanten und das Geschmeide der Sonne.

Fuchsmantel, Gewürztraminer. Forster Ungeheuer, Wachenheimer Goldbächel. Kirchenstück und Himmelreich. Linsenbusch, Goldschmied und Gutgeistel. Kränzler und Langenmorgen und Wachenheimer Luginsland.

Wieder senkt das Radieschen den Schlauch ins Fass, er zapft dem Himmel alle Seligkeit ab.

Wachenheimer Luginsland.

Ich nehme den Krug und schaue hinein; ein golden bewegter See, ein verträumtes Auge im Dämmerschein der Kerze. Ein Antlitz formt sich mild auf gleißender Fläche, zwei Lippen zittern im bewegten Trank.

Ich beuge mich über diese Lippen, ich trinke und finde kein Ende, wer könnte sich lösen von diesen Lippen.

Noch nicht lange her, da schaute ich in ein schlafendes Wasser, über dem der Glanz einer seltenen Stille lag. Zwei Augen starrten mich an aus dem verschwiegenen Grunde und jemand sprach zu mir: Unser Spiegelbild ist ein zweites Wesen, im Wasser hier ist eine andere Ursula.

»Herr Kellermeister, haben Sie ein Spiegelbild?«

Er lacht, dass der gewaltige Bauch wackelt, sein Lachen purzelt in die Gewölbe, überschlägt sich an Mauern und hinter Fässern, wie Affengetier springt es umher.

»Sie haben Einfälle wie e alter Backofen.«

Er schluckt, er grunzt, er strahlt, er fährt mit dem Handrücken über den Mund.

»Kennen Sie den alten Bibelspruch; wenn's Wasser gut is, loßt man's Bier stehe und trinkt Wein. Hot des nit der Absalom gesagt?«

Er legt die fette Hand auf meine Schulter, die andere hält den Krug.

»Der is elegant.«

»Wer ist elegant?«

»Der Luginsland.«

»Ich merke eine kleine Tollheit ... eine Verwirrung könnte man erklären - im Kopf, hier ... habe ich übrigens, bitte sehr, geschwollene Augen?«

»Nix, aber Sie rede geschwolle daher. Sie mache e Visage wie e Pfann voll Gequellte. Komme Sie, dort is e Tisch, wir wolle uns setze!«

Richtig, jawohl ein Tisch. Ein komischer Tisch, nie habe ich einen solchen Tisch gesehen.

»Was für ein Tisch, Herr Kellermeister? In einem Museum ...«

»Eine umgestülpte Treberbütte und zwei kleine Fässer. Ich hol uns jetzt was Stahliges.«

Mit der Funzel müht er sich die Fassgasse entlang, er schlingert wie ein Kutter bei Rollsee, in weiten Kurven geistert das Licht, der Keller ist ein Hexenschattenspiel.

Er verschwindet hinter Dickhäutern, ich bin allein im unterirdischen Reich des Weines. Es nebelt durch meinen Kopf. Dunkel und Dämmerung, irgendwo ein gelb zuckender Lichtschimmer, um mich Elefanten, dumpfes Getümmel. Es rumort aus Ecken und Winkeln, Unsichtbares wird sichtbar und schleicht sich heran; hat jemand den Finger eines ungetauften Kindes ... ich fürchte mich nicht, ich habe Schweres getragen, kein Dunst aus Weinfässern, kein scheues Gelichter aus Spundlöchern kann mich aus der Ruhe bringen.

Teufel, wenn du in der Nähe bist, ich lade dich zu Gast, herauf aus dem Gerümpel, ich will den Schwanz dir zwischen Fässer klemmen, hehe. Herauf, sage ich, herauf mit Federkiel und Blutstropfen, ich will dich durch ein Rattenloch jagen, verfluchter Gernegroß.

> Ein eitler Tropf, wer mich nicht kennt,
> Der Teufel ist mein Bruder,
> Ich trink' mit ihm, potz Element,
> Am Boden liegt das Luder.

»Du weckst die Toten auf mit deinem Grölen.«

Er kommt daher, der Kutter, der Heringsfänger bei Nordwest, er kreuzt im Winde auf mit vollen Lappen, das gelbe Positionslicht flackert. Ein Krug, ein Weinkrug. Eleganter Wein, elegant.

»Zwei Strich Steuerbord, Käpten, Backbord quer ab ein Riff. Ho ho ho, Heringsfänger. Weinbergschnecken mit Kräuterbutter.«

»Läuft dir die Gosche über?«

Wir sitzen auf den Fässern, auf der gestülpten Bütte steht der Krug.

Schatzgräber in Kellern, Goldgräber.

Das Radieschen sitzt unbeweglich, die Beine weit gespreizt, sein Bauch ein Fass mit Lendenschurz, sein Antlitz eine Sonne.

»Des is ein stahliger Wein, Erdgeschmäckel, ich sag bloß Erdgeschmäckel; e Altenbamberger vun 1934. Er is noch e bissel wild.«

Schon hat er den Krug angesetzt, ich sehe den Adamsapfel hüpfen, der Kopf ist ins Genick geschoben.

Plötzlich sitzen zwei Kellermeister da, er hat sich verdoppelt, ein Radieschenduett, ein Zwillingsbauch.

Nein, nur ein Kellermeister.

»Kellermeister, in diesem Augenblick warst du Zwillinge!«

»Zwillinge, ho hoo, des wäre fünf Zentner.«

»Wenn man ordentlich mit der Hebamme schnupft, dann sind Zwillinge ...«

»Trink, dass du nüchtern wirst. Ho hoo, mir habe drei Bube, Buchhändler, bei uns gibt's kei Katzenbacher Kunst, wir steige mit dem rechte Fuß aus'm Bett. Mei Alte, die Babett, kennt sich aus, die weiß hinte und vorne was Gescheites. Do hat doch unser Nachbarskind die Brust nit wolle nehme, do sagt mei Babett, man müsst dem Kind mit'm Kirchenschlüssel den Mund aufschließe. Jetzt hol ich einen Traminer.«

»Käpten, haltet ein, ihr stecht schon wieder in See. Habt ihr gebunkert, ein unruhiges Meer, Käpten, Sturm um Klippen, es scheiterte schon manches Schiff ... ich habe manchmal Pech, mir hat von Eiern geträumt.«

»Sprüchklopper, du machst noch en Kalender. Ho ho ho, große Stange und keine Würscht dran, ho hoo, kein Ohreweh mehr, kein Ohreweh, do muss ein Traminer her!«

»Käpten, gehet vor Treibanker. Wenn ihr zerschellt ... gehet vor Treibanker!«

Hilft nichts, er hat die Anker gelichtet, er verlässt den Hafen, schon ist er im freien Fahrwasser.

»Käpten, meine - hick! Meine Füße stecken in ... Pelzschuhen.«

Ich muss einmal versuchen, ob ich mit diesen dicken, plumpen Füßen gehen kann. Was ist mit dem Kellerboden los, er bewegt sich, ein Meer ist er. Nein, ein Schaubudenscherz, ein Hexenkabinett, zehn Pfennige Eintritt, und die Welt ist aus den Fugen. Bald hängt man oben, bald hängt man unten, man stolpert über Wolfsgruben, Steine liegen heimtückisch im Weg, Fratzen grinsen aus Ecken, ich werde mich hüten, über diese Brücke zu gehen, weil ich vermute, dass ... sie einstürzt.

»Hick.«

Schaubudenscherz, Hexenkabinett, bitte zum

Ausgang, genug des Allotrias, ich möchte zum Ausgang, gar zu viel Spiegelfechtereien für zehn Pfennige.

»Hick!«

Ich will mich unter euch begeben, ihr Weine des Paradieses, ihr Phantasiebeflügelten. Euer Freund will ich sein und Duzbruder, ich will mit euch durch das Weltall schaukeln, einen Zweizeiler auf euren uralten Adel, einen Alex-Vers auf eure Zauberkraft.

Ursula aus rotem Flammenschein; Ursula im Kreislauf unterirdischen Geschehens, Ursula mitten unter dem Gebräu des Himmels.

»Wein her, ich will auf Ursulas Unsterblichkeit trinken.«

»Husarenaffe, bist du toll geworden?«

Das Radieschen spricht hochdeutsch, welch eine Wandlung in dieser freundlichen Weintonne!

»Es gibt Menschen, Radieschen, die, wenn sie, was bewiesen ist, plötzlich hochdeutsch reden, be ... betrunken sind. Haltet mich, ein Hexenkabinett.«

»Setz dich aufs Fass! Wie kannst du nach Fräulein Ursula rufen!«

Der Name trifft mich wie ein Schlag, ich schrumpfe zusammen unter der Wucht dieses Namens. Ein Funkenregen rast an mir vorüber.

»Habe ... ich ... Ursula ... gerufen?!«

»Natürlich hast du Ursula gerufen. Sie wird kommen und dich verhexen mit ihrem Schildkrötenring.«

»Schild ... kröten ... ring!?«

Ich erhebe mich vom Fass, ich starre den Kellermeister an, sein Radieschenkopf wächst mir entgegen, unter meinen Pelzstiefeln ist kein Boden mehr.

»Dieser Boden hier ist nicht hasenrein, man kann plötzlich versinken, es herrscht ein unterirdischer Aufruhr, hast du nicht Schildkrötenring gesagt?«

Er sitzt da, breit und gewaltig, der Weinkrug steht auf dem Treberbottich, aber das Radieschen hat die Hand am Henkel, er lässt nicht los; seine Augen tränen. Er ist der dicke Bruder aller Weine.

»Mit deinem Schildkrötenring. Hier ist Wachenheimer Fuchsmantel, ein Gewürztraminer. Aber du bist ihm nicht mehr gewachsen, du kapitulierst vor seiner Kraft; die Festung fällt.«

»Ihr - redet - hochdeutsch. Was ist - mit dem Schildkrötenring?«

»Gewürztraminer, du Bürschlein, er wird dich aufs Ohr legen. Du stehst auf Porzellanfüßen. Vor dem Letzten wirst du in die Knie sinken.«

»Der Schildkrötenring ist schuld.«

»Du hast die Prüfung nicht bestanden, man muss dich aufrecht in den Boden graben und dir den Kopf abstolpern. Vor dem Letzten sinkst du in die Knie. Hohoo! Schande über dich!«

»Vor welchem Letzten?«

»Vor der Spitze, vor der Auslese, vor dem Gekrönten.«

»Vor welchem Letzten, frage ich?«

»Vor dem Wein der sieben Glückseligkeiten!«

»Sieben Glück ... seligkeiten?!«

»Aufs Fass mit dir, du fällst wie eine morsche Föhre.«

Er steht schon wieder auf, die riesigen Flossen drückt er auf meine Schultern, er quetscht mich auf das Fass nieder. Er greift zum Krug, hoch aufgerichtet steht er da, gewachsen scheint er und bis zur Gewölbedecke ragend, sein Mund ist feucht geworden, die dünnen blonden Haare hängen wirr auf dem Kopf, die Augen glänzen.

»Deine Haare, Radieschen, sind Grasbüschel, eine Kuh könnte sie abweiden. Was meinst du mit den sieben ...?«

»Nichts für dich, Bürschlein. Die Kinderschule für dich. Ich stehe hier in meinem Reich, ich bin ein Allmächtiger unter den Fässern, niemand bringt mich zu Boden. Alles Land ringsum gehört dem Wein, überall, aus allen Poren quillt der Saft. Ein verwegenes Land, mein Herr. Wir haben eine Vergangenheit, da bin ich gut im Bilde. Die alten Römer haben hier schon aus Humpen getrunken, die Völkerwanderung ging über unsere Weinberge, die Hunnen zechten Deidesheimer Weine, nicht weit von hier liegt Attila begraben, in einem See. General Mélac, kennst du den Namen, brûlez le Palatinat! Unsere Hunde in der Pfalz heißen heute noch Mélan. Ein verwegenes Land. Trümmerhaufen, Schutt und Asche, Mord und Brand, und Verrat und Schufterei, ans Kreuz geschlagen jahrhundertelang: und immer wieder Wein, immer wieder Wein, immer ... wieder ... Wein!«

Tränen kollern über seine dicken Backen, tiefe Rührung hat ihn übermannt, sein Gesicht wirft Falten, er setzt zum Trunk an, übermächtig wächst er mit dem Krug ins Gewölbe hinein.

»Halt!«, rufe ich, »ich stehe fest, nichts soll mich in die Knie zwingen. Her den Krug!«

Langsam setzt er ab, ein tiefer, brummender Ton kommt aus der Höhle des Mundes.

»Immer - wieder ... Wein! Ein Ausgleich unseres Herrgotts droben, eine Gegenrechnung, ein wundertätiges Pflaster auf alle Wunden: der Wein!«

Mir wachsen Kräfte in diesem Augenblick, Wurzeln schlage ich in den harten Boden, ich stehe aufrecht und packe den Krug. Kein Tropfen läuft über, kein schäbiges Rinnsal bildet sich, ich trinke wie ein Mann, kein Lebendiger im Umkreis wird mich schelten.

»Bravo, mein Bürschlein, komm, lass uns Brüderschaft trinken.«

Wir umarmen uns, es ist ein feierlicher Augenblick, ein Raunen geht durch die unterirdischen Räume, dem Wein wachsen Stimmen und Gesang, er hebt zu klingen an, verborgene Zungen werden laut. Der Himmel gibt mir einen guten Gedanken, etwas Beglückendes fällt mir ein, Tat meiner Dankbarkeit soll sichtbar werden, schon durchsuche ich meine Taschen, etwas Besonderes habe ich vor.

»Ein glücklicher Durst hat uns zusammengeführt, dich und mich, wir sind ein liebliches Gespann. Dir aber verdanke ich diese Kellerstunde hier, diese Wein- und Weihestunde, diese Fass- und Trinkgemeinschaft. Nimm als Zeichen meiner Dankbarkeit dieses Fläschlein, nimm es hin das wunderwirkende Gehöröl, es sei dein eigen, ich schenke es dir!«

Und ich halte ihm das Fläschlein hin, das mir David Häutle verkauft hat.

Er greift zu und ist sichtbar gerührt, er findet keine Worte des Dankes, das Übermaß unserer Gewölbefreundschaft hat ihn stumm gemacht.

Zärtlich umarmt er mich, sein Bauch stößt wuchtig weich nach mir, er schluckt erschüttert.

»Buchhändler!«

Sein Atem haucht Traminer aus.

»O mein Radieschen«, sage ich.

»Und jetzt den Wein der sieben Glückseligkeiten.«

Schon dröhnen seine Schritte durch den hohlen Raum. Wie Sensen mähen die Schatten der elenden Stallfunzel über Decken und Wände.

Die Fässer sind lebendig, sie hängen an Seilen und schwanken, es ist wie auf einer Schiffschaukel, Hölle und Spinnendreck, ich fliege bis zur Decke.

Mit Mühe sammle ich das Gerümpel meiner Gedanken. Wo bin ich, etwas ist durcheinandergeraten.

Fräulein Ursula wird dich verhexen mit ihrem Schildkrötenring.

Ursula hat keinen Schildkrötenring, Herr Kellermeister. Ursula ist mir nicht unbekannt, verhext hat sie mich schon lange. Ursula über mir!

Ursula in Räumen, die über diesem alkoholischen Gewölbe, über diesem monströsen Weinbehältnis liegen. Wenn ich hier an die feuchte Decke klopfe, möglich, dass Ursula es hört, vielleicht weilt sie in einem Biedermeiergemach, in einem Sessel sitzt sie und liest Shakespeares Othello.

Ich bin ein Fremdling in diesen Räumen, in fremdes Eigentum bin ich hinterhältig geschlichen, um mich in eines Gutsbesitzers Weinkeller zu berauschen, um den Wein der sieben Glückseligkeiten zu stehlen. Lump und Saufaus, wohin steht dein Sinn? Denke an die Schnecken, an die Maden, an die Raupen.

Schiffschaukel, ein Matrose soll die Orgel drehen.

»Didelum, dittel dittel dong
Dulli dill dolla dolla dong
Zocke zurre zicke dittel – –«

Keine Angst, ich kann schaukeln, ich war ein Meister früher auf der Schiffschaukel. Ich konnte den Lukas hauen, dass das Männlein zur Glocke sprang. Klingeling, ein rotes Röschen ins Knopfloch, ein Lukasröschen.

»Dulli dill dilla dilla dong
Zacke zorre zuckel diddel ...«

Was ist denn los, was für ein Kumpan taucht auf, ich bedanke mich für diese Gesellschaft.
»Kraa ... raaa«
Ein Rabe auf dem Fass! Lebendiger Rabe, schwarzer Geselle, flügelschlagend, schnabelhackend.
Ein Rabe. Vorgestreckten Kopfes schaut er mich an wie ein Staatsanwalt.
»Max!«, kreischt der Rabe. »Max ... rrauss!«
Jetzt weiß ich es genau: Ich bin verhext.
Die Knodener Kunst ist über mir. Ein Mann aus Knoden mit Namen Rettig hat mich festgebannt. Wir leben im Dreißigjährigen Krieg. Die Zeit hat einen Purzelbaum geschlagen.

* * *

Die Schiffschaukel ist schuld, ich bin schwindelig geworden, warum auch muss ich bis zur Deckenleinwand schaukeln, muss ich alles übertreiben; zuletzt stürze ich noch ab. Die ganze Menschheit weiß, dass mir das Pech in die Wiege gelegt wurde.
Pech.
Pechschwarzer Rabe.
Hört endlich auf mit dem Orgeln, mit dem Dudeln, der Jahrmarkt ist zu Ende, ich muss an die Arbeit denken, meine Bücher muss ich verkaufen. Wenn jemand Liebhaber ist für Jean Pauls gesammelte Werke ...

Noch eine einzige Schaukelfahrt, man muss den ambulanten Stand unterstützen.

»Bist du unter die Wurstmarktsorgler geraten?«

Ich schwinge weiter das Orgelrad, Platz nehmen zu einer Fahrt bis zur Deckenleinwand, Geld her, Geld.

»Didelum dittel dittel dong
zocke zurre dolla zicke dittel ...«

»Du hast's im Griff, wie der Bettelmann die Laus.«

»Zocke zurre dittel dottel
dolle ...«

»Hör auf, du jagst mich zu den Kellerasseln. Komm her ans Fass.

»Radieschen, ein Rabe. Ein Dritter ist in unserer erlauchten Gesellschaft, ein Gefiederter, ein mittelmäßiger Sänger, eine Schnabelgeburt ... dort, auf dem Fass!«

»Max«, ruft das Radieschen, »wie kommst du denn in den Keller? So ein Strolch.«

Der Rabe kommt herbeigeflogen, er sitzt auf unserm Tisch, er gebärdet sich aufdringlich und naseweis.

»Frau Karolas Rabe«, sagt der Kellermeister.

Ich sitze wieder auf dem Fass, die Welt ist wie ein Karussell. Der Rabe ist herbeigehüpft. Er neigt den Kopf schief und äugt mich an. Er hackt nach den Knöpfen am Rockärmel.

»Gut, dass du keinen Hut auf dem Kopfe hast, Buchhändler, du müsstest ihn abnehmen und dich verneigen vor diesem Tropfen wie vor des Kaisers Thronsessel.«

»Du bist ... ein Komödiant, man sieht es dir nicht an. Fort mit dir auf die Wanderschmiere!«

»Haha, getroffen. Ich war schon Komödiant, jawohl; einmal habe ich mitgespielt bei einem Festspiel in Neustadt. Und weißt du, wer ich war? Du weißt es nicht, ich will es dir in beide Ohren flüstern: Der Ritter Boos von Waldeck, kennst du ihn?«

»Wo - wohnt er?«

»Hohoo, ist längst vermodert. Pass auf, hör zu, hab' Andacht, wenn ich vor die Rampe trete! Er war ein Held und Raufbold aus der Ritterzeit. Achtung, mein Stichwort kommt!«

Er nimmt den Krug und macht einige wankende Schritte; vom Schein der Funzel ist er dünn beleuchtet. Der Rabe zittert mit den Flügeln, sperrt den Schnabel auf und sagt etwas. Es müsste jemand hier sein, der die Rabensprache versteht.

»Ich, Ritter Boos von Waldeck, war zu Gast geladen auf Rheingrafenstein. Da hab' ich einen Trunk getan, der seinesgleichen sucht. Solange die Erde steht, wird ihn kein zweiter tun. Da waren viele Ritter mal versammelt zu einem heiteren Zechgelage. Glaubt mir, sie haben trinken können wie die dicksten Schwämme. In Strömen floss das Blut, mit Müh' nur ward die wilde Lust gebändigt. In vorgerückter Stunde erhob sich der Burggraf von Rheingrafenstein und sprach: Ihr Herren Ritter, es geschah, dass einer aus dem Hessenland ein Paar Reiterstiefel bei mir stehenließ. Hier stell ich einen solchen Stiefel auf den Tisch. Schaut euch das Monstrum an, es ist gefüllt mit goldenem Rieslingblut. Wer diesen ledernen Riesenhumpen also gleich in einem Zuge leert, ihm schenke ich Dorf Hüffelsheim, bei meinem ritterlichen Ehrenwort. Hahahaaa, es schwieg die ganze Runde und keiner aus der wilden Schar, nein, keiner fand den Mut, den ungeheuren Strauß zu wagen. Da trat ich vor mit festem Schritt. Den wohlgefüllten Stiefel packt ich kühn und fest. Noch einmal holt ich mächtig Luft und setzt ihn herzhaft an. Ich trank und sog, und sog und trank, als wollt ich einen Ozean aufs Trockne legen. Ich leert ihn bis zur Ledersohle, kein Tropfen blieb in seinem feuchten Schlund. Ich warf ihn übern Tisch und rief: Dorf Hüffelsheim mein Eigen! Herr Burggraf, gebt den zweiten Stiefel her, das zweite Dorf!! Hohoo, da konntet ihr Gesichter sehen, die waren lang wie Regentage. Nie hat ein anderer solche Wette überboten!«

»Ein Schmierenheld, bei Gott, du riechst nach Schminke und Kulissen. Geh in ein Kloster, Ophelia!«

Nein, er geht nicht ins Kloster, mit beiden Händen, wie ein heiliges Gefäß hat er den Krug gefasst, ich warte, dass ein überirdischer Schein durch das Gewölbe bricht, dass ein himmlisches Glänzen sein dünnes Haupthaar überstrahlt.

»Kraaa - Max ... rrauss!«

Flatteratattera, der Rabe sitzt auf meinem Kopf. Herunter mit dir! Schwarzer Schwingenschlag.

Er kommt nahe an mich heran, sein Mund ist wulstig vorgeschoben, den Krug hält er mir hin wie einen Gral und lässt mich hineinschauen. Welch ein Komödiant in diesem Koloss, hört nur, er redet wieder pfälzisch, er hat umgeschaltet, der Schmierenritter verlässt die weinselige Behausung. Langsam und feierlich hebt er den Gral zum Mund. Es ist maßlos still im Gewölbe, alle andern Weine halten den Atem an.

Saßen wir nicht heute in diesem Weinberge, Ursula und ich? Sieben Glückseligkeiten. Gespenstisches Schattenspiel.

Schon halte ich den Krug in beiden Händen, ein süßer Wahn überfällt mich, aus dem Gold des Weines steigt der Himmel auf, sein Duft windet sich wie Rauch um meine Sinne. Ich spreche es in die schillernde Dämmerung hinab, in den Schlund der Verheißung, in die Zauberhöhle mit dem Schatz des Lebens.

»Die sieben Glückseligkeiten, ich berge sie in meiner eigenen Brust, ich will sie flüsternd nennen: Dein Mund und deine beiden Augen, deine Stirn und dein dunkles Haar, deine Jugend und dein Herz und zuletzt noch deine Lüge, Ursula! Ur - su - la!« Ich trinke, lange trinke ich ...

Plötzlich krächzt der Rabe auf und schlägt wild mit den Flügeln. »Kraa ...«, ruft er, »kraa ... rraa!«

Ich sehe den Kellermeister taumeln. Er wankt nach

rückwärts, Schreck malt sich in seinem Gesicht.

»Kraa ... raa.«

»Fräulein Ursula!«, höre ich das Radieschen sagen.

Ich wende mich um, ich starre in die Dämmerung, eine Flammengarbe umgibt mich.

Der Krug entfällt meinen Händen und zerschellt klirrend auf dem Boden.

»Zuletzt noch deine Lüge!«, stammle ich in die Flammen hinein.

Vor mir im Schatten des Gewölbes steht Ursula. Eine schmale Lichtstraße führt über ihre Gestalt.

Raum ohne Brücke zwischen mir und ihr. Eine gläserne Wand.

»Ursula«, stammle ich und weiß nichts zu sagen.

»Was machen Sie hier?«

Ihre Stimme klingt streng und kalt, merkwürdig verwandelt erscheint sie mir, sie ist böse auf mich.

»Wer sind Sie eigentlich, dass Sie mir immer in den Weg treten? Wie kommen Sie ...?«

»In den Weg treten, sagst du? Ursula - hat mich der Wein so entstellt ... du kennst mich doch, du weißt ...«

»Ich kenne Sie, natürlich sind Sie mir bekannt. Aber in diesem Zustand kenne ich Sie nicht. Ich bitte mir höflichst aus, dass Sie an unsere flüchtige Bekanntschaft nicht irgendwelche Folgerungen knüpfen.«

»Flüchtige Bekanntschaft?«

Ein Ring an ihrer Hand. Ein Schildkrötenring.

»Ursula ... dieser ... Ring ...!«

»Sie sind betrunken. Gehen Sie fort, gehen Sie!!«

»Rrraus ... Kraa ... rraus!«

Der Rabe duckt sich, spreizt die Flügel und stößt mit dem Schnabel vor. Er fliegt auf Ursulas Schulter, dort hockt er, boshaft und übellaunig, und plustert das Gefieder auf.

»Betrunken?«, hauche ich und bin von Sinnen, »ich habe von den ... sieben Glückseligkeiten ...«

»Sie sind mir peinlich in diesem Zustand.«

Eine zweite Gestalt wächst aus der schwarzen Hölle und tritt an Ursulas Seite. Ich kenne den Menschen, wo habe ich ihn gesehen? Ich jage eine Gedankenstraße zurück, mein Sinn ist wirr, ich bin wirklich furchtbar betrunken, vielleicht ist das alles nur Wahn, Spiegelfechterei, schwarze Kunst aus unterirdischen Weinkellern. Mein Pech ist Zauberdunst. Jetzt weiß ich es: Jener Herr im taubenblauen Wagen steht vor mir. Ströme jagen durch mein Denken, Blitze hellen auf, beleuchten mit erbärmlich greller Aufdringlichkeit die Ungewissheit. Mein Hirn ist klar wie ein Kristall in dieser Sekunde.

Der Herr im taubenblauen Wagen. Wolf Hagen, der Sohn des Anglers. Die Dame mit dem dichten Autoschleier, einen Schildkrötenring an der Hand, war Ursula. Komödiantin, Theater, Kulisse, Schminke, Betrug.

»Der Ring, Ursula, der Schildkrötenring! Ich weiß alles. Keine Aufklärung bitte. Bleiben Sie hier, meine Herrschaften, wenden Sie sich nicht ab von mir. Ich will Sie nicht belästigen.«

Sie wenden sich und gehen, das Dunkel fließt über ihre Gestalten, sie wollen vor mir zerrinnen.

»Ich weiß alles. Wenn du bei mir warst, dann hast du den Ring vom Finger genommen, um deine Komödiantenseele nicht zu verraten. Du hast ein erbärmliches Spiel mit mir getrieben. Oh, über eure verbettelte Schwarzkunst.«

Ich will etwas hinausschreien, aber die beiden sind verschwunden, die Höhle vor mir hat sie verschluckt. Ich höre dumpfe Schritte, von Gewölben widerhallend.

»Kellermeister, Radieschen, auf ein Wort, wer waren die beiden? Ein Hexenstrumpf und ein Mann namens Rettig, habe ich recht?«

»Fräulein Ursula.«

»Fräulein Ursula, die Sängerin?«

»Wer sonst?«

»Und der andere?«

»Wolf Hagen, ihr Bräutigam.«

»Bräutigam? Abgeschmacktes Wort! Ist er nicht schuld am Tod ihres Vaters, hee?!«

»Die sieben Glückseligkeiten haben dich um den Verstand gebracht. Morgen ist Polterabend, halte dich bereit!«

»Rede pfälzisch, Radieschen, rede pfälzisch. Bräutigam, der Teufel fresse dieses Wort. Er ist der Dichter, habe ich recht? Er hat wohl gar das Buch geschrieben, den miserablen Roman einer falschen Komödiantenseele?«

»Natürlich, Buchhändler.«

»Ein großartiger Schwindel, ein Hokuspokus, Menschen mit Lügenseelen, Gott schütze mich vor ihnen; ich verlache sie, hahahaha, hörst du, wie furchtbar ich sie verlache ... hahaha ... lache mit mir, Radieschen, lache, dass die Mauern wackeln ... alle Fässer sollen mitlachen, aus ihren Bäuchen soll das Lachen dröhnen, lache doch, Radieschen, haha ... haha ... hoho ...«

Ich taumle, ich sinke nieder, irgendwo halte ich

mich noch an einem Fass. Da liege ich, Gelächter über mir.

»Knäblein, habe ich dir nicht gesagt, vor dem Letzten sinkst du in die Knie?«

Er richtet mich auf, ich stehe staunend und schaue mich um. Was ist denn geschehen mit mir, warum umgibt mich diese Wirrnis und Wildnis? Wo ist übrigens der Rabe, darf man fragen, wo der Rabe hingekommen ist?

»Hier war ein Rabe, ein Vogel mit Federn, er rief abgeschmacktes Zeug, wo ist dieses Tier?«

Das Radieschen führt mich aus dem Keller.

»Polterabend, hast du nicht Polterabend gesagt?«

»Wird ein großer Mummenschanz, Buchhändler.«

»Mich gelüstet's niederträchtig, dabei zu sein. Eine lasterhafte Geschichte. Ich habe einen Einfall, Radieschen, rede nicht von einem alten Backofen. Ich will ... he he ... ins Vogelhaus und als Vogel, als Tippler, den Polterabend mitmachen. Die Herrschaften werden mich nicht erkennen. Verschaffe mir einen jener Leinenanzüge, wie sie Karolas Vögel tragen. Eine Flasche Gehöröl für einen solchen Anzug.«

»Den kann ich dir wohl leihweise verschaffen. Vergiss nicht, dass du betrunken bist.«

»Du auch, denn du redest hochdeutsch. Einen Leinenanzug, Radieschen. Jetzt stehen ... Gassen ... und Häuser auf - dem Kopf.«

»Geh schlafen, Buchhändler.«

»Besser noch, als ein Leinenanzug, wäre der Finger eines ungetauften Kindes. Unsichtbar könnte ich sein. Hooo, was für Möglichkeiten. Gute Nacht, Radieschen.«

Ich stehe allein in der Sommernacht.

Möglich, dass ich mich schlecht benommen habe. Was verstehe ich übrigens von Schnecken? »Herr Berghaus«, hätte ich vielleicht sagen sollen, »wenn Sie zufällig ein rohes Ei in der Tasche haben, bitte ich um die Ehre, es in meiner Faust hartkochen zu dürfen.« Marlena, schwimmend im Strom, ein Zauberschiff.

Ich gehe nicht in mein Zimmer hinauf, denn ich habe keine Lust, mich ins Bett zu legen. Was soll ich beginnen in meinem Bett, in einem Holzgestell, das in allen Fugen stöhnt und kracht und vollgestopft ist mit Federwerk und Decken. Soll ich mich in diese elende Kiste legen und die Wände anstarren und warten, bis der Tag durch die alten Gardinen schleicht? Es ist noch nicht spät, noch sind die Straßen und Gassen wach, es ist eine zauberische Beleuchtung an den Häuserfronten. Man soll nicht glauben, dass mir das Herz blutet wegen dieses kleinen Komödienspieles, ich bin stark genug, mich darüber hinwegzusetzen. Dieser quälende Schmerz hier in meiner Brust, er hat irgendeine andere Ursache, vielleicht habe ich zu viel Wein getrunken, vielleicht ist es eine vorübergehende Krankheit, mein Großvater war auch nicht stark am Herzen. Es wäre rein zum Lachen, wenn eine solche Episode, eine Bagatelle geradezu, einem jungen Kerl wie mir das Herz in Unordnung bringen könnte. Ich will das nur sagen, auf dass man keine falschen Vorstellungen hat und sich gar einbildet, das gnädige Fräulein mit dem überspannten Schildkrötenring könne mich schwermütig machen.

Meine selige und unselige Trunkenheit ist verflogen, ich steige rüstig und mit klarem Kopf bergan. Schon bin ich mitten in den Weinbergen, ihr Laub umgibt mich, ihr krauses und knorriges Astwerk schlingt ein Gewirr von Netzen um meine schreitende Gestalt. Nicht weit über mir atmet die Säulenhalle der Wälder.

Es hat sich in meinem Leben nicht oft ereignet, dass ich betrunken war. Heute nun, da dieser Zustand sich durch die Schuld des Gehöröles und der sieben Glückseligkeiten einstellte, musste ich das Pech haben, dass Ursula dazu kam. Sie mag keinen Betrunkenen, gut, das ist ihre persönliche Angelegenheit, meinetwegen. Sie mag keinen betrunkenen Menschen, ebenso wie ich keinen Menschen mag, der mit andern sein herzloses Spiel treibt.

Ewig liegt das Rauschen in den Wäldern. Auch wenn es ganz windstill ist, raunt und saust und plaudert es zwischen den Stämmen.

Da sitze ich am Weg, der Wald ist nahe, die Erde dampft mir entgegen. Eine warme Nacht, von Sternen überwölbt, eine ruhige, stille Nacht, satt in ihrem Duft und in ihrer Süße.

Die Weinberge blühen.

Ich lege mich zwischen aufgeworfene Schollen, die Erde schaukelt und bewegt sich. Ich und die Erde, wir drehen uns jetzt um die Sonne, wir haben es gut vor, wir zwei, es ist eine abenteuerliche Kreiselfahrt.

Ich muss ganz still vor mich hinweinen, weil wir jetzt so dahinsegeln und durch den Raum wirbeln, die Erde und ich, weil diese Reise so lustig ist und doch so gespenstisch. Es ist kein schmerzvolles Weinen, es ist gewiss nicht Ursulas wegen, nein, meine Tränen rinnen still in die Nacht, in den Duft der Rebenblüten und in das nächtliche Geplauder der Wälder.

Wenn bei Nacht Tränen in ein offenes Grab rinnen ... doch ich bin nicht abergläubisch. Nie war ich abergläubisch, wenn jetzt eine Hebamme daherkäme, ich würde getrost mit ihr schnupfen, einmal, zweimal von mir aus, wer wird abergläubisch sein!

Nachtfalter schwirren, ich höre deutlich ihre rasenden Flügelschläge, es mögen Taubenschwänze sein oder Ligusterschwärmer. Am Ende könnte ich sie alle anlocken mit meinen Rosen aus Schiras, sie würden in Schwärmen kommen, ein Geschwirr und Gestöber wäre um mich, meinen Segen über Ursula.

Was würde wohl meine Mutter sagen, wenn sie mich hier liegen sähe, zwischen den blühenden Rebstöcken, Bruder der Pflanzen und Freund den beflügelten Schwärmern?! Mutter, da liegt dein törichter Sohn, schilt nicht auf den Weinbergvagabunden, lächle über seine Narrheit. Mutter, nicht weit von hier, in einem schönen Haus, schläft Ursula. Kennst du Ursula? Es hat nichts auf sich, denke dir, sie bildet sich ein, sie könne mir das Herz brechen. Da kennt sie mich schlecht, keine Spur von Menschenkenntnis besitzt diese Dame mit den braunen Augen und dem gescheitelten Wunderhaar.

Wer stolpert jetzt den alten Wingertweg herauf, wer ist noch wach in der Nacht und hat wirre Pläne im Kopf?

Ein Mensch kommt daher, sein Atem stößt in die schwingende Stille. Ich richte mich auf, der Mensch steht mir gegenüber, wir starren uns an.

»Freund«, sage ich, »dich kenne ich doch, du bist aus dem Vogelhaus? Hast du dich nicht den letzten Tippler genannt?«

»Ich gehe auf und davon, ich halte es nicht mehr aus im Vogelhaus.«

»Wirst du schlecht behandelt, musst du schuften, hungern?«

»Nichts, im Gegenteil, mir geht es viel zu gut. Immer Essen, Trinken und trockene Kleider am Leib. Und nachts ein Bett. Ich sterbe, wenn ich bleiben muss, das sitzt mir hier auf der Brust, ich haue in den Sack. Verpetze mich nicht, sonst sind die Blechköppe noch hinter mir her. Ich habe keine Fleppe, verstehst du mich? Warum treibst du dich in der Nacht herum, hast du's mit dem böhmischen Zirkel?«

»Ich weiß das selbst nicht, frage nicht. Warum bist du der letzte Tippler?«

»Das Ende der Fahrer ist nicht mehr fern, sie sterben aus wie seltene Tiere. Pass mal auf, neulich kommt ein Kunde an, ein Apostelklopfer, und erzählt Räubergeschichten von seinen Fahrten. Meinst du vielleicht, der ist noch ehrlich auf seinen verbogenen Trittlingen durch die Welt getippelt, glaubst du, der hat noch anständig platt gemacht? Scheibenhonig, der ist nur noch mit der Rutsch gefahren, mit Fernlastwagen ist er gereist, auf Schiffen und weiß der Teufel, wie. Vom halben Erdball hat er mir erzählt, aber noch keine zwanzig Meilen auf den Latschen, alles geschnorrt, die Pest über ihn. Nennt mich altmodisch, so ein Pachulke, weil ich noch ein alter Kornhase bin. ›Du bist der letzte Tippler‹, kotzt er mir ins Gesicht. ›Wir Modernen tippeln mit Express, mit Auto und Dampfer und wenn's drauf ankommt, mit dem Flugzeug, ohne Schotter und Asche.‹ Ans Rabenholz mit ihm! Ich gehe, hörst du, verpfeife mich nicht. Ich schlafe im Wald, ich putze Klinken, ich krepiere an der Landstraße. Einerlei, nur fort. Also mit Gunst und gut Gelage!«

Er macht sich davon.

»Hör mal, auf ein Wort: Hast du nichts gelernt, bist du ...?«

»Ein Krummholz bin ich.«

»Krummholz?«

»Na ja, ein Stellmacher.«

»Ach so. Und wer ist schuld, dass du vor die Hunde bist?«

»Eine Frau, du Narr. Sie hat mich an der Nase herumgeführt, das hat mich rabiat gemacht. Gottes Fluch über die Maschke!«

Er verschwindet in der schwarzen Höhle. Lange noch höre ich seine stolpernden Schritte.

Der letzte Tippler. Wie viel Narrheit in wenigen Stunden. Ich lege mich jetzt auf den Rücken. Die Hände unterm Kopf liege ich da, aus Millionen Poren und Zellen und wollüstigen Keimen strömt der Rausch gebärenden Lebens, die Zauberkelche der Nacht sind offen, alle Sterne regnen auf mich nieder.

* * *

Es geht hoch her bei Ursulas Polterabend. Der Innenhof des Gutes ist zum Rummelplatz geworden. Viele Menschen sind zum Volksfest geladen, es ist ein Allotria wie auf der Kirchweihe. Fünf Mackenbacher Musikanten spielen auf. Verrückte Menschen wohnen in diesem Haus, man kann nicht anders sagen. Da ist Frau Karola mit ihrem sogenannten Geheimnis, da ist Herr Berghaus mit seinen Plänen, da ist Ursula, eine herzlose Komödiantin, da ist dieser Wolf Hagen mit seiner verwegenen Vergangenheit, da sind endlich die Galgenvögel, Gott helfe mir, in welche Gesellschaft bin ich geraten.

Es ist Nacht, die Hölle tobt.

Ein großes, laubbekränztes Weinfass ist aufgestellt, wer will, kann zapfen. In einem Kessel sieden Würste, auf Tischen stehen Körbe mit Brot und Hochzeitsbretzeln, mit Zigarren und Zigaretten, mit Kuchen und Hefegebäck. Greift zu, hier ist das Schlaraffenland. Ursula will Hochzeit feiern. Über dem Fest glänzen die Sterne, aber sie sind matt, denn eine gaukelnde und schaukelnde Flut von Lampions übertönt die fernen Welten. Tschintara bum bum! Die Musikanten mit Flöte und Klarinette, mit Trompete, Tenorhorn und großer Trommel dreschen ihre Märsche und Tänze herunter.

Ursulas Polterabend. Hans Hiedewohls Totenfest.

Ja, ein Buchhändler mit Namen Hiedewohl ist auch dabei, er ist unter den Galgenvögeln, er ist verkappt, ein Seelendieb mit einem zerbrochenen Glück. Rheinwald. Geräucherte Aale. Hohoo, ich trinke, viel Glück über Ursula.

Was will denn der O-Beinige?

»Hast du was gesagt, man versteht kein Wort in dem Getöse?«

»Einen weißen Kohlkopf habe ich im Garten gesehen.«

»Was soll ich mit dem weißen Kohlkopf?«

»Hör doch zu: Weißt du nicht, dass ein weißer Kohlkopf einen Toten bedeutet?«

»Hör auf mit deiner Gespensterpredigt. Den Segen der Welt über die glückliche Braut. Trinke und halt das Maul.«

»Aber ein weißer Kohlkopf ...«

»Lass doch die Toten aus dem Spiel!«

Über den Hof ist von Dach zu Dach ein Seil gespannt. Der verdrehte Salto, Mann mit neun Fingern, der auf Kastanienbäumen schläft, will eine Seiltänzerei vorführen. Nicht mal ein Schutznetz hat er gespannt, er soll sich in acht nehmen, gewiss ist er aus der Übung, es könnte ihm übel bekommen. Ein Tanz im Hof, ein Bauern- und Hochzeitstanz, im Getümmel, im fröhlichen Aufruhr. Der Hof kocht wie ein mächtiger Kessel, eine großartige Ausgelassenheit überall. Gebt den Leuten heiße Würste, Kuchen bei und Bretzeln.

Waldeslust, Waldeslust,
O wie einsam ist die Brust.

Selbst die Galgenvögel tanzen, der Dürre, der Salto, der Elwetritsch. Herr meines Lebens, seht den Elwetritsch mit der Stallmagd tanzen, der Schweiß rinnt in Strömen an ihm herunter. Gebt ihm Wein, viel Wein.

Manchmal erscheinen die hohen Herrschaften oben auf dem Balkon, dann setzt ein gesteigertes Lärmen ein, dann schauen alle hinauf und rufen und winken.

Die Braut Ursula ist noch gar nicht da, nein, sie muss heute Abend in Baden-Baden in »Figaros Hochzeit« singen. Gegen Mitternacht wird sie eintreffen, im taubenblauen Wagen, mit dem Schildkrötenring am Finger.

Schschsch! Sssüü flack! Raketen steigen hoch, Schwärmer prasseln, Sonnen drehen sich, Pulverfrösche zacken in die kreischende Menge. Auf dem Dach geht ein Kanonenschlag los. Ursula, bumm!

»Salto, bist du verrückt, willst du über das Seil? Bei Nacht, und ohne Netz?«

»Bengalisch beleuchtet, Mensch. Keine Bange, die Arbeit mache ich mit verbundenen Augen. Toll siehst du aus in dem Leinenanzug.«

»Vom Radieschen. Niemand soll mich kennen, verstehst du. Salto, geh nicht übers Seil.«

»Was faselst du, Hasenpfote?«

Schsscht bumm! Rote, grüne Feuerkugeln.

»Salto, will ich sagen, ein weißer Kohlkopf im Garten ...«

»Eine Attraktion wird das, begreifst du? Ich werde mitten auf dem Seil ein Feuerwerk abbrennen.«

»Du hast nur neun Finger, Salto.«

»Ich laufe nicht auf den Händen.«

Die Mackenbacher legen mit einem Schmachtfetzen los.

Wo ist übrigens der Angler, nun fällt er mir ein, wo ist der sonderbare Heilige, wo ist Dietrich Hagen?

Weinduft liegt betörend über dieser Polternacht.

Der Angler wird am Strom sitzen, er ist ein Wächter, ein Polterabend ist kein Schauplatz für ihn.

Weinfrohe Kehlen singen den Schmachtfetzen, der Gesang schwillt an, Menschen stehen in der bunt durchleuchteten Nacht und singen, man ist wahrhaftig mitten in den sieben Glückseligkeiten.

Selbst im Vieh ist Aufruhr, es brüllt in den Ställen.

> Weib, ach Weib, was suchest du
> Hier in Tales Gründen?
> Such' die Blume Männertreu,
> Kann sie niemals finden.

»Salto, geh nicht übers Seil.«

»Lass mich ... dort steht Frau Karola auf dem Balkon. Tod und Hölle, eine schöne Frau.«

Ja, dort steht Frau Karola, eine auffallende Erscheinung, im stahlblauen Kleid. Sie ist gegen die Brüstung gelehnt, sie schaut in den Himmel, ach, vielleicht sucht sie ihren Stern, ihren fernen Wunderstern.

»Du weißt etwas, was andere nicht wissen, Salto. Du weißt, was hinter Frau Karolas Maske verborgen ist?«

»Ich weiß es, aber ich sage es nicht. Weil ich noch einen Funken Artistenehre im Leib habe, mein Lieber. Fluch allen Waschweibern!«

»Mir allein könntest du es sagen, ich kann stumm sein wie ein Friedhof. Frau Karola ist mir wohlgesinnt, einmal fasste sie meinen Kopf mit beiden Händen.«

Er lässt mich stehen, er gräbt sich in die Menge hinein, der elende Todeskandidat.

Meinetwegen, ich kann weiterleben, auch ohne

hinter Frau Karolas Maske zu schauen.

Gebt mir Wein, es ist über alle Maßen herrlich, Wein zu trinken, nichts auf der Welt lässt uns kühnere Schwingen wachsen, gebt mir Wein. Wer Wein trinkt, wirft alle Krücken ab.

Ich sagte schon, der Angler sei nicht beim Polterabend seines Sohnes. Er sitzt im Rheinwald, ich sehe seine Schattengestalt unter einer uralten Kopfweide. Vielleicht sitzt das Mädchen Marlena an seiner Seite. Marlena ist dort zu Hause. Wenn man sich niederbeugt und in das braune Wasser schaut, sieht man die Fischbrut, die Larven und Würmer, die Raublibellen und Wasserasseln, die Skorpione ... Marlena mitten im Wasser wie in grünem Glas.

Ich bin ein wenig abseits, in den Schatten geraten. Hier ist ja der Vogelkäfig. Wenn man durch die Drahtmaschen starrt, sieht man die gefangenen Vögel. Zu kleinen Klumpen geballt sitzen sie auf Stangen und Zweigen. Sie schlafen im Getöse, die Köpfe stecken in den Federn. Manchmal hebt ein Vogel den Kopf, schlaftrunken und maßlos verwundert. Er schaut sich um, er rückt auf dem Zweig und schüttelt sich. Er zwilcht und schirpt wie im Traum vor sich hin. Wohl ihm, er ist geborgen.

Die Erde dreht sich, die Wunderkugel. Immer weiter dreht sie sich und rast durch das ewige Rätsel. Zwischen Millionen Sonnen rast sie dahin, Gott sei ihr gnädig.

Dachte ich mir doch, dass die Ohreneule nicht weit sei, der Unheimliche, der Galgenvogel mit dem bösen Blick.

»Was willst du auf Ursulas Hochzeitsfest mit deinem Gespenstergesicht?«

Er kommt auf mich zu, er bedrängt mich, mit den Schultern schiebt er sich mir entgegen, eine widerlich aufdringliche Art.

»Hast du nicht von Marlena gesprochen?«, sagt er mit heiserer Stimme. »War sie auf einem Schiff? Hat sie eine Narbe an der Stirn?«

»Von einer Kohlenschaufel. Und wenn du es wissen willst: Weil sie jemand verraten hat, weil sie schuld ist, dass einer getötet wurde. Und jetzt mach dich davon, ich will hier meines Lebens froh werden. Geh in den Höllensud!«

»Weil sie einen verraten hat, sagst du? Ich weiß Bescheid, mir kannst du nichts vormachen. Ich kenne Marlena, ihr Vater ist Aalfischer am Rhein. Die Ratte ... du weißt nicht, wie es ist, wenn eine Ratte ... immer da drinnen ... frisst ... kennst du Ratten, du Linkmichel?«

Er drängt sich immer enger an mich heran, seine Mundwinkel sind nach unten gezogen, er zieht den Kopf ins Genick.

»Ich will dir was sagen, ich selbst - du kannst mich genau anschauen - ich selbst war derjenige, der mit dem Karabiner auf ihn geschossen hat ...«

»Auf wen hast du ...?«

»Auf jenen Gewissen, den Marlena verraten hat. Ich war Separatist, weißt du ... ich war ein - Volksverräter, ich hätte den eigenen Bruder verraten und verkauft, so ein Lump war ich.«

»Und ... du - lebst - immer noch? Ich glaube, du lügst, du hast eine gewisse Art von Großmannssucht.

Geh fort, du bist betrunken!«

Er weicht zwei Schritte zurück, seine trüben Fischaugen gleißen mich an, er ist bis aufs Letzte verkommen, es ist kein Platz für ihn in diesem ehrlichen Vogelhaus. Er lallt mir die Worte mit wüster Stimme entgegen.

»Ich muss mich heute - noch - furchtbar - besaufen.«

Das Scheusal wankt zum Käfig, lehnt sich gegen das Gitter und starrt zu den schlafenden Vögeln hinein. Man sollte ihn vom Hof jagen; er ist nur da, um die Luft zu verpesten.

»Der dort!«, höre ich ihn rufen, mit dem Finger deutet er in den Vogelkäfig. »Der dort ... das bin ich.«

Lasst ihn faseln, so lange er will, ich quetsche mich zum siedenden Wurstkessel durch, ich hole mir eine heiße Wurst. Und Wein hole ich mir, ich bin auf einem Volksfest, es geht hoch her, alle Welt ist zu Gast geladen. Her mit der Wurst, her mit dem Wein!

Ich schiebe mich in eine Holzbank, Kinder, nur ein kleines Endchen Platz, denkt an die geduldigen Schafe.

Riesenhoch steigt eine Rakete. Zummm, sie platzt.

Auf der Bank, zwischen zwei Bauernweiber gepfercht, sitzt Alex, der Teufelsalex, das lustige Fähnlein im Wind.

»Gott zum Gruß!«, ruft er und beißt in eine Fleischwurst.

»Kommen Sie an meine Seite. Wie schauen Sie denn aus?«

»Still, niemand soll wissen, dass ich hier bin.«

Wir rücken zusammen, wie die Böhämmer. Es riecht nach Schweiß und Mottenpulver.

»Eigentlich war ich ein wenig ungehalten«, beginnt

Alex und schmiert Senf um die Wurst, »ärgerlich muss ich fast sagen.«

Er drückt das Kinn nach unten und hüstelt. Im Gummimantel sitzt er da.

»Warum denn?«

»Sie haben mir in die Schnecken gepfuscht.«

»Ich? In die Schnecken gepfuscht?«

»Selbstredend. Beim Herrn Berghaus haben Sie dicke getan und die Schnecken auf Ihrem eigenen Mist wachsen lassen.«

»Ich ... ich ... habe das nicht so aufgefasst.«

»Papperlapapp, gestehen Sie es ein, Sie hätten diese Federn gerne an Ihren eigenen Hut gesteckt.«

»Federn? Seit wann haben Schnecken Federn? Zugestanden, ich ...«

»Kein Aufhebens, Schwamm darüber. Was sagen Sie zu dieser Nacht?«

»Ich kann nur großartig sagen. Holla, Radieschen!«

Der Kellermeister im braunen Lederschurz kommt mit halbem Wind, wie ein Eisbrecher spaltet er die lustige Menge.

»Buchhändler ...«

»Ssst, nicht Buchhändler, heute bin ich Vogel.«

»Hohoho, Dompfaff, mein bestes Fass Wein für dein Gehöröl. Guck dir den Brunnen dort an, Dompfaff.«

Er deutet auf den Steinbrunnen in der Mitte des Hofes. Er ist bekränzt mit Laub und mit Papierbändern bunt geschmückt.

»Du wirst Auge mache, wie die Katz, wenn's dunnert.«

Er taucht in den Menschenbrei, wuchtig stößt sein

Bauch vor. Wo ist Alex? Fort.

Das Pfälzer Lied. Erst zaghaft, dann immer lauter, wächst es zuletzt wie ein Orkan aus der Menge.

Was will der O-Beinige mit seinem weißen Krautkopf? Ich starre in den Himmel. Das Seil schwankt im Nachtwind, eine schwingende Saite, bald fängt sie zu tönen an.

Es ist nahe an Mitternacht, da kommt Ursula an. Ich höre deutlich das taubenblaue Auto. Brooo ruft das Auto, brooo. Bewegung in der Menge. Rufen und Jubeln.

Ursula ist da. Lasst mich stark sein, ich blute aus tausend Wunden mitten in einem Volksfest, in Ursulas Polternacht. An irgendetwas anderes denken. Das madenfreie Obst, die Seidenraupenzucht, eine Lebensaufgabe.

Sie erscheinen auf dem Balkon, Herr Bastian Berghaus, Frau Karola, Ursula und Wolf Hagen und noch andere hohe Gäste. Unbeschreiblicher Jubel setzt ein.

Das Radieschen gebietet mit dröhnender Stimme Ruhe, er steht am Brunnen, auf einen Steinsockel ist er gestiegen. Der Lärm verebbt, die Brandung legt sich.

Aha, sie haben wohl einen kleinen Mummenschanz vor. Ein freier Platz bildet sich vor dem geschmückten Brunnen. Das Radieschen hebt wie ein Kapuziner beide Arme und verkündet:

>»Es wird bekannt gemacht,
>Dass jetzt um Mitternacht
>Bis dieses Fest hier endet
>Der Brunnen Wein euch spendet.

Doch sag ich's einem jeden:
Wer trinkt, der darf nicht reden!«

Vom Turme schlägt es Mitternacht.

O Wunder, goldgelb strömt es aus der Röhre. Das ist ein Staunen und Rufen und Murmeln und Zischeln, ein Drängen und Schieben und Stoßen. Niemand will als Erster an den Brunnen.

Mit einem Male torkelt doch wirklich die Ohreneule herbei. Der Mensch ist schon betrunken, er schafft sich eine Gasse, stößt zum Brunnen vor und hält sein Glas unter den fließenden Brunnen. Er setzt an und trinkt.

»Beim Teufel, es ist Wein!«, ruft er.

Da geschieht etwas ganz Lustiges. Der Riese Gulli nämlich taucht quaderhaft hinter dem Brunnen auf, packt die Ohreneule im Genick und brüllt: »Und du bist mein!« Er hält den Unheimlichen steil in die Luft hinaus und trägt ihn, ein zappelndes Bündel, mitten durch die Menge.

Dieses Gelächter, dieser Höllenlärm, dieser weintosende Aufruhr.

Jetzt drängen sie aber in robuster Geschäftigkeit zum weinspendenden Brunnen und füllen ihre Gläser, es ist eine großartige Überraschung, man hat es an nichts fehlen lassen bei diesem Polterabend.

Geht nicht die Seiltänzerei los? Beginnt nicht der große Luftakt, die Solonummer auf dem Turmseil? Doch, schon wird es da oben lebendig. Die Dachluke öffnet sich, das Seil wird straff gezogen, es schwankt und zurrt in gefährlicher Höhe. Schaut alle hinauf, der Salto erscheint in der Dachluke. Köpfe recken sich nach oben, es liegt wie Beklemmung über der Menge. Ein Scheinwerfer flammt auf, die Mackenbacher spielen eine schmachtende Zirkusweise. Du meine Güte, das ist wie beim Buffalo Bill.

Ich werde unruhig, mein Herz klopft wild in der Brust, ich habe eine furchtbare Ahnung. Was schwätzte einer vom weißen Kohlkopf?

Salto, will ich noch rufen, lass ab, dein Leben steht auf dem Spiel, aber er ist schon draußen.

Schon steht er auf dem Seil, komisch gekleidet, mit Bändern und farbigem Flitter geschmückt.

Verwegener, er tanzt über das Seil, mit gravitätischem Schwung, mit jenen Bewegungen, die man nur bei Seiltänzern beobachtet, gummiartig, die Füße nach außen gekehrt, in den Knien und Hüften federnd. Ein ausgekochter Artist, ein Zirkuskind. Gewaltig biegt sich das Seil durch, der Salto tanzt auf der schwingenden Saite zwischen Leben und Tod.

»Platz unten, macht Platz unterm Seil!«

Dicht gedrängt stehen die Hochzeitteilnehmer auf dem Balkon. Warum suche ich plötzlich Frau Karola? Wo ist Frau Karola? Viele Menschen auf dem Balkon, aber Frau Karola im stahlblauen Kleid ist nicht zu sehen. Mir wäre lieb, wenn Frau Karola käme.

In der Mitte des Seiles bleibt der Salto stehen, dreht sich um seine eigene Achse, und mit einem Male sieht man an seinem Körper einen Funken aufglimmen.

Ein Knattern und Prasseln setzt ein, der Salto leuchtet auf und ist in ein Feuermeer gehüllt.

Raketen und Schwärmer, Feuerkugeln und Sonnen hat er am Körper befestigt, und dieses tolle Brillantfeuerwerk entfaltet sich nun in seiner puffenden und zischenden Großartigkeit.

Dieser tolle Salto, dieses Manegenblut, da hat er nun seinen großen Tag, da feiert er seine Auferstehung, da ist er gefährlicher Mittelpunkt, dem sich alle zuwenden.

Als er in der gegenüberliegenden Dachluke verschwindet, setzt rauschender Beifall ein, Katarakte von johlenden Stimmen spalten die Nacht.

»Raus!«, rufen sie, »noch einmal! Salto, raus!«

Der Salto kommt nicht mehr, schon atme ich erleichtert auf, da geschieht etwas vollkommen Unerwartetes. Die Musik bricht plötzlich ab.

»Dort!«, höre ich Stimmen, »schaut hinauf! Ein Mädchen!«

In der ersten Dachluke steht eine schlanke Gestalt im schillernden Seiltänzertrikot, eine schwarze Maske vorm Gesicht. Was bedeutet das, sollen die Überraschungen noch gesteigert werden? Durch das staunende Schweigen der Menge dringt gellend eine rufende, warnende Stimme. Was ist denn los, es ist schon zu spät, die Tänzerin ist schon auf dem Seil. Wer rief denn überhaupt?

Jetzt wird ein Unheil geschehen, zuckt es durch mein Hirn, die Katastrophe ist nicht mehr aufzuhalten.

Haltet die Tänzerin zurück! Ein weißer Kohlkopf ...!

Haltet um Gottes willen die Seiltänzerin zurück.

Unwillkürlich starre ich nach dem Balkon, die Menschen dort weichen im Entsetzen rückwärts, sie fluten ins Zimmer, zuletzt steht nur noch Herr Bastian Berghaus oben, nach hinten gebeugt, die Hände gegen die Mauer gestützt. Ich sehe deutlich, wie er die Kartoffel im Munde rollt.

Die Tänzerin ist auf dem Seil.

Mich packt jemand an beiden Schultern.

Der Salto. Noch hängen Bänder und Feuerwerkfetzen an seinem Leib.

»Kommen Sie schnell«, stößt er hervor, »vielleicht können wir sie auffangen, wenn sie stürzt ... Gulli, wo ist denn Gulli?«

»Wer, beim Himmel, ist denn die ...«

Er zischt es mir leise ins Ohr:

»Frau Karola! Ssst, kein Wort. Frau Karola! Sie war doch ein bekannter Varietéstern und hat am Lufttrapez gearbeitet. Kommen Sie schnell, sie ist ohne Training, wenn sie stürzt ...«

Ich fühle, wie mir das Blut aus dem Gesicht weicht, ich zittere und bebe, ich bin ganz von Sinnen.

»Nicht hinaufschauen jetzt!«, stößt Salto hervor, »nicht daran denken, dass sie strauchelt.«

»Was für eine Vermessenheit! Frau Karola war ...?«

»Ich habe mit ihr vor Jahren am Kuppeltrapez gearbeitet, damals war sie noch ein Mädchen. Sie hat mich nicht erkannt. Niemand weiß es hier, nur ich und Herr Berghaus selbst. Sie war eine große Nummer und hat die halbe Welt bereist.«

Frau Karola auf dem Seil. Mädchen mit der schwarzen Maske. Totenstille.

Viele Gesichter, starr nach oben gekehrt.

Ich kann mich nicht bezwingen, ich muss hinaufschauen, ich ersticke, wenn ich nicht hinaufschaue.

Der Salto verfolgt jede ihrer Bewegungen, wir stehen lotrecht unter dem Seil, wo das andre Volk den Platz frei gemacht hat.

»Weißt du«, stottere ich ihm zu, »ich bin keineswegs abergläubisch, du darfst es glauben. Es bedeutet einen Toten, was für ein Unsinn, was hat ein Kohlkopf ...«

»Still!«, flüstert der Salto. Wir starren beide hinauf. Über uns Frau Karola in der Mitte des Seiles. Sie steht plötzlich still, die Kurve des Seiles schwingt wie ein drohendes Pendel, es ist unheimlich, was Frau Karola beginnt.

Sie legt ein weißes Taschentuch auf das Seil, sie versucht, sich niederzubeugen, um das Tuch mit den Lippen zu packen. Haltet den Atem an, ich bin nie abergläubisch gewesen, es ist nicht wahr, was törichte Überlieferungen behaupten.

»Salto, ich ...«

Frau Karola hat das Tuch gepackt, aber sie wankt, beide Arme stößt sie nach oben ..., jemand schreit auf, wie ein Pfeil schwirrt diese Stimme durch die Stille.

Salto hat mir die flache Hand auf den Mund gepresst, wie denn, war ich es, der schrie?

Frau Karola tanzt über das Seil.

Frau Karola mit der schwarzen Maske ist in der Dachluke verschwunden.

Was ist denn gewesen, bitte, mein Verstand ist verwirrt, aus einem Brunnen fließt Wein. Eine Lebensaufgabe. Tollheit mit dem Aberglauben, was ist denn gewesen?

Beifall, Lärm. Getöse, Klatschen und Rufen. Wer war die Seiltänzerin? Niemand im Volke weiß es.

Die Musikanten legen los. Wirbeltanz.

Menschenflut wächst mir entgegen, die Nacht ist koboldhaft belebt, eine Nacht des Weines, es rumort in Fässern, es kriecht aus Spundlöchern, das

Weinkellergelichter ist erwacht, die Elefanten im Keller werden lebendig, es quillt aus feuchten Spinnwebwinkeln, alle Geister des Weines sind boshaft am Werk. Ursula mitten im Gedränge, was will sie hier unter der tobenden Schar. Hat sie mich erkannt, kommt sie am Ende auf mich zu?

Flucht, denke ich, nur Flucht kann mich retten.

Ich bahne mir freien Weg, wie eine Mauer stehen mir Menschen entgegen.

»Du bist hier?«, höre ich ihre Stimme. Ich wende mich um und schaue ihr in die Augen.

»Ursula, viel Glück über dich.«

Ich mache mich schleunigst davon.

»So warte doch, du unseliger Mensch. Ich muss dir erklären ...«

»Nichts erklären, nichts!«

»Alles war Lüge, so hör mich doch an. Ich trieb ein wenig Spiel ...«

»Lüge, nichts als Lüge! Spiel, nur ein wenig Spiel. O ihr Geister, Spiel mit meinem Herzen.«

Ich tauche unter in der Menge, nichts mehr von Ursula, morgen schon wird sie des anderen Weib. Nichts mehr von Ursula! Überhaupt ist es Zeit, dass ich den Schauplatz der Freude verlasse, genug der Polternacht, viel zu viel Glück für mich Galgenvogel. Fort von hier, ich weiß eine geheime Gitterpforte, Frau Karola zeigte sie mir in jener Nacht, als ich in ihrem Vogelhaus war.

Der Vogelkäfig. Einen Augenblick, ich will noch einmal hineinschauen.

Schlaf über der gefiederten Welt. Vogelträume. Schöpfungslächeln.

Was sehe ich, ein Vogel liegt am Boden, er rührt sich nicht. Er ist tot.

Ich komme zum Garten und zu den Stallungen der Pferde, der Lärm wird schwächer, das Rauschen des Festes dringt nur noch gedämpft an meine Ohren.

Unter der Stalltür steht ein Mensch.

Elwetritsch.

»Bist du nicht beim Fest?«, frage ich ihn,

Er antwortet nicht, er winkt mit der Hand, wir gehen zusammen in den Pferdestall.

»Er hat sich erhängt.«

»Wer denn?«

»Die Ohreneule. Dort hängt er.«

Wir nehmen ihn ab und legen ihn ins Stroh. Nichts zu machen, er ist tot. Wir schaffen ihn hinaus und bringen ihn in einen kleinen Schuppen. Niemand soll es erfahren in dieser fröhlichen Nacht, in dieser Polternacht, in Ursulas großer Nacht. Wir gehen in den Stall zurück. Die Pferde sind wach geworden, sie wenden die Köpfe nach uns. Zwei Hunde tauchen aus dem Dunkel auf und drängen sich an Elwetritsch. Ein Setter und ein Spaniel.

»Hast du ihn gefunden?«, frage ich.

»Ja, ich schlief im Stall, die Hunde schlugen an. Als ich nachschaute, war es zu spät.«

»Kein Wunder. Der O-Beinige sah im Garten einen weißen Krautkopf. Das bedeutet einen Toten.«

Elwetritsch schaut mich an, Schweiß steht auf seiner Stirn.

»Du schläfst hier?«, frage ich ihn.

»Ja, manchmal schlafe ich im Stall. Bei den Tieren, es riecht hier so gut, es ist eine großartige Witterung.«

Da hängt ja noch der unselige Strick. Ich ziehe mein Taschenmesser und schneide mir ein Stück ab.

»Was machst du?«

»Man soll ein Ende vom Strick eines Erhängten in der Tasche tragen. Das bringt Glück.«

Ich schiebe den Strick in die Tasche.

»Gute Nacht«, sage ich.

Draußen bleibe ich noch einmal stehen und schaue durch das Stallfenster hinein. Eine kleine Lampe brennt. Ein Pferd liegt schlafend im Stroh. Ich sehe, wie der Elwetritsch zu dem schlafenden Pferd geht und sich an seiner Seite niederlegt. Auch die Hunde kommen. Ich gehe durch das Gittertor ins Freie.

Wer es wissen will: Ich lebe im Rheinwald in einer alten Schilfhütte. Eine verlassene und vergessene Hütte, kein Mensch kümmert sich um ihr Vorhandensein, sie zerfällt und zerbröckelt, man kann Besitz von ihr ergreifen. Der Rheinwald ist meine Wildnis, vom ersten Augenblick an habe ich ihn geliebt, damals schon, als der Angler am Strom uns auf die Insel Floßgrün ruderte, Ursula und mich. Es war eine traumhafte Stunde.

Einmal lebte Ursula, jetzt ist sie tot.

Ach, es müsste einen Trank geben, der alles Leid stillt, eine Wunderarznei, die alle Qualen tötet.

Ich dringe in das Gestade des Vergessens ein, die verschlossene Landschaft am Strom öffnet ihre Arme nach mir.

Ich sitze in einem schmalen Faltboot. Braune Wasserarme paddle ich entlang, niemand weiß, wohin diese Fahrt mich treibt. Ich bin müde, meine Glieder schmerzen, mein Kopf ist wirr, mein Herz ist krank.

Sumpfweiden und Schwarzerlen, Pappeln in der Ferne, Liguster und Schilfwälder, Lianen und Hainbuchen. Wo ist das Wundertränklein für mich bereitet?

Ein übersponnener Seitenarm, bronzefarbenes Wasser, eine blühende Wasserwiese.

Ein Tränklein, aus Blut und Tod, aus Menschenwitz und sechstausend Kräutern!

Ich glaube, es stirbt sich leicht hier, der Tod wird ein guter Kamerad. Wenn er aus dem Gewoge des Schilfes käme, ich würde ihm ohne Zittern in die Augen schauen. Mein Lieber, könnte ich zu ihm sagen, du bist mir nicht unbekannt, wenn du ein gutes Gedächtnis hast, wirst du wissen, dass ich schon einmal einen Knopf verschluckt habe, es ist lange her; mit einem lächerlichen Hornknopf wolltest du mich in dein Garn locken, ein abgeschmacktes Manöver, du hast schlechte Einfälle, alle Romantik ist von dir gewichen.

Dichter umgarnt mich die Wildnis der Altwasser, ich werde nicht mehr herausfinden, irgendwo werde ich geräuschlos ausgelöscht, ich versinke im braunen Wasserschlaf, Fische werden über mich hinwegstreichen, und seltsames Wassergetier, vielleicht, dass Enten und Wildgänse zu mir hinabtauchen und vor meinem schadenfrohen Antlitz erschrecken.

Jetzt schiebt sich das Gebüsch zusammen, durch Laichkraut wühle ich mich und Rispengras. Welche überreiche Blütenpracht bei Sumpfweiderich und Herzgras, bei Iris und Wasserrosen.

Lasst euch von meinem schellenbehängten Schicksal erzählen. Ein Mensch fuhr auf einem geschenkten Motorrad hinaus, um die Welt zu erleben, Länder wollte er durchstreifen, schauen wollte er Wälder und Berge, Wiesen, Ströme und Seen. Die Welt war ihm nicht weit genug, mit einem Wort, er war auf großer Fahrt begriffen. Da entgleiste ein Güterzug und alles war vorbei. Eine junge Dame kam, und ihr Sinn stand nach einem Spielzeug, so ganz nebenbei, zum Zeitvertreib. Sie spielte ein wenig mit ihm und warf es in eine Ecke. Sie hatte etwas Wichtigeres vor, sie musste Hochzeit feiern.

Wunderbare Zusammenhänge überall. Gott knüpft Fäden, er webt und spinnt, es ist seine sonntägliche Liebhaberei.

Menschen, Ereignisse, Konflikte von besonderer Art gehören zusammen von Anbeginn; sie treffen sich, sie prallen aufeinander, sie fließen zusammen wie Bäche in einen See. Gott knüpft Fäden, er ist erfindungsreich, ein Weber über den Wolken.

Es rauscht viel Schilf um meine Hütte, Baumwerk zaubert Dämmerung, ich höre unbekannte Tiere rufen. Baumleichen ragen aus dem Wasser, an den Ästen und Stämmen der Kopfweiden hängen strähniges Wurzelwerk und raues Gefaser. Der Teufelsbart geistert.

Ich dringe ins Innere der Wasserwälder vor, es ist möglich, dass ich mich auf einer Insel befinde, auf einem Eiland jenseits der Monde. Das Leben ruft zu mir herein, eine Schiffsirene heult; draußen wälzt sich der Strom vorüber, er trägt viele Schiffe, diese Schiffe rufen und tuten und brüllen, denn sie wollen durch die Schiffbrücke. Der Tag dröhnt bis in meine Wildnisdämmerung.

So irre ich umher und dann betrete ich wieder

meine Hütte, staunend und fast ergriffen von der Stille, die mich umgibt. Ein grober Holztisch und zwei Hocker. Eine Matratze mit Decken, ein rostiger Kanonenofen, eine alte Kiste mit einem Vorhängeschloss. An den Wänden abenteuerliches Gerät, Angeln, Flinten und Pistolen, verstaubte Entenfittiche, ein Rehgehörn. Holzkäfige, Pfannen, Schüsseln und Töpfe.

Einmal lebte Ursula, jetzt ist sie tot.

Ich setze mich an den Tisch und stütze den Kopf in beide Hände.

Bald werden Tiere aus Busch und Schilf kommen und mich mit den fremden Wunderaugen bestaunen. Ihre Scheu wird langsam weichen, sie werden zutraulich, ich wandle mich in ihre Formen und ihre Lebensweise, mir wächst ein Fell, meine Sinne werden ungeahnt geschärft, man muss gegen den Wind kommen, wenn man mich überraschen will, ich schnüre meinen Wechsel entlang, auf den Hecht gehe ich, auf den Karpfen, auf den Hasen, auf Fasan und Wildente.

Wie lange sitze ich hier am klobigen Tisch und habe den Kopf in die Hände gestützt? Jahrelang? Wächst mein Bart durch die Eichenplatte des Tisches, wo sind meine Raben? Es ist lange her, da sah ich einen Raben, sehr lange muss es her sein, Frau Karolas Raben.

Enten rufen und Haubentaucher, Blesshühner und die beutesuchende Weihe.

Als ich Ursulas Mund küsste, verbrannte mein Leben.

Die Dämmerung bricht in den Rheinwald ein, der kleine Raum verhängt sich, er wird müde, die Augen wollen sich schließen. Zwischen Erlengebüsch und Weidenstrunk sehe ich neblige Rauchschwaden ziehen. Gott spinnt seine Fäden, merkwürdige Leidenschaft, aus den Jahrmillionen heraufgewachsen. Uraltes Dasein ...

Ich schlafe. Ich träume. Manchmal, wenn Wind weht, höre ich den Strom.

Einmal nachmittags tritt der Angler in die Hütte. Da steht er und ist erstaunt, er hat mich hier nicht erwartet.

»Sie kennen mich doch noch?«, sage ich. »Sie ruderten mich und eine junge Dame auf die Insel Floßgrün. Die Dame ist mittlerweile ... hehe ... die Frau Ihres Sohnes geworden.«

»Willkommen in meiner Hütte«, sagt der Angler.

»Das ist Ihre Hütte?«

»Seit zwei Jahren. Ich habe sie einem Entenjäger abgekauft.«

»Welchem Entenjäger?«

»Hier hauste jahrelang ein Entenjäger, der den ziehenden Entenschwärmen auflauerte, sie mit Lockenten anköderte und abschoss. Diese Jagd ist jetzt verboten.«

Der Angler setzt sich auf den Stuhl, ich sitze auf der Matratze.

»Es war eine recht merkwürdige Art, damals mit der jungen Dame plötzlich im Auto zu verschwinden.«

»Das war es in der Tat. Stellen Sie sich diese Überraschung vor: Mein Sohn kommt aus Amerika zurück, fährt mit dem Auto nach Speyer, um mich zu besuchen, findet mich nicht zu Hause, fährt an den Rhein und ... na, Sie wissen ja.«

»Allerdings, ich bin vollkommen im Bilde.«

»Übrigens gut, dass ich Sie hier treffe, ein sonderbarer Zufall. Sie waren doch in Deidesheim bei Bastian Berghaus?«

»Ja, dort war ich.«

»Auch auf dem Polterabend sollen Sie gewesen sein?«

»Auch das, es war eine geisterhafte Sache.«

»Im Hause Berghaus nicht anders zu erwarten. Übrigens hält Berghaus große Stücke auf Sie.«

»Zu viel Ehre.«

»Sie wissen, er hat Pläne, große, weitgehende Pläne.«

»Ich weiß, es handelt sich um Raupen und Maden und Schnecken. Es sind Lebensaufgaben, man muss erst einmal darüber nachgedacht haben. Ich bewundere Herrn Bastian Berghaus, ein seltener Mensch. Sie waren nicht beim Polterabend, Herr Hagen?«

»Nein, aber bei der Hochzeit. Übrigens haben bestimmte Leute auf Sie gewartet, es sollte eine kleine Überraschung geben.«

»Was für eine Überraschung?«

»Ich darf hier nicht vorgreifen, um den Spaß nicht zu verderben.«

»Spaß?!«

»Ja, ein kleiner Spaß, eine lustige Sache. Nun, Sie werden bald wieder hinkommen, dann wird sich alles lösen.«

»Mein Sinn steht schlecht nach Späßen. Ich will über die Pläne des Herrn Berghaus nachdenken. Wie ist das mit dem Entenjäger?«

»Ein sonderbarer Mensch sind Sie, man muss sich wundern.«

»Nur eine kleine Hexerei. Ein Mann im Netz. Der Entenjäger ...«

»Kommen Sie mit hinaus, ich will ein paar Fische putzen, die können wir uns dann am Feuer braten. Kommen Sie, dabei kann ich Ihnen die Geschichte kurz erklären.«

Draußen fällt der Abend zwischen die Stämme. Krähenschwärme ziehen, es ist eine schwermütige Stunde.

»Der Entenjäger hält sich eine Reihe mühsam abgerichteter Enten, die er an Schnüren im offenen Wasser anbindet. Er selbst sitzt in seiner Hütte und wartet, bis er die hellen Rufe wandernder Wildenten hört. Kein Klang liegt so klar in der Luft wie der Schrei ziehender Wildvögel.

In der Hütte sitzen in Holzkäfigen mehrere gezähmte Entenerpel. Sobald sich fremde Enten nähern, wirft der Jäger einige Erpel zum Fenster hinaus. Diese fliegen sofort schnarrend zu den angebundenen Lockenten, und sogleich erhebt sich ein plapperndes Geschnatter. Die einsamen Tiere oben in der Luft, fremde Sucher, streifende Kreaturen und Flüchtlinge des vereisten Nordens, hören den vertrauten Ruf, halten Ausschau und fallen froh beglückt bei den Lockenten ein. Vom schilfverdeckten Schießstand aus bringt der Jäger sie zur Strecke.«

»Das ist ein grausames Handwerk.«

»Kein Handwerk, eine Leidenschaft.«

Die Dämmerung ist tiefer geworden, aber noch liegt viel Licht am Himmel, denn es ist die Zeit der kurzen Nächte.

»Ich traf Sie beim Angeln in Rheinhausen, jetzt sind Sie hier, es sind große Entfernungen.«

»Ich bin überall, wo der Rheinwald ist. Mit meinem Boot befahre ich alle stillen Gewässer.«

»Der Rheinwald ist, wenn man so sagen darf, Ihre eigentliche Heimat?«

»Ich habe zu viel erlebt in diesen Wasserwäldern, als dass ich noch einmal frei von ihnen kommen könnte.«

»Sie erzählten uns schon damals von schweren Zeiten und bedeutsamen Taten. Ich weiß, wo sich Schicksale erfüllen, dort ist die Landschaft am stärksten.«

»Es gibt einen geschwätzigen Rhein und einen stillen Rhein. Der laute Rhein ist dort, wo die Burgen stehen und wo man die Lorelei singt, der stille Rhein ist hier in den Auwäldern, es ist kein Lärm um seine Zuflucht.«

»Der stille Rhein ist größer.«

»Eine tragische Landschaft. Ich will Ihnen sagen. Was das Große an diesem Rheinwald ist: Er ist eine unerhört verzweigte Lebensgemeinschaft für sich. Eine unsichtbare Mauer umgibt ihn seit vielen tausend Jahren. Eine Welt jenseits der fortschreitenden Kultur, eine Schicksalsgemeinschaft, immer wiederkehrend, kommend und gehend, lebend und sterbend, begnadet und verdammt aus sich selbst heraus, ein großartiges Symbol von Aufgang und Niedergang.«

»Sie sind Naturforscher?«

Er nickt. Stille um uns.

Jetzt ruft klar und schrill ein Reiher. Ein flüchtender Schatten streicht vorüber.

Der Angler geht in die Hütte zurück.

Ich schweife in die Dämmerung hinein, über mir

ziehen die Rabenschwärme, Qualm aus Schiffsschornsteinen wolkt über das Baumgewirr.

Plötzlich bin ich am freien Strom, da treibt er dahin, es ist ein unbeschreiblicher Anblick voll Inbrunst und Feierlichkeit. Stromabwärts stellt der Aalfischer seinen Kutter in die Strömung, langsam treibt der plumpe Koloss ins offene Wasser hinaus.

Nahe am Ufer gleitet ein beladener Kiesnachen vorüber, düsteres Gespenst im sinkenden Licht.

Ich sehe, wie sich eine Gestalt vom Ladebord löst und schattenhaft ins Wasser gleitet.

Die Gestalt müht sich, das Ufer zu erreichen.

Ich eile den Damm abwärts.

Eine Frau, ich helfe ihr aus dem Wasser.

Marlena.

Nässetriefend, die Haare wirr im Gesicht.

»Marlena!«, sage ich. »Was tust du?«

Sie erkennt mich, sie schlägt die Augen zu mir auf, zwei Wundersterne im Dämmerlicht des Abends.

»Ich bin hier zu Hause«, sagt sie, »verrate mich nicht.«

»Hier zu Hause?! Zwischen Wasser und Urwald?«

»Nicht weit von hier, mein Vater ist Fischer, dort ist sein Kutter.«

»Warum bist du vom Schiff fort?«

»Ich bin davongelaufen, ich habe es dir doch neulich schon gesagt, dass ich davonlaufe. Lass mich jetzt gehen, mir ist unheimlich hier.«

»Du bleibst in der Hütte bis morgen, wohin willst du in der Nacht?«

»Nach Hause.«

»Aus diesem Irrgarten gibt es nachts keinen Weg, bleibe.«

»Mir ist so unheimlich, ich - ich bin müde ... ich bin so furchtbar müde. Lass mich, ich kann im Wald schlafen oder im Schilf.«

»Du musst hierbleiben, Marlena.«

»Bist du allein in der Hütte?«

»Ich bin allein«, lüge ich.

Der Angler steht mitten im Raum, als wir die Hütte betreten. Auf der Herdplatte schmoren die Fische, eine armselige Lampe brennt.

»Ich habe sie im Wasser aufgefischt«, sage ich.

Marlena schaut den Angler an, sie führt angstvoll einen Finger zum Mund. Ihr Blick ist verstört, sie zittert erbärmlich, Wasser tropft an ihr herunter.

»Wer bist du denn?«

Sie schweigt, ihr Mund bebt, mit schlanken Fingern streicht sie die nassen Strähnen aus dem Gesicht.

»Sonderbar«, sagt der Angler und schüttelt wie in einer peinigenden Ungewissheit den Kopf, »du hast eine verteufelte Narbe an der Stirn. Geh zum Feuer und trockne deine Kleider.«

»Ja«, haucht Marlena und drückt sich scheu in eine Ecke.

Ich weiß mehr als alle, denke ich und fühle nach dem Strick, den ich in der Tasche trage. Ein kleines Ende vom Strick eines Erhängten, das bringt Glück. Da war eine Ohreneule, Marlena, in Frau Karolas Haus war eine Ohreneule, sie lebt nicht mehr, aber du musst sie gut gekannt haben, ihr habt beide ein schlechtes Gewissen.

»Ich muss noch meinen Nachen aufs Trockene

ziehen«, sagt der Angler und verlässt den Raum.

Ich sehe ihn einen schmalen Wildnispfad entlang zum Altwasser gehen. Ich stehe am offenen Fenster, das letzte Licht versinkt, schon schwirren Fledermäuse. Die Ohreneule ruft, ein Unhold aus Schattenbezirken. Ihre gefährlichen Lichter funkeln aus faulem Weidenstamm.

Zwischen Astgewirr und Blättergewoge brechen Sterne auf wie Wunderblüten.

Der Angler ist verschwunden.

Ich gehe in die dunkle Ecke, wo das Mädchen Marlena auf der Matratze liegt.

»Marlena!«, rufe ich und rüttle sie, »was hast du auf dem Gewissen?«

Sie schaut mich an wie ein wildes Tier.

»Nichts, kümmere dich nicht um mich. Schau her, was ich habe.«

Sie nestelt die nasse Bluse auf, zieht ein kleines Beutelchen hervor und öffnet die Lederschlaufe.

»Schau hinein. Gold, reines Gold. Ich war schon bei den Goldwäschern.«

Wahrhaftig, in dem Beutelchen glänzt ein wenig feiner Goldstaub, es sind nur winzige Körnchen, aber es ist Gold.

»Viel Gold ist im Rhein, musst du wissen. Man kann reich werden.«

Sie verbirgt das Beutelchen und knöpft die Bluse zu.

»Wenn du mich bestimmt nicht verrätst, dann will ich es dir schenken.«

Der Angler kommt am Fenster vorbei, ein Schatten vor der letzten Helle des Abends.

Er kommt und bereitet das Essen.

Die Fische sind gebraten, wir sind versammelt beim

Schein der kleinen Lampe.

Marlena ist in die Ecke zurückgeflüchtet. Dort sitzt sie und kaut Brot und gebratenen Fisch, ihre Kleider sind nass, sie riecht nach Teer und Herberge, sie ist ein armseliges Geschöpf, der Himmel sei ihr gnädig.

»Sie ist gekommen wie ein Wild«, sage ich, »vielleicht hat sie schon in Höhlen übernachtet und in der Dschungel der Rheinwälder.«

Marlena kauert sich auf die Matratze, das Gesicht gräbt sie in die Hände, sie wird ganz still und dankbar, alle Gedanken fallen ab von ihr. Wie unheimlich, zu denken, dass ich einmal Stein, Papier und Schere mit ihr spielte.

Eine Weile herrscht Stille. Jetzt spricht Marlena im Schlaf, sie geht auf fremden Pfaden. Des Anglers Stimme:

»Sehen Sie, mein lieber Buchhändler, wenn wir jung sind, dann ist alles nur auf uns selbst gerichtet. Wir verzweifeln an einem kleinen Erlebnis. Später richtet sich unsere kümmerliche Philosophie mehr auf das Ganze, wir wachsen aus uns heraus und werden Teilhaber größeren Schicksals, unser Blick ist mehr auf das Weltbild gerichtet, wir schauen auf uns selbst herab, vor uns selber werden wir kleiner und kleiner. Wir staunen in den Spiegel hinein und sagen, seht welch ein Zwerg. Dort liegt dieses Mädchen, es ist dunkel zwischen uns, wir wissen nichts. Möglich, dass unsere Schicksale irgendwie verknüpft sind.«

Ich erschrecke.

»Was meinen Sie mit verknüpftem Schicksal? Ich verstehe nicht ...«

»Nichts meine ich, weil ich nichts weiß.

Dem Unfassbaren gegenüber sind wir alle Geschwister. Auch dieses Mädchen ist unsere Schwester.«

»Auch dieses Mädchen?«

Mit der flachen Hand fahre ich über meine Augen. Aus der dämmerigen Ecke, von dort, wo Marlena schläft, kommt eine Schildkröte hervorgekrochen, langsam, den Kopf neugierig vorgeschoben, strebt sie auf mich zu, ich höre das schlurfende Geräusch ihrer faltigen Füße. Ist dieses Mädchen überhaupt noch da, hat sie sich am Ende in eine Schildkröte verwandelt? In dieser Umgebung sind alle Wandlungen möglich; wenn ich mich nicht irre, warf der Zauberer Aphrasterus in der Nähe seine verdächtigen Schätze und Gerätschaften in den Rhein. Nein, Marlena liegt im Schlaf wie in einem tiefen Brunnen. In bunten Träumen steigt sie wie auf Stelzen über den Bettel ihres Lebens.

»Herr Angler, wenn ich bitten darf, keine Zauberei! Genug von der Knodener Höhe. Ich bin nicht gerne in Gesellschaft von Schildkröten.«

»Das ist meine Schildkröte Noah. Sie haust hier seit Monaten und fühlt sich wohl. Frau Karola hat sie mir geschenkt.«

»Frau Karola? Nie in seinem Leben kann man diese Frau vergessen.«

Deutlich sehe ich Frau Karola, klar ersteht sie in der Kraft meiner Vorstellung. Einmal nahm sie meinen Kopf in beide Hände. Einmal sah ich sie auf einem Seil.

»Wissen Sie um ihre Vergangenheit?«

»Nein, ich habe an meiner eigenen Vergangenheit zu tragen.«

Wieder wird es still, nur das Feuer knistert. Ein

feines Sausen schwingt durch das verrostete Ofenrohr. Weit draußen treibt das Leben vorüber.

Heute geht mein stillster Tag zur Neige, ich will diesen Tag nicht vergessen.

Wir bereiten das Lager, modrige Wolldecken hüllen uns ein. Die Lampe verlöscht.

Das Traumhafte schlägt die Augen auf. Über den Wiesen singen jetzt die Gräser. Hier rauscht das Schilf, hier klingt die Melodie der Einsamkeit. So ist nun die Erde, denke ich. Der Wächter am Strom, aus dem Dunkel: »Nicht weit von hier ist Frankreich.«

Ich lausche ganz ins Herz der Finsternis hinein. Einmal ist mir, als hörte ich Marlena weinen. Tränen sind nie ganz ohne Laut. Auch das stillste Weinen hat noch eine schwingende Stimme.

Ich finde keinen Schlaf, zu viele Gedanken bewegen mich, das Stroh meines Lagers raschelt, es riecht nach Fischen, nach Rauch und nach feuchtem Moos. Das Fenster ist offen, das endlose Band der Stunden zieht vorüber, wir werden älter mit den ziehenden Stunden, nie steht dieses Band still.

Stromerlebnis.

Wir schlafen nicht, die Nacht ist zu groß und weit, alle Tore der Welt stehen offen. Tiere rufen aus dem brütenden Dickicht.

Ich wende den Kopf und sehe Marlenas Augen groß geöffnet. Draußen schlägt eine Wanderlerche. Ihr Gesang steht über den Schatten.

Des Anglers Stimme, verhängt vom Mantel der Finsternis.

»Einmal wird jemand kommen und die große Geschichte dieses Stromes schreiben. Kein fließendes

Gewässer trug so viel Schicksal zum Meere hinunter.«

»Das Erlebnis, Herr Angler, das große Erlebnis!«

»Mein jüngster Sohn ist Opfer geworden, gestorben für das Ganze, zerschellt am Verrat. Mein zweiter Sohn musste aus der Heimat flüchten.«

»Am Verrat sagen Sie?«

Endlich das Erlebnis, es wird diesem Menschen nicht leicht, seine Kammern zu öffnen. Er liegt auf dem Rücken, er spricht zur Decke hinauf. Das Mädchen Marlena hat den Kopf ein wenig erhoben, ich höre schwere Atemzüge.

»Der Franzmann im Land, immer wieder der Franzmann im Land. Separatisten, Gesindel mit deutschen Zungen, Menschen ohne Wurzeln, Freibeuter in kranken und schwachen Jahren. Meine Söhne standen in der Abwehr, wir alle standen in der Abwehr.«

»Erzählen Sie mir die Geschichte Ihres ältesten Sohnes Wolf.«

»Er war siebzehn Jahre alt, als hier in der Pfalz der passive Widerstand einsetzte. Sie wissen, dass die Treuen im geheimen alle verbündet waren. Wolf wurde Mitglied eines jener Rollkommandos, die Anschläge auf französische Regiezüge machten. Wenn Sie Aufzeichnungen aus jener Zeit nachlesen, werden Sie finden, dass auf mehrere Züge Dynamitanschläge mit Erfolg ausgeführt wurden. Mein Sohn war einem Sprengkommando zugeteilt. In einer Nacht wurde von ihm in der Nähe von Landau eine Dynamitladung unter der Schienenbettung angebracht. Der Anschlag galt einem Zug aus Straßburg. Die Tat, für die Gesamtheit vollbracht, forderte Opfer. Das Unglück wollte es, dass in jenem Zug ein deutscher Kriegsgefangener aus Frankreich zurückkehrte.«

»Ursulas Vater?«

»Ja, Ursulas Vater. Er wurde verwundet und starb leider an einem tückischen Wundfieber. Mein Sohn wurde verraten, der eigene Nachbar verriet ihn, man fand Dynamit unter seinem Bett. Dem raschen Eingreifen von Bastian Berghaus ist es zu verdanken, dass mein Sohn in letzter Stunde ins Ausland entkam, - denn - es hört sich grauenhaft an - die deutsche Behörde hätte ihn unter dem Druck der Vergeltungsmaßnahmen an Frankreich ausgeliefert. Er fuhr übers Wasser und kam auf die große Obstplantage des Herrn Berghaus nach Kalifornien. Auch die Familie des so tragisch ums Leben gekommenen Ulrichs wanderte nach Kalifornien aus. Was weiter kam, das wissen Sie. Aber ich glaube, Sie sind müde, es ist nicht die Zeit, um düstere Vergangenheit heraufzubeschwören.«

»Wie könnte ich müde sein, Herr Angler, jetzt, da Schicksale vor mir aufsteigen. Meinen Segen über Ihren Sohn Wolf und seine Frau Ursula. Ihr jüngster Sohn ...«

»... starb, erst fünfzehn Jahre alt, für seine Heimat. Wollen Sie seine Geschichte hören?«

»Erzählen Sie.«

»Vieles scheiterte am Verrat, auch mein Sohn Bernhard wurde verraten. Ein Kind verriet ihn.«

»Ein Kind?«

»Ja, die Tochter eines Fischers, sie wusste nicht, was sie tat. Mein Sohn half, Flugblätter gegen die Separatisten verbreiten, er wurde ertappt. Separatisten drangen in Speyer in die Druckerei ein und fanden belastendes Material. Es gab viele Verhaftungen, meinem Sohn gelang es, über den Rhein zu flüchten; nachts um zwei Uhr habe ich ihn oberhalb der Rheinhauser Fähre durch die Marokkanerposten hindurchgeschmuggelt und in meinem Dreibord über den Strom ins Badische gebracht. Schlafen Sie?«

»Ich träume nur.«

»Schläft das Mädchen?«

»Ich glaube, das Mädchen schläft.«

»Drüben stand es gut mit ihm, er bekam in Heidelberg bei den Rollkommandos zu tun. Er brachte Geld ins Pfälzische, verstehen Sie das? Er schwamm nachts über den Rhein in die Altwässer, durch eine Kette von Gefahren schlich er hindurch wie ein Wild. Begreifen Sie nur einmal das Ungeheuerliche dieser Tat eines Fünfzehnjährigen. Die Separatisten lauerten, die Marokkaner, die Spahis. Er schwamm über den Rhein, ich wusste es nicht. Einmal wollte er zu Hause bleiben, nur eine einzige Nacht im eigenen Bett schlafen. Das Kind seines Nachbars, von einem Lumpen aufgestachelt, verriet ihn. Ein Mädchen von zehn Jahren, Tochter eines Aalfischers, verriet ihn! Können Sie das zu Ende denken? Ein Knabe kommt unter Gefahr seines Lebens nach Hause, weil er zu Hause schlafen will, weil inmitten der Schrecknisse einer entmenschten Zeit die Unschuld des Knaben in ihm erwacht.«

»Ich - ich ... kann es ... nicht begreifen!«

Was ist mit Marlena? Sie hat sich kauernd hochgerichtet, die Arme sind aufgestützt, der Kopf ruht in den Händen. Ihre Augen starren verstört zu mir herüber. Was ist mit dem Mädchen Marlena?

»Das Fischerkind wurde aus dem Haus gejagt, sie musste fort, man hätte sie vielleicht erschlagen. Mein Sohn und ich, wir flüchteten an den Rhein, einige Separatisten auf unserer Spur. Im Altwasser lag mein Dreibord. Aber es war zu spät, schon waren die Verfolger hinter uns her. Mein Sohn musste schwimmen, er strebte dem offenen Wasser zu, er schwamm in den freien Rhein hinaus, ich sah ihn gegen den Strom kämpfen und fuhr mit dem Dreibord nach. Im hellen Scheinwerferlicht sehe ich plötzlich einen Separatisten. Er legt den Karabiner an. Ein Schuss - zwei Schuss ... Hören Sie zu, Buchhändlerfreund?«

»Ich höre. Ein Separatist ... eine Ohreneule ... ein ...«

»... traf ihn, ich sah ihn versinken, wieder auftauchen und abtreiben. Mit dem Boot kam ich hinterher, noch schwamm er mit Mühe und letzter Kraft, Wasser färbte sich rot, ich zog ihn aus der Flut, ich brachte ihn ins Boot, immer noch fielen Schüsse, wir strebten dem badischen Ufer zu, es war schwer, denn die Schiffbrücke war nahe. Ich trug ihn ans Ufer, er starb. Ein Knabe. Auf meinen Armen trug ich ihn im Morgengrauen über die Schiffbrücke nach Hause. Niemand hielt mich auf, der französische Brückenposten trat zurück, als ich mit meiner trübseligen Last an ihm vorüberschritt. Dann kam ich ins Gefängnis.«

Was ist mit Marlena?

Sie steht steil aufgerichtet, beide Hände hat sie gegen die Schläfen gepresst, ihre Gestalt ist unheimlich in den Raum geschoben, sie ist nur ein dunkles

Gebilde, ein Wesen hinter Vorhängen mit den verwegenen Lichtern ihrer Augen. Mir kommt eine fürchterliche Gewissheit.

»Herr Angler ... das Mädchen ...«

Sie stößt einen Schrei aus und stürzt in sich zusammen. Wie ein Baum unter der Axt, so fällt sie zu Boden.

Der Angler springt vom Lager auf, er müht sich um sie, er zündet eine Kerze an.

»Sie ist wach gewesen und hat zugehört«, sagt er; »es war nichts für ihre Ohren, ich glaube, sie ist ohnmächtig geworden. Bleiben Sie hier, ich will Wasser holen.«

Er nimmt ein Gefäß und geht aus der Hütte.

Ich knie bei Marlena nieder. Sie regt sich und schlägt die Augen auf.

Ihre Stimme ist heiser, sie erstickt fast an ihren Worten.

»Wo ist er? Lass mich fort. Ich selbst ... verstehst du denn nicht ... ich selbst ... habe ... diesen verraten! Verraten ... bist du von Sinnen ... lass mich fort - ich lebe immer noch ... immer noch!«

»Bleibe, er darf das nicht wissen, bei allen Heiligen, er darf es nicht wissen, du musst diese Nacht hierbleiben.«

»Ich kann nicht, ... ich ersticke ... er kommt, hilf mir, Jesus und Maria, warum hilfst du mir nicht!«

Sie wühlt den Kopf in die alte Decke und wird von einem qualvollen Weinen gepackt.

Der Angler kommt zurück.

»Lasst sie«, sage ich, »es ist schon vorüber. Sie muss schlafen, nichts als schlafen.«

Ich beuge mich zu Marlena nieder und breite die Decke über sie.

»Du musst ganz still sein, hörst du mich? Keinen Laut mehr, keinen einzigen Laut!«

Sie starrt mich an, ihr Gesicht ist blutlos und wie aus Ton, eine Maske im Spiel des Kerzenlichtes.

Sie haucht mir zu: »Ich weiß nicht - ob ich ... noch weiterleben kann.«

»Still. Kein Wort mehr! Schlafen.«

Hütte im Auwald, denke ich verworren; du selbst schläfst und träumst. Fiebergewässer. Hain alter Weiden und Erlen, die Wildrebe wächst hier und der Hopfen. Es schleicht durch Buschwerk und Schlingpflanzen, es fliegt zwischen Schattenstämmen, es schwimmt und rudert schnarrend in Buchten; Fische, Krebse, Aale und Wasserinsekten, Kleinwelt der Monaden, Wiege des Lebens. Zellen, überall Zellen. Alles entsteht aus Zellen, auch Liebe und Hass, auch Verrat und Verworfenheit, Genie und Wahnsinn, Flügelschlag und Flossenbewegung, Hunger und die verkappten Triebe.

»Alles entsteht aus Zellen, Herr Angler.«

Da steht er vor mir, die Nacht verwischt seine Gestalt, er ist nichts als ein Gebilde seiner tragischen Umgebung.

»Wissen Sie jetzt, worauf es ankommt, junger Freund: Man muss für etwas Großes leben und für etwas Großes sterben können.«

»Ich fange an, zu verstehen. Für etwas Großes leben und sterben.«

»Kommen Sie aus der Hütte, wir wollen warten, bis das Mädchen schläft; ich muss Ihnen noch etwas zeigen.«

Wir gehen in die Nacht hinaus, wir kommen bis hinüber zum Strom.

Nach einer Weile kehren wir zurück.

»Nun wird sie schlafen«, sagt der Angler und tritt in die Hütte.

Das Mädchen Marlena ist fort.

Wir gehen ans offene Fenster und lauschen in die Nacht. Nichts von Marlena. Die Heidelerche singt.

»Es muss eine besondere Bewandtnis mit ihr haben«, sagt der Wächter am Strom. Er schiebt die Käfige beiseite, er kramt und wühlt und scharrt im hintersten Winkel der Hütte. Ich sehe, wie er eine alte Kassette hervorholt und auf den Tisch stellt.

Er will öffnen, aber es fällt ihm etwas ein, er kommt auf mich zu, ich sitze aufrecht und sehe ihn vor mir stehen, sein Gesicht ist düster verwandelt, beide Hände hat er zu Krallen gebogen.

Er presst die Krallen zusammen, die Arme beben, mit qualvoller Inbrunst scheint er ein unsichtbares Bündel zu schütteln.

»Den Separatisten haben wir den Garaus gemacht, überall in der ganzen Pfalz. Den Auftakt gab die Erschießung der Führer im Wittelsbacher Hof zu Speyer. Ein gewisser Doktor Weiß! Die übrigen wurden verbrannt und mit Knüppeln erschlagen. Viele entkamen, aber wir haben keinen vergessen. Gewalt hat nur ein kurzes Leben, ein Volk lässt sich auf die Dauer nicht an Ketten legen. Ein Volk braucht Freiheit, nach uralten Naturgesetzen.«

»Und die Kassette dort?«

Er öffnet und holt einen dicken Stoß Papiere hervor, die in blauem Umschlag liegen.

»Das sind meine Aufzeichnungen aus jener Zeit. Es müsste jemand kommen, der sie liest und irgendwie gestaltet, vielleicht sie zu einem Roman des Rheinwaldes verarbeitet.«

»Ihr Sohn Wolf ...«

Er reicht mir die Aufzeichnungen; die einzelnen losen Blätter sind nummeriert, es sind vierhundertachtunddreißig Seiten.

»Hier geschrieben in dieser Hütte. Es musste Zeit vergehen, Jahre mussten verstreichen, bevor ich die Aufzeichnungen schreiben konnte. Ich habe eine merkwürdige Zuneigung zu Ihnen, junger Freund. Sie dürfen die Aufzeichnungen lesen, wenn Sie einige Tage in meiner Hütte bleiben.«

»Ich will hier lange Wochen bleiben.«

»Ich verrate Ihnen das Versteck. Dort in der Ecke unterm Holz, unter der Schilfmatte, mit Moos und Erde bedeckt.«

Bedächtig bringt er die Kassette in das Versteck zurück. Die Kerze verlöscht.

Für etwas Großes muss man leben und sterben können.

Es müsste ein Dichter kommen und diese Aufzeichnungen ...

Vielleicht könnte ich selbst mithelfen, als Buchhändler, als Verleger ...

Vielleicht ist Wolf Hagen der Dichter, man weiß das nicht. Dichter wissen nichts um ihre Sendung, sie sind es aus sich selbst heraus, von Anbeginn. Es ist furchtbar still um sie. Wie viele Stunden sind verstrichen, wohin ist das ewige Band gewandert?

Der Angler schläft. Wo ist Marlena, das Wild auf der Flucht?

Graue Lichter schleichen in die Hütte, es sind schwache, dünne Lichter, Schatten nur von Lichtern, aufdämmernde Gerippe, hager in ihrer Lichtschwäche.

Ich höre ein Schlurfen und Kratzen, ein trockenes Schleichen und unbeholfenes Umherstrolchen.

Langsam wende ich den Kopf. Die Schildkröte Noah.

Undeutlich sehe ich, wie sie auf mich zukriecht. Nun ist sie vor meinem Lager, der Kopf ist neugierig staunend vorgeschoben, angstvoll alte Augen spähen in den keimenden Tag.

Wir schauen uns an, Noah und ich; lange schauen wir uns an.

Sagenhaft weit sind wir voneinander entfernt.

Noah schlurft weiter, dunkler Trieb treibt das Tier umher.

Einmal lebte Ursula, jetzt ist sie tot.

Mein Erlebnis mit ihr schien mir groß und weltbewegend. Nun wird es kleiner und immer kleiner, es ist, als wolle es aus meinem Herzen gleiten.

Für etwas Großes leben und sterben können.

Wie viel große Pläne haben in den letzten Tagen meine Stirn gestreift. Die Geschichte des Anglers, die Geschichte dieses ewigen Stromes. Riesenhafte Kulturen von Maulbeerbäumen, Bekämpfung von Obstschädlingen, eine gewaltige Aufzucht von Weinbergschnecken.

Ich liebte Ursula ... tot. Aber hier in der Tiefe

meiner Brust ... ach, in dieser Stunde will sie zu einem Nebel zerrinnen.

Ein Hexenstrumpf, sonst nichts. Aber das Große, das Lebendige, das Weltbewegende, das uns alle angeht ...

Wind ist aufgekommen, die Stunden sind ruhelos.

Ganz in der Ferne liegt ein gedämpftes Brausen in der Nacht, die Luft ist erfüllt von dieser schwingenden singenden Melancholie. Ich weiß, das ist der Rhein, der ohne Schlaf ist und an mir vorüberzieht.

Ich lausche auf das Brausen, es kommt wie aus einer Kirche.

Als ich erwache, ist heller Tag.

Ich schaue nach meinem Wildnisfreund.

Das Lager ist leer. Der Fährmann ist fort.

Vielleicht ist diese Nacht nie gewesen. Sie war ein Traum aus Wasser und Sumpf, ein Schaumgebilde, ein wirrer Gedankenschwarm, ein Gestöber krauser Vorstellungen jenseits unseres Willens.

Ich will heute Nacht zu den Aalfischern gehen. Der Sommer kommt, es ist die Zeit der wandernden Aale. In mondlosen Nächten gehen sie auf ihre gespenstische Hochzeitsfahrt.

Gott schaut zu und lächelt.

Wir haben sinkendes Licht, die Zeit ist günstig, ich will heute Nacht zu den Aalfischern gehen.

Einmal lebte Ursula, jetzt ist sie tot.

Gott schaut zu und lächelt.

* * *

Wir sitzen unten im Bauch des alten Aalkutters »Nepomuk«. Der Fischer und Fährmann Markus, der Fischer Kennerknecht und ich, ein Buchhändlersohn mit vier Schaufenstern.

Eine kranke Petroleumlampe brennt, draußen schwärmt die Nacht, wir schaukeln an unserer Kette mitten im Strom, eine gespenstische Runde, beim Himmel und allen Heiligen.

Auf Aalfang mitten in der mondlosen Nacht, sonderbare Jäger hinter einem sonderbaren Wild her.

»Bis Ende Mai zieht der Lachs«, sagt mir Markus, »jetzt ist es aus mit dem Lachs.«

Der Lachs wandert zum Laichen stromaufwärts, aber der Aal wandert abwärts ins Meer, höchst höllische Liebesabenteuer.

Solange der Lachs zieht, darf mit dem Aalnetz nicht gefangen werden, weil auch der Lachs ins Netz geht.

Das stinkt hier kannibalisch, eine Luft zum Schneiden, wer hier nicht seekrank wird und in die Rinne speit, der kann auch ums Kap Horn.

Wir brauen ein teuflisch scharfes Gesüff, heißes Wasser und Kirsch und Portugieserwein, alles zusammen in eine Bütte, und dann immer runter.

Herrgott, ist das eine Schiffsdestille, hängt mich am Steven auf, hier lebt noch das Abenteuer.

Mitten im Strom, an einer Ankerkette baumelnd und schaukelnd und tanzend. Ein Junigewitter ging nieder, draußen gaunert der Wind übers Schiff. Ein behäbiges Schiff, ein Schokker, schwarzbraun und duftend, wetterhart und wasserfest, ein plumper, schwangerer Kasten, steht mir bei, da schunkelt der

»Nepomuk« vorm Anker, wenn wir das Maul halten, können wir das talwärts strömende Wasser gegen die Planken schlagen hören.

Seitwärts liegt das Netz im Strom, über die Netzbalken schäumt das Wasser, es ist eine fürchterliche Falle.

An phantastischen Hebebäumen wird es in den Rhein gestellt, so mögen die Pfahlbaubewohner schon gefischt haben, hier haben beim Henker die Jahrhunderte den Sinn verloren. Warum auch, vor tausend Jahren wanderte der Aal schon ins Meer hinaus, vor tausend Jahren strömte der Rhein, waren Menschen auf Fang und Beute versessen; die Erde bestand, gebärend und mordend, blühend und vermodernd, wo mag der Sinn stecken, bitte, wo ist die tiefere Bedeutung? Prosit!

Bin ich benebelt? Nein, nein, ich habe den Weinkeller noch in bester Erinnerung.

Dort hockt Markus, ein prächtiger Kerl, seiner Pfeife entströmt ein toller Brodem, er ist ein Mann; schaut ihn euch an, was für ein gegerbtes Gesicht er hat, Falten über Falten, rissige, gewaltige, klobige Hände, eine Hustenstimme, grimmig, ein Bär vielleicht, wer mag das wissen. Noch keine Stunde ist es her, da hat er uns in der Schiffsküche einen Aal in der Pfanne gebraten. Man muss das gesehen haben. Her mit dem Aal, einen Stich ins Genick, mit der rostigen Beißzange das Fell abgezogen, gewaschen, geputzt und hinein in die Pfanne. So ist Markus, der Aalfischer, Marlenas Vater.

Marlenas Vater; ja, Marlenas Vater, ich weiß das, ich habe mich erkundigt, ich bin genau im Bilde.

Marlenas Vater, sage ich; sie verließ nachts die Hütte, und verlor sich im Rheinwald, der Teufel mag wissen, wo sie sich herumtreibt.

Noch keine Viertelstunde ist es her, da erzählte der Vater von seiner Tochter Marlena, die einen Knaben an die Separatisten verraten hat; die er mit der Kohlenschaufel geschlagen hat, Gott verzeih ihm die Sünde; die aus dem Haus und aus der Heimat musste, sonst wäre sie von den andern noch erschlagen worden. Urteilt nicht zu hart, sie war noch ein Kind, ein anderer überredete sie, ein anderer war schuld am Tode des gerechten Menschen, sie war ein Kind, Teufel und Tod, nun ist sie in alle Welt hinaus. Prosit.

Ein solcher Schlaukopf bin ich, jawohl; dem Markus könnte ich etwas sagen, eine tolle Enthüllung könnte ich ihm machen. Hier sitzend im Bauch des Aalkutters »Nepomuk«, mitten im Tranduft und Fischdunst und Pfeifengestank, ein fürchterliches Gebräu durch den Schlund jagend, könnte ich ihm so nebenbei sagen: Lieber Markus, Bär an meiner Seite, ich traf deine Tochter Marlena nachts am Neckar; sie sang liederliche Gassenhauer und Moritaten und war verkommen und verelendet, verzeihe mir meine Offenheit. Sie spielte Stein, Schere und Papier mit mir, gewann mir fünfzig Pfennig ab und wollte für ein Paar neue Strümpfe zu mir ins Zelt kommen, die elende Schlampe, die ich beinahe liebgewann. Ich begegnete ihr wieder im Auwald, keine halbe Stunde von hier entfernt, sie kam mit mir in die Entenjägerhütte; zu jenem Angler kam sie, dessen Sohn sie verraten hat; hexentoller Zufall, ich zog sie wie eine Katze aus dem Wasser, da soll man nicht an Wunder glauben, ich zog sie aus dem Rhein und wusste nicht, wer sie war, helft mir zur Besinnung, ist so etwas denn möglich? Nachts erfuhr sie von ihrer Missetat, Herr Markus, Bär mit der Knasterpfeife und mit den Knollenhänden, ihre eigene Schande kroch wie ein Schatten auf sie zu, ihr Verrat blähte sich übel und prahlerisch auf und trieb sie aus der Hütte, in die Nacht hinaus, in den Sumpf, zu dem Wildgeflügel und zu den Ohreneulen, ich könnte Euch nicht sagen, wo sie geblieben ist.

»Habt Ihr nichts gehört Markus?«

»Ich höre nichts.«

»Mir war, als ob jemand gerufen hätte.«

»Das Wild ruft in der Nacht«, sagt Kennerknecht und spuckt über Bord.

Ich werde mich hüten, dem Markus von meinen Abenteuern mit seiner Tochter Marlena zu erzählen, fällt mir nicht ein, wie käme ich dazu.

»Ich habe deutlich eine Stimme gehört.«

»Gespenster. Es geht um hier, Menschen gehen geistweis.«

»Hoho, Ammenmärchen. Ein Fest, wenn der Doktor und Zauberer Aphrasterus käme. Er müsste uns die fettesten Aale in die Reuse zaubern.«

»Redet nicht von Zauberern«, sagt Kennerknecht und reibt das Stoppelkinn, »ich könnte euch von Geschichten zwischen Tag und Dunkel erzählen. Wollen wir nicht nach dem Netz schauen?«

»Nichts da, nichts!« Markus fährt mit der Hand durch die Luft, die Tabakwolken segeln zur Decke.

»Geschichten zwischen Tag und Dunkel, dass euch die Spucke vertrocknet, sage ich.«

Markus brummt. »Mit deinen Geschichten!«

Mir kommt plötzlich der Einfall, etwas zu sagen. Was ganz aus dem Rahmen fällt, wie komme ich dazu, was treibt mich?

»Aber Ihr habt ihr doch verziehen, der Marlena? Ich meine, Ihr habt kein Herz von Stein, Markus, Ihr müsst das doch einmal vergessen können, wie? Was sagte ich gleich, Ihr habt mich verstanden?«

Keine Antwort.

»Man sollte nach der Reuse schauen.«

»Halt's Maul, trinke!«, Markus blickt den Kennerknecht wütend an.

»Erst mit deinen Geschichten und dann ... hol dich der Henker.«

»Sie sind wahr wie das Evangelium, Markus. Du weißt, was ich am Ungeheuersee erlebte.«

»Ich weiß es nicht«, sage ich, »der Kasten schlingert gotterbärmlich.«

»Dann will ich's erzählen. Gieß mir mal einen Kognak ... also, der Ungeheuersee liegt drüben im Krummbachtal, mitten im Wald. Dort sitze ich mal auf einer gefällten Kiefer und sehe ganz plötzlich einen verdächtigen Mann am Wasser stehen, einen ganz komischen Kerl, mehr kann ich jetzt nicht sagen.«

»Ich meine, Ihr solltet ihr endlich verzeihen«, mische ich mich ins Gespräch und starre Markus an, »es sind zehn Jahre her, eine lange Zeit; Ihr habt sie mit der Kohlenschaufel ...«

»Erzähle weiter!«, sagt Markus und blickt voll Grimm zu Boden.

»Der Mensch, sage ich, hatte was Unheimliches, ich kann nicht sagen, warum. Was macht er denn jetzt, Hexengestank, was macht er? Schütt' mir mal Rotwein

... ich meine, der Kerl war ein Hexenmeister. Was macht er, frage ich? Er hebt die Hand und, bei meiner Seligkeit, der See fängt an, Wellen zu schlagen, das Wasser bewegt sich, wird immer stürmischer und schlägt wie eine rechte Brandung gegen das Ufer. Tollheit von dem Kerl, ich sage nur Tollheit.«

»Tollheit«, sage ich und wende mich Markus zu, »Ihr habt eine Seele im Leib, Gott verzeiht, und Jesus Christus hat verziehen, hört Ihr mich auch an ... Gott verzeiht, sage ich, auch Ihr müsst Eurer Tochter ... richtig, erzählt weiter. Wie war es mit dem Mann am See?«

»Ich packe meinen ganzen Mut zusammen und trete aus dem Gebüsch, schnurstracks auf den Mann zu. Gute Gesundheit, das Zeug ist heiß wie die Hölle. Also, der Mann blickt mich durchdringend an. Macht das Hexenstück noch einmal, sage ich und deute auf den See, der spiegelglatt daliegt. Der Mann, im grünen Jägeranzug, lacht wie der Leibhaftige - hat er nicht rote Haare, natürlich hat er rote Haare - lacht und hebt den Arm hoch. Mir rieselt's durch die Haut wie Ameisen, der See bewegt sich, ein kleiner bescheidener Sturm entsteht auf dem See, ein Wellengetümmel ...«

»Markus, mir ist, ich hörte jemand rufen«, sage ich.

»Lasst rufen, wer eine Stimme hat.«

»Es wäre an der Zeit, Markus, dass Ihr Eure Tochter wieder nach Hause ... gewiss will sie nach Hause, sie ist satt an der Fremde, überdrüssig am Zigeunerleben ... Ihr versteht mich ... sie war bei den Goldwäschern, es kommt eine Zeit, man wird alt und älter, die Wunden heilen ...«

»Was sagte der gottverfluchte Zauberer?«, ruft Markus.

»Ich will gewiss nicht lügen«, fährt der Aalfischer Kennerknecht fort, »ich bin ein trockener Kumpan, schlagt mich in Fetzen, also ich frage den Jägersmann, hee, sage ich, wie macht Ihr dieses schwarze Kunststückchen? Ich will es Euch erklären, sagt er, man muss nur um die Dreieinigkeit ... er kann nicht weiterreden, denn in diesem Augenblick ertönt ein scharfer Pfiff. Ich muss fort, sagt der Heilige, aber kommt heute Abend in meine Wohnung. Ich wohne in Battenberg, fragt nur nach dem roten Sepp. Fort war er. Es kommt Wind auf, Markus.«

»Wir liegen fest. Was weiter?«

»Na ja, ich gehe nach Battenberg und frage nach dem Sepp. Gibt's nicht, weit und breit. Hohoho, richtig, vor Jahren lebte ein roter Sepp, jawohl, der böse Schreck heute noch bei allen Kindern; er baumelte am Galgen, sage ich euch, an der Feldglocke hing er, weil er seine Frau im Ungeheuersee ersäuft hatte.«

»Sie wird ihm das Leben sauer gemacht haben«, meint Markus und blickt düster. Ich weiß, ihn beschäftigt seine Tochter Marlena, ich habe da etwas aufgerührt, das brodelt nun und wirft Blasen.

Der Wind wird stärker, unser Kasten schlingert wie eine Hexenschaukel.

»Markus, am Verzeihen wird man groß und am Vergeben, das hat mir ein Angler gesagt. Herrgott, mir ist schlecht von dem grässlichen Umtrunk hier. Könnt Ihr Stein, Schere und Papier? Am Verzeihen, Markus, schaut nicht wie ein kranker Bär. Ich höre schon wieder jemand rufen.«

»Du hörst Mäuse laufen und Ratten nagen.«

»Nein, ich höre ... lasst mich mal einen Augenblick hinaus, ich ersticke hier - Luft - der Petroleumgestank ... ihr qualmt ein Teufelskraut ... an die Luft möchte ich ...«

Ich mühe mich die Holztreppe hinauf, die Kajütentür ist offen, draußen haut der Wind mir um die Ohren. Frische Luft, reine, kostbare Luft, es rauscht in den Pappeln, der Strom ist mächtig in seiner nächtlichen Bewegung, feierlich wogt er vorüber, es ist, als spiele eine Orgel.

Der Kasten zerrt an der Kette, das Spill kreischt, es saust in der lächerlichen Takelage, alles in allem eine verwegene Sache. Kein Fetzen Helle am Himmel, wir leben so um Neumond herum, gut für den Aalfang, bei Mondschein wandert der Aal nicht, das soll ein Mensch begreifen.

Es wäre vielleicht an der Zeit, nach dem Netz zu schauen. Da ist ja der Aalkasten, was kriecht hier auf den nassen Planken? Ein Aal, verrückt, da quält er sich über das Schiffsdeck. Sicher ist er aus dem Kasten entkommen, er hat sich die Freiheit erschlichen, ich fasse ihn mit der Hand, brr, welch eine kalte Schlange, welch ein rätselhaftes Gewürm, Gott gab ihm das Leben. Kleiner Kopf, und so viel Torheit, so viel Sinn und Widersinn. Da ringelst und windest du dich um dein dumpfes Leben, du Tier aus Schattenbezirken. Ich kann dir nichts enthüllen und nichts erklären, ich bin selber verhüllt und verkappt und laufe mit dem Geheimnis meiner Geburt herum. Ich kann dir keine Lösung und Erlösung geben, du bist weiter von mir entfernt als der Mond, der dir peinlich ist auf deiner

Hochzeitsfahrt. Holla, du Tor, willst sechstausend Kilometer weit zur Brautnacht; Tölpel, strebst durch Weltmeere, um die halbe Erde herum, um dich zu vermählen. Welch ein Größenwahn in deinem kalten Aalhirn, welch eine Verstiegenheit. Ein Aal, und um die halbe Erde herum, ich selbst rannte hinter meiner Liebe her und wurde schon in einem Weinkeller zuschanden, ich kam kaum zwei Tagereisen weit und verlor schon den Geschmack. Ich will mit dem Kopf nach unten hängen, wenn ich nicht jemand rufen höre. Größenwahn. Ein Aal. Räucheraal. Ursula; sic stottcrtc. Wer auf der Bühne stottert, ist verloren. Wird ausgepfiffen, ausgelacht, hahahahaa!

Mir hat jemand ein Licht aufgesteckt. Für etwas Großes leben und sterben können.

Komm her, Aal, du Wanderer durch der Schöpfung geisterhafte Meere, komm her, ich will ein Weilchen Vorsehung spielen, ich will gut sein und voll Mitleid, mein weiches Herz rettet dir das Leben. Nimm dich in acht vor den Menschen, sie beten zu ihren Göttern, aber das Unheil brütet schwül hinter ihren Stirnen. Nimm dich in acht vor den Zweibeinern, und wenn du nach Mexiko kommst ... da schleudere ich ihn ins Wasser, klatsch, Glück zu auf deiner Fahrt.

Einmal lebte Ursula, jetzt ist sie tot.

Welch ein Geschwätz, was wollte er mit dem roten Sepp?

Ich torkle in den Schiffsbauch zurück, in die tolle Kajüte des Aalkutters »Nepomuk«.

Die beiden Fischer sitzen da wie Götzen, die Funzel flackert, Kennerknecht ist angeheitert, das Rezept, sagt er, habe ihm seine Schwiegermutter aus der Hölle telefoniert. Er ist ein Flausenmacher, ein kleiner Schaumschläger, ein Bajazzo und Aufschneider in kleinem Format.

»Hört mal«, sagt Markus, »was Ihr da geredet habt von meiner Tochter ... wie meint Ihr das, was wollt ... Ihr damit sagen?«

»Dass es an der Zeit ist, sie heimzuholen, wenn sie nicht ganz verkommen soll.«

»Heimzuholen? Verkommen? Ist sie denn verkommen?«

»Ich weiß es nicht.«

Er beugt sich zu mir, seine Stimme ist heiser geworden, er kaut es zwischen den Zähnen hervor.

»Ich habe ihr ja schon längst vergeben und verziehen, Gott ist mein Zeuge, was wollt Ihr denn? Wisst Ihr, wie's da drinnen aussieht, hee? Was ich durchgemacht habe all die Jahre her, wisst Ihr das?«

»Nein, Markus.«

»Die Reuse, Markus«, quarrt Kennerknecht dazwischen, »man sollte nach dem Netz schauen.«

»A was!« Markus fährt mit der Hand ärgerlich durch die Luft.

»Holt Eure Tochter heim, Markus, es ist an der Zeit.«

»Wo denn, wie denn? Hört mich mal an, ich weiß nicht ein und aus, ich ...«

»Ich will euch was erzählen«, brabbelt wieder Kennerknecht dazwischen, »wie ich auf den Barsch gegangen bin und mit einem Wurm und einer Schnur sechs Bärsche fing, nur weil ich den Angelwurm in Rizinusöl tauchte, hoho, das ist bei meiner Seligkeit ...«

»Glückseligkeit«, rufe ich, »sieben Glückseligkeiten, ich kann davon erzählen.«

»Ich fange euch mit einem Wurm einen Barsch, den Barsch verschluckt ein Hecht, und ich habe sie alle beide.«

»Geh und schau nach dem Netz!«, ruft Markus wütend, »geh und mach, dass du ins Beiboot kommst.«

Kennerknecht stolpert die Treppe hinauf, ich höre ihn über Deck trampeln.

Eine unheimliche Nacht, Aphrasterus ...

»Hört mich an«, stößt Markus hervor, »ich würde unserm Herrgott auf den Knien danken, wenn sie zu Hause wäre. Mein einziges Kind ... Kerzen in der Kirche, hört Ihr mich, alles, noch mehr ... mein Leben gäbe ich drum, wenn sie daheim ...«

»Sie ist ... nicht ... weit, Markus.«

»Mein Leben!«, schreit er hinaus, »ich sage nicht zu viel, die Mutter Gottes soll mich hören.«

Oben an Bord ist ein Rumpeln und Toben, was ist denn los, Kennerknecht dreht die Netzwinde, jetzt gehen die Balken hoch, lebendiger rauscht das Wasser.

»Was ist denn los?«

»Das Netz. Er holt das Netz hoch ...«

»Bin ich verrückt, ich hörte jemand schreien.«

»Ja«, sagt Markus, »jetzt habe ich den Kennerknecht rufen hören. Komm hinauf.«

Auf Deck ist es still, nur der Wind randaliert durch die Drahtseile, ein Summen wie von Bienenschwärmen.

»Jetzt ist es Zeit. Komm hinauf, du kannst mit hinausfahren.«

Markus tapst nach oben und reibt sich die Augen, ein Bär, sonst nichts, wankend und halb gebeugt. Ich folge nach, plötzlich sind viele Sterne am Himmel.

Wir klettern über die Reling ins Beiboot, verdammt, ist das eine glitschige Nässe, wer hier ausrutscht, kann sein letztes Vaterunser beten. Kennerknecht macht sich am Netz zu schaffen, ich höre ihn fluchen und wettern.

»Markus«, ruft er, »zieh auf! Hörst du nicht, zieh doch auf, sage ich, Himmelkreuz ... was ist denn nur mit dem Netz ...«

Markus packt das Netz an, was ist denn los, Wasser klatscht, der Strom schäumt über die Balken.

»Anhieven, es hängt etwas am Netz. Markus! Zieh bei!«

Wo sind die Sterne, man kann kaum etwas sehen, es ist dunkel wie in sieben Säcken.

»Markus«, ruft Kennerknecht, und in seiner Stimme ist ein verdächtiges Gurgeln, »Markus, hier hängt ein toter Mensch am Netz, ein ertrunkenes Frauenzimmer. Pack zu, das ist ein verteufeltes Gewicht.«

Sie ziehen ein nasses Bündel an Bord. Wasser trieft, Atem stößt keuchend in die bewegte Nacht.

Am Tau ziehen wir uns zum Kutter hinauf, mühsam bringen wir das nasse Bündel an Bord.

Ich bin ein vollkommener Narr, ich weiß nicht ein noch aus, was hat sich denn ereignet, sind Aale im Netz?

Eine Frau, da bleibt kein Zweifel mehr. Da liegt sie auf den Schiffsplanken, sie rührt sich nicht, sie ist tot, Gott sei ihrer armen Seele gnädig. Wer so daliegt, ist tot.

»Holt die Lampe«, sagt Markus.

Mir wird unheimlich, mein Herz klopft bis zum Hals herauf. Der Fischer bringt die elende

Petroleumlampe. Ich leuchte der Toten ins Gesicht.
Marlena.
Der Wind löscht das Licht. Deutlich sah ich die Narbe über der Stirn.
»Ja«, sagt Markus, »die Liebe treibt manche ins Wasser, es muss was Besonderes sein.«
»Markus«, sage ich und bin merkwürdig fest und gefasst, »da liegt Eure Tochter Marlena!«
Wir tragen die Tote in die Kabine, Markus leuchtet ihr wieder ins Gesicht. Lange starrt er in die bleichen, starren Züge, er rührt sich nicht.
Er stellt die Lampe neben der Toten nieder und richtet sich auf. Die Arme baumeln am Körper, der Kopf sinkt auf die Brust.
»Ja«, sagt er, »das ist Marlena. Ich - ich hätte sie nicht erkannt, ... aber ... an - der Narbe ...«
Ich beuge mich zu Marlena nieder, ganz nahe betrachte ich sie, seltsam, einen toten Menschen zu betrachten. Ich will ihr einmal über das Gesicht fahren, und durch die nassen Haarsträhnen, wie sonderbar.
Eine Hand ist zur Faust geballt. Stein, denke ich, eins zwei drei Stein; wenn ich jetzt Schere mache, hat sie gewonnen; wie sonderbar.
»Wir wissen nichts, Markus, wir wissen rein gar nichts. Hört zu, sie kannte einen Steuermann, jawohl, Max mit Namen; der nahm ein rohes Ei in die Faust ...«
»Ein Wort noch«, brüllt Markus fürchterlich in die Nacht, »ein einziges Wort nur, Marlena!«
Töricht von Markus, so zu schreien. Wer tot ist, spricht nicht mehr.
Der Tod ist stumm und blind und taub.

Nein, wer tot ist, Markus, der ist unheimlich weit fort von uns.

»Sie war bei den Goldwäschern, Markus. Viel Gold liegt im Rhein, man kann reich werden.«

Ich beuge mich zu der Toten nieder und nestle an den nassen Kleidern.

Ein Beutelchen kommt zum Vorschein.

»Schaut her, Markus, das ist Gold, lauteres Gold.«

* * *

Es ist plötzlich Sommer geworden, das Korn wird gelb, die Früchte reifen auf den Bäumen, man sollte nicht vor Gräbern sitzen.

Wir haben Marlena begraben. Sie kam zur Welt und irrte umher. Sie sang Gassenhauer und ertrank im Rhein. O meine Freunde. Viele Millionen Aale wandern durch das Weltmeer, sie folgen einem dunklen Ruf. Wer, um Gottes willen, ruft sie denn?

In der Nähe von Germersheim haben wir Marlena begraben, da sitze ich allein vor dem Erdhügel, und der Sommer stürmt über das Land. Auch Ursula ist tot, einmal lebte sie, ihr Lachen ging mit dem Teufel spazieren. Viel Glück über dich und Wolf Hagen, mit dem du Hochzeit feiertest.

Man muss vergeben und vergessen können, es liegt eine gewisse Größe im Vergeben und im Vergessen, nur die Lumpen sind unversöhnlich und voll nie erkaltender Rachsucht.

Marlena, deine Schuld ist gesühnt, die milde und große Hand der Welt hat sie ausgelöscht.

Ich gehe, und bevor ich gehe, will ich dir meine Rosen von Schiras geben. Zehntausend Rosen von Schiras, Marlena, braucht man für ein einziges Fläschlein; wenn du noch lebtest, du könntest David Häutle fragen. Ich habe sie sorgsam gehütet, nun will ich sie dir schenken.

Ich fahre in den Sommer hinein, an einem Kornfeld setze ich mich nieder und warte, bis der Abend kommt. Ich höre Drehorgeln spielen und Trompeten blasen und Schellen bimmeln, eine fröhliche Katzenmusik lärmt zu mir herüber.

Aha, in Germersheim ist eine kleine Trödelschau, keine großartige Sache mit Dampfkarussell und Zirkus und Berg- und Talbahn, nein, nur ein kleiner Jahrmarkt, ein bescheiden buntes Treiben mit einem einstöckigen Karussell, einer Schiffschaukel und allerlei Verkaufsbuden.

Mein Motorrad stelle ich an eine alte Festungsmauer und mische mich in den heiteren Trubel.

Auch wandernde Artisten haben aufgeschlagen, das »Kunstetablissement Ley«. Spaßmacher und Athleten, Seiltänzer und Parterreakrobaten.

Es wird dunkel, alle Buden und Spaßmachereien entfalten ihren Lichterglanz.

Was will ich auf dem Jahrmarkt, ich habe größere Pläne vor. Ich beschäftige mich mit Problemen, man weiß, dass sie Raupen und Schnecken und Maden betreffen, durch Schriften müssten große Ideen Verbreitung finden, alles in allem ist es an der Zeit, dass ich nach Hause zurückkehre, dass ich ...

Da ist ein Wahrer Jakob, seine tobende Stimme

klingt wie eine rostige Türangel. Er verkauft gerade Hosenträger, er macht ein Bombengeschäft und schwätzt dem Teufel beide Ohren ab.

Doch, ich muss nach Hause, ich darf nicht länger zögern, ich habe Herrn Berghaus versprochen, dass ich ...

Wetter und Wolkenbruch, wie sich die Menschen um den Wahren Jakob scharen, jetzt verschleudert er ein Universaltaschenmesser, zusammen mit Bleistift und Notizbuch und Seidenschlips.

Ich könnte mir gut eine neue Bücherreihe vorstellen, die alle brennenden Probleme in Deutschland kurz und allgemeinverständlich behandelt, auch die Ersatzbeschaffung der Rohstoffe, überhaupt die Ausnützung aller Möglichkeiten, die uns von der Einfuhr unabhängig machen. Ich glaube, dass ich ...

»Kauft, Leute, kauft!«, brüllt der Jakob, »meine Schwiegermutter muss ins Manöver.«

Mir fällt ein, dass ich noch ein Dutzend Bücher besitze, nicht mehr ganz neu, durch meine Reise ein wenig mitgenommen. Ich könnte sie dem Wahren Jakob zum Verkauf anbieten.

Er macht gerade eine kleine Pause, ich dränge mich an ihn heran.

»Ich habe einige schöne Bücher«, sage ich, »hätten Sie nicht Lust, sie zu verkaufen, ich gebe sie ganz billig ab, antiquarisch, ich will mich aller Dinge entledigen, die mich an die letzten Wochen erinnern.«

»Bücher?«, sagt er und wischt Schweiß ab, »Bücher, das ist ein Artikel, dass mich die besten Läuse jucken, aber ich mach's, zeige du mir mal was her, was *ich* nicht an den Mann bringe. Her mit den Büchern, mir ist sowieso der Fleckenstift ausgegangen.«

Ich bringe ihm die Bücher, alles, was ich besitze, lade ich auf seinem Verkaufsstand ab, auch die sieben Glückseligkeiten sind dabei. Ich will leer von dannen gehen, alle Brücken will ich abbrechen. Frei will ich sein von der Bürde unseliger Erinnerung.

Die sieben Glückseligkeiten. Noch halte ich sie in der Hand, sie sind wertlos geworden für mich. Einmal lebte Ursula, nun ist sie tot. Ach, nicht traurig sein, der Sommer braust, das Leben dröhnt, die Zeit besänftigt alle Stürme bewegter Menschenbrust. Für etwas Großes sich einsetzen, jawohl, ich komme hinter den Sinn des Lebens.

Schon drängen sich wieder Menschen herbei, ein Mann will Hosenträger, eine Frau hat es auf zwölf Meter Papierspitzen abgesehen, alle großen Wünsche werden wach.

»Komm nach Geschäftsschluss wieder«, sagt der Wahre Jakob und fängt an, mit den Hosenträgern um sich zu hauen. Langsam schlendere ich weiter, ein Untertauchen ist es in Lärm und Getöse und wohlfeiler Fröhlichkeit.

Wieder komme ich zu den wandernden Artisten, zum Kunstetablissement Ley.

Eine Vorstellung hat begonnen, ein bemalter Spaßmacher purzelt über das Podium, die armselige Orgel kreischt, Azetylenlampen sirren und verbreiten ihren beizenden Geruch.

Ich trete ins Dunkel, wo die beiden Komödiantenwagen stehen.

Schwacher Lichtschimmer in den kleinen Fenstern. Hier will ich eine Weile bleiben, abseits im Schatten, im kleinen Schlupfwinkel, wo die Nacht brütet inmitten des polternden Trubels.

Die Tür des ersten Wagens öffnet sich, und ich sehe einen Komödianten im flitternden Trikot erscheinen.

Feurige Hölle, das ist der Salto.

»Salto ...!«, rufe ich, »du bist hier?«

Er kommt auf mich zu und erkennt mich. »Ja, ich bin hier, Buchhändler.«

»Bist du ausgerückt im Vogelhaus?«

»Nein, ich habe Urlaub, ich bin auf Tournee.«

»Rede doch keinen Unsinn, du bist davongelaufen. Frau Karola ...«

»Beim Kopfstand und Doppelsalto, es ist wahr! Komme in einer halben Stunde in die Wurstbude, ich will dir's erzählen. Ich habe keine Zeit jetzt, meine Nummer steigt.«

Wirklich, die Drehorgel legt eine neue Nummer auf die Walze, der Salto verschwindet und dann sehe ich ihn, vom Azetylenlicht beleuchtet, auf dem Podium erscheinen. Er tritt als Parterreakrobat und Schlangenmensch auf. Der Unselige, natürlich ist er davongelaufen, das Vogelhaus war ihm schon längst zu eng geworden, schlief er nicht oft nachts auf dem Kastanienbaum? Arme Frau Karola!

Ich gehe weiter, ich schlendere durch den Jahrmarkt, ich habe kein Ziel und kein Ende, ich treibe nur so dahin.

Treten denn alle unseligen Geister der Vergangenheit aus ihren Schattenbezirken? Will sich alles zu einem Kreis runden, treffen Aufgang und Niedergang auf einem Jahrmarkt zusammen?

Wer steht denn dort hinter einem wackeligen Tisch und hält seine Tränklein und Mixturen feil?

David Häutle, der Landstraßenapotheker, der Mann von der Knodener Höhe, der mir das Gehöröl und die zehntausend Rosen von Schiras gab. Kein anderer steht dort und preist seine Wundermittel an, den Warzentod und das Franzosenöl, den Kropfspiritus und den Kinderwein. Auch heilbringenden Tee verkauft er, Baldrian und Pfefferminz, Salbei und Eukalyptus, die Enzianwurzel und Wacholderbeere.

»Guten Abend, Herr Häutle«, sage ich und bin tief gerührt, »Sie werden sich meiner erinnern, mit Ihrer Knodener Kunst schickten Sie mir einen Hexenstrumpf auf den Hals, ich muss mich noch bei Ihnen bedanken.«

Jetzt erst erkennt er mich, er lacht mit welkem Mund, ach Gott, er ist noch schäbiger geworden in seiner Kleidung und abgezehrter in seinem Gesicht, es muss ihm schlecht gehen inmitten seiner Wundermittel, ich glaube fast, er ist hungrig, der große Zauberer und Wunderarzt.

»Iss Aron und Bilbernell, so stirbst nit schnell«, plappert er mechanisch an eine Bauernfrau hin und überreicht ihr eine Tüte mit Tee.

Die Orgeln kreischen, die Schiffschaukel entfaltet ihr Lichterspiel.

»Natürlich erinnere ich mich«, sagt er jetzt zu mir und schraubt an einer elenden Azetylenfunzel, »Sie erzählten mir den Räuberschwindel vom geschenkten Motorrad.«

»Ganz recht, da bin ich wieder, meine Knatterkiste steht an der Festungsmauer, ich bin am Ende meiner

Fahrt. Ihr Hexenstrumpf hat mir übel mitgespielt.«

»Hexenstrumpf? Sind Sie in die Falle gegangen? Habe ich Sie nicht gewarnt vor den Gartenlilien? Wenn Sie etwas kaufen wollen gegen das Herzgesperr, ich habe hier ...«

»Nein, nein, vielen Dank, Herr Häutle, genug der Zaubermittel. Ich möchte Sie zu Bratwurst und Wein einladen, später, wenn das Geschäft hier zu Ende ist.«

»Da bin ich gerne dabei.«

»In der Wurstbude in einer halben Stunde, Herr Häutle.«

»Schon recht.«

»An Ihre Knodener Kunst werde ich mein Lebtag denken, Sie wissen, ich bin ein Pechvogel, mir läuft manches quer, ich bin recht geeignet, dass die geheimen Mächte ihr loses Spiel mit mir treiben.«

»Ich besitze ein Mittel, um Sie von jedwedem Ungemach der Seele zu heilen.«

»Auch ein Tränklein, das vergessen macht? Das alle Erinnerungen tilgt und die letzten Nöte stillt?«

»Einen Theriak gegen das Gift der Welt, aus gedörrten Kröten hergestellt, die zwischen den zwei Frauentagen Mariä Himmelfahrt und Mariä Geburt gefangen sind.«

»Wär' mir willkommen, Herr Häutle.«

Ich gehe weiter, denn es sind Leute gekommen, die ihre kleinen Nöte und Gebrechen mit sich bringen, sie greifen nach Wacholderbeeren und Abführsaft, nach Augentrost und Zinnkraut.

Beim Wahren Jakob bleibe ich stehen, er packt gerade ein, sein Geschäft ist gemacht, er ist guter Dinge und pfeift durch die Zähne.

»Hier haben Sie fünf Mark«, sagt er und klappert protzig mit dem Geld. »Ich habe die ganze Bibliothek ratzekahl verkauft. Ich sage Ihnen, wenn es alte Kursbücher gewesen wären, ich hätte sie auch an den Mann gebracht. Ja, das ist die Kunst, man muss Bauchweh und Katzenjammer verkaufen können. Ab mit Verlust! Haben Sie noch mehr Schmöker?«

»Nein, es waren die letzten Zeugen verhexter Wochen, ich bin froh, dass sie aus meinem Gesichtskreis entschwunden sind.«

»Eines der Bücher habe ich für mich behalten. Hier, sehen Sie, da steht drinnen, wie einer gleich siebenmal glückselig wird.« Er zieht das Buch von den sieben Glückseligkeiten aus der Tasche. Mit der flachen Hand klopft er auf den Deckel.

»Mein Herr, ich warne Sie vor diesem Buch. Ehe Sie daran denken, entgleist ein Güterzug und Sie zappeln erbärmlich im Netz. Durch dieses Buch geht ein Hexenstrumpf.«

»Hohoho, mit dem will ich schon fertig werden. Da, Ihre fünf Mark und eine Lilienmilchseife obendrein.«

Ich gehe in die Wurstbude hinein. Da sitzt ja schon der Salto, Vater im Himmel, wie sieht er aus. Die Leinenhosen trägt er und die Schuhe mit den Ledergamaschen, über den Oberkörper aber hat er sich einen erbärmlich zerschundenen gestreiften Pullover gezogen, ein geflicktes Kunstreiterhemd, es ist ein Jammer und eine Affenschande.

Man muss das gesehen haben, wie er hier auf der Bank sitzt, mit dem dürren Hals, mit der vorspringenden Nase und mit dem breiten Brustkorb. Neun Finger besitzt er, einst war er eine fettgedruckte

Nummer, jetzt sitzt er in der Wurstbude, ein Mensch, der einen zu Tränen rührt.

»Gestehe, Salto, du bist ausgerückt im Vogelhaus?«
»Meine Hand und Artistenehre, es ist nicht wahr! Bestelle einen Schoppen Kallstadter Saumagen.«

Ich bestelle den Saumagen und gebratene Würste. Er setzt das Glas an und tut einen wilden Zug.

»Du erinnerst dich doch an den Polterabend?«, sagt er.

»Richtig, es war einmal ein Polterabend, ich habe ihn dunkel im Gedächtnis, es mögen Jahre verstrichen sein ...«

»Unsinn, es war Fräulein Ursulas Polterabend. Du weißt, dass ich übers Seil ging, und dann ging Frau Karola übers Seil, es war eine ganz gewaltige Sache.«

»Vielleicht habe ich es nur geträumt. Frau Karola, eine wunderliche Frau unter den Sternen, sie tanzte über das Seil, kein Mensch erkannte sie ...«

»Nur ich und Herr Berghaus. Weißt du, das liegt uns allen im Blut, wir können nicht anders, ich nicht und Frau Karola nicht und alle andern nicht. Unsere Farbe ist zu echt, sie lässt sich nicht übertünchen.«

»Und darum bist du durch die Lappen?«

»Nein, ich sprach mit Frau Karola, ich erzählte ihr von unserem früheren Zusammensein in Amerika, und plötzlich hat sie mich wiedererkannt. Mein Lieber, das war keine kleine Freude und Überraschung. Sie erzählte mir aus ihrem Leben und wie es kam, dass sie Herrn Bastian Berghaus in Chicago kennenlernte. Denke dir doch, Mensch, sie stammt aus der Pfalz, ihre Eltern sind mit dem Zirkus Barnum viele Jahre durch alle

Welt gezogen, der Vater war ein Mackenbacher Musikant, der als Cowboy in der Zirkuskapelle das Tenorhorn blies. Karola wurde ein berühmtes Artistenkind, mit siebzehn Jahren stand sie schon fett gedruckt in den Großstadtprogramms. Ich habe eine Saison lang mit ihr im Luftakt gearbeitet. Diese Überraschung, Buchhändler, für Frau Karola, als ich mich vor ihr abschminkte! Die Folge war, dass sie mir vier Wochen Urlaub gegeben hat, ich habe ihr versprechen müssen, auf Artistenehre, dass ich wiederkomme.«

»Urlaub hast du? Für die Jahrmärkte und Possenreißereien?«

»Ich bin auf Tournee.«

»O du Gummigeburt; die Saltos und Kreuzbiegungen, die Volten und Riesenschwünge haben dich um den Verstand gebracht.«

»Ich habe die große Nummer, vergiss das nicht.«

»Ich habe dich gesehen, mir bricht das Herz. Welche Gage, wenn ich fragen darf?«

»Gage? Ich arbeite für Kost und Logis, du glaubst nicht, wie glücklich ich bin.«

»Trink, du Bruder aller Narren. Schau dich um, dort kommt David Häutle, ein Apotheker von der Knodener Höhe. Er ist schuld am Hokuspokus der letzten Wochen.«

Ja, da kommt David Häutle, ein wenig gebückt und mit trostlos baumelnden Armen. Die Hosen sind noch zerschundener, die Schuhe noch zerbeulter, als ich sie damals am Neckar sah, wahrhaftig, der Mann aus Knoden ist nichts als ein Häuflein Elend.

»Herr Häutle, bitte setzen Sie sich«, sage ich und rücke auf der Bank, um ihm Platz zu machen. »Hier steht Kallstadter Saumagen.«

»O Katzendreck und Taubenmist«, jammert er, »ich habe das Rheuma in allen Gliedern, und die schnelle Kathrin plagt mich zum Gotterbarmen. Und einen hohlen Zahn. Jesus Christus!«

Er schiebt sich stöhnend in die Bank.

»Aber Mann, Sie besitzen alle Wundertränklein und Zaubermittel und können sich selbst nicht helfen?«

»Das hilft nur immer andern, aber mir nicht. Ich wundere mich oft selbst, dass es den andern hilft. O jemine, ist das ein Leben, die Leute glauben auch nicht mehr an gestoßene Regenwürmer und gedörrte Laubfrösche, wer verlangt heute noch den Kot schwindelfreier Störche für Kinderkrämpfe? Mir fallen die letzten Haare aus.«

»Mann«, sagt der Salto, »Ihr solltet eine Weile von der Landstraße weg, Ihr müsst ausruhen, um wieder ein Kerl zu werden. Ich weiß ein Haus, da könnt Ihr Unterschlupf finden und führt ein Leben wie ein Baron.«

»Richtig«, fahre ich fort und schiebe David Häutle das Schoppenglas hin. »Er meint Frau Karolas Vogelhaus. Dort haben Sie's gut, trinkt und denkt an Frau Karolas Vogelhaus.«

»Frau Karolas Vogelhaus? Ist das ein billiger Ulk?«

»Nein, nein, die lautere Wahrheit. Ich will es Ihnen nicht nachtragen, Herr Häutle, dass Sie die Knodener Kunst samt Hexenstrumpf an mir fliegendem Buchhändler ausprobierten. Nein, ich bin versöhnlich und milde gestimmt, ich will Sie in meiner Knatterkiste persönlich bis nach Deidesheim bringen, dann können Sie Einzug halten in Frau Karolas wundersamen Käfig.«

»Ihr seid ein Zwitscherer«, meint der Salto, »an dem sie ihre besondere Freude hat, aber Ihr habt die besten Federn verloren.«

»So ist es. Aber sagten Sie nicht vorhin etwas von einem Tränklein, das uns mancherlei Übel vergessen lässt?«

Der Salto lacht und schnalzt mit den Fingern.

»Er hat sich in die Falsche verliebt, ich bin im Bilde, Buchhändler. Sie ist auf froher Hochzeitsfahrt, was glaubst du, nach Italien sind sie gefahren, die Turteltauben, nach Rom und Neapel und Sizilien.«

»Gott steh mir bei, auch ich wollte einmal nach jenen südlichen Ländern, Herr Häutle hatte es anders vor mit mir. Na ja, ich mache mir nichts aus Wassermelonen und Erdbeben. Trinkt, Freunde, es ist meine letzte Zaubernacht.«

Eine verzottelte Frau kommt an den Tisch, eine Wahrsagerin, sie hat einen Käfig mit einem Wellensittich, gibt es das auch noch? Am Käfig unten öffnet sie ein Schublädchen, der Sittich turnt herbei und holt mit dem Schnabel ein kleines Brieflein hervor.

»Zehn Pfennige«, sagt die Frau und gibt mir mein Horoskop.

In dem Brieflein steckt die Photographie meiner Zukünftigen, eine herrlich pompöse Dame mit Wespentaille und mächtiger Straußenfeder auf dem Hut. Die Dame trägt ein Pfefferrohrstöckchen mit einer Schleife dran.

Man darf mir also gratulieren, ich gerate in die vornehmste Gesellschaft. Man sieht der Dame mit dem

Pfefferrohrstöckchen an, dass sie es auf mich abgesehen hat.

Auf der Rückseite steht:

Glückszahlen bei Vollmond 7, 31, 76. Bei Neumond 8, 13, 67.

Sie sind ein Mensch im Zeichen der Zwillinge, ihre beste Eigenschaft ist, dass Sie allen Dingen auf den Grund gehen. Nüchtern und geschäftstüchtig von Geburt an, werden Sie bald zu Reichtum und Ansehen kommen. Alle anfänglichen Widrigkeiten wenden sich zum Guten. Sie haben keine Phantasie, dafür um so mehr Verstand. Sie werden bald zwei große Überraschungen erleben.

Gegen Hexenwerk die Satorformel.

```
SATOR
AREPO
TENET
OPERA
ROTAS
```

»Nun haben wir's!«, rufe ich und muss fröhlich lachen, »gegen Hexenwerk die Satorformel, jetzt ist Ihr Tränklein nicht mehr vonnöten, es wird sich alles von selber lösen, keine dunkle Macht hat ferner Gewalt über mich, denn ich besitze die Satorformel. Und zwei große Überraschungen, darauf müssen wir noch einen Schoppen trinken.«

»Und wenn es möglich ist, noch eine Wurst essen«, sagt Häutle kleinlaut und leckt das Fett von den Fingern ab.

Leider muss der Salto gehen, denn er hat noch eine Vorstellung, es ist höchste Zeit, er hört an der Drehorgel, dass seine Nummer naht.

Es wird ein rührender Abschied, denn der Salto hat zuviel Wein getrunken, er wird in seiner Nummer sämtliche Gliedmaßen verwechseln. Jetzt hat er den Schluckauf, der Adamsapfel kommt nicht zur Ruhe.

»Das Glück sei mit dir, Salto.«

»Im Vogelhaus sehen wir uns wieder.«

»Das walte Gott. Ich komme zu Herrn Berghaus zurück, denn ich habe große Dinge mit ihm vor.«

Der Salto geht; wiegenden Schrittes, elastisch federnd und sich auf die Zehen hebend, ein glücklicher Mensch, ein Vogel auf Urlaub. Am Ausgang wendet er sich noch einmal um, ich höre seinen Schluckauf.

»Herr Häutle«, sage ich, »wenn Sie wünschen, will ich Sie in dieser Nacht noch nach Deidesheim ins Vogelhaus bringen. Meine Zeit ist kurz bemessen, ich muss nach Hause. Wo haben Sie Ihr Fahrrad?«

Er zerkaut den letzten Wurstzipfel und wischt sich über den Mund.

»Ich habe schon längst kein Fahrrad mehr. Alles auf den Trittlingen. Ach, wenn ich einmal für ein paar Wochen ein Dach überm Kopfe hätte! Und keine Sorgen.«

»Kommen Sie sofort, ein Mann namens Radieschen wird Sie in seine Arme schließen. Ihr Gehöröl hat Wunder bei ihm gewirkt. Kommen Sie, Herr Häutle.«

Ich bezahle Wurst und Saumagen, und dann verlassen wir das Zelt. David Häutle geht noch rasch zum Waffelbäcker, wo er seinen Vulkanfiberkoffer untergestellt hat.

»Noch sieben Luftballons«, ruft ein fliegender Händler, »kaufen Sie die letzten, ich gebe sie billig ab.«

Ich erstehe die sieben farbigen Kugeln, lustig taumeln sie über meinem Kopf.

Wir gehen zur Festungsmauer. Ich freue mich über meine sieben Luftballons.

Dort trifft mich die erste Überraschung.

Mein Motorrad samt Beiwagen ist fort!

Gestohlen.

Es besteht keinerlei Zweifel, hier stand das Motorrad, jetzt ist es fort, wir schauen uns nach allen Seiten um, wir suchen die Umgebung ab, durchstöbern alle Winkel, Mauern und Ecken, das Motorrad ist fort!

»Hätten Sie wenigstens vorher einen damit überfahren«, meint David Häutle und blickt mir wehmütig in die Augen, »nun ist sie dahin, die moderne Knallschote.«

»Der Wellensittich hat recht gehabt, hier ist die erste Überraschung. Nehmen Sie mal die Luftballons und bleiben Sie hier stehen, ich will mich nach einem Schutzmann umschauen.«

Nirgends ist ein Schutzmann zu finden, der Lärm verebbt, der Jahrmarkt geht zu Ende.

Als ich zu David Häutle zurückkomme, liegt er in einer Nische der Festungsmauer und schläft. Den Wunderkoffer hat er als Kopfkissen benützt. Die bunten Kugeln baumeln an einem Mauerhaken.

Friedlich liegt der Mann aus Knoden da und schläft.

Ich beuge mich zu ihm nieder, etwas schmerzvoll Menschliches liegt über seinen Zügen, der Mund steht ein wenig offen. Luft stößt leise röchelnd aus dem Schlund. Schwacher Weindunst umlagert den Schläfer.

Ich will mich an deine Seite setzen, denke ich, du hast mit deinem Hexenstrumpf die Unruhe in mein Herz gebracht, aber du hast mich auch unbewusst auf größere Gedanken gelenkt. Ich will dafür sorgen, dass du ein Unterkommen im Vogelhaus findest.

Ich setze mich auf die zerfallene Mauer, der Himmel ist über mir mit seinen glänzenden Sternen.

Ich habe keinen Schlaf, die Nacht ist warm, meine Luftballons schaukeln und schunkeln im leichten Wind, ich will hier sitzenbleiben und auf die zweite Überraschung warten. Wer will wissen, was der Wellensittich noch im Schilde führt.

Ich lehne den Rücken gegen die Mauer, es ist wundervoll still hier, die sieben farbigen Kugeln sind lebendig, ein Drang nach Freiheit wird übermächtig wach in ihnen.

Ach, vielleicht sind es meine sieben Glückseligkeiten.

Ich gebe sie frei, die roten und gelben, die grünen und blauen Kugeln. Da schweben sie nun aufwärts, schwerelos und lautlos, da steigen sie mit dem Südwind in den nächtlichen Sommerhimmel, meine sieben Glückseligkeiten.

Seht nur, wie sie zauberleicht entschweben, jede Kugel ein Traum, eine Sehnsucht, eine verwunschene Träne.

* * *

Die Ohreneule hätte am Leben bleiben können, es ist nichts mit dem Strick eines Erhängten, mein Motorrad ist endgültig gestohlen. Ein Glück vielleicht, dass es fort ist, wer weiß, was mir damit noch passiert wäre.

Ich bin durch einen Traum gefahren, nun kehre ich in die Wirklichkeit zurück, das andere Leben ruft mich, ich strebe neuen Ufern zu.

Dem Apotheker Häutle habe ich einen Teil meines Geldes gegeben, meine Barschaft reicht aus, um damit nach Hause zu kommen. David Häutle will zu Frau Karola gehen, er wird gute Aufnahme finden bei dieser sonderbaren Frau, die wie ein wilder Vogel in einem Hühnerhofe sitzt und kein Ende findet ihrer verborgenen Sehnsucht.

Mich beschäftigen bedeutende Pläne, mein Ehrenwort darauf. Der Tag im Wingert bei Bastian Berghaus und die Nacht in der Schilfhütte beim Angler haben mir ein wenig die Augen geöffnet.

Es gilt, große Dinge zu erreichen, Pläne und Ideen bewegen die Welt und bevölkern das menschliche Hirn, Länder und Meere, Berge und Ströme warten, dass man Nutzen aus ihnen ziehe und dass man sie der Menschheit dienlich mache.

Das Glück will es, dass ich auf einem Rheinschiff, auf einem großen Frachtkahn den Strom hinabfahren kann. In der Nähe von Germersheim liegt das Schiff; für wenige Pfennige kann ich bis Holland fahren, wenn es mir Spaß macht. Aber ich will gar nicht nach Holland, ich will nach Hause, ich werde Konferenzen mit meinem Vater haben, Verlegersitzungen geradezu, ich will ihm meine Pläne auseinandersetzen, er wird

Augen machen, mit welcher glücklichen Fracht beladen ich zu den vier Schaufenstern zurückkehre.

Seht, ich gehe an Bord, mit leichtem Gepäck, über ein schwankendes Brett gehe ich an Bord.

Wer ist auf dem Schiff?

Alex im flatternden Gummimantel. Alex, der Dichter und Tausendfüßler. Kaum zu glauben, wo überall er sich herumtreibt. Er steht breitbeinig am Ladebord, wühlt die Hände in die Hosentaschen und trägt eine Miene zur Schau, als ob er die gesamte Rheinschifffahrt gepachtet hätte.

»Mit welchem Ziel, Herr Alex, haben Sie Kabine belegt, wenn die Frage erlaubt ist?«

»Mannheim, habe dort ein Zwischengeschäft, traf sich günstig mit dem Kasten hier.«

Der Kapitän kommt herbei, ein freundlicher Mann mit krummen Beinen und breiten Schultern.

»Ein kleines Gegengeschäft«, meint er und schmunzelt. Auch seine Frau, eine rundliche Matrone mit schmalem Mund und Knollennäschen, legt die Hände auf den Bauch und freut sich. Ihre Augen sind entzündet von der ewigen Zugluft.

Schade, dass der Apotheker David Häutle nicht da ist, sicher hätte er ein heilsames Augenwasser für sie.

»Ja, ja«, sagt sie, »er wirft den Schinken nach der Speckseite.«

»Gegengeschäft?«, frage ich, »hat er die Falzziegel angedichtet?«

»Lesen Sie!«

Der Kapitän spuckt braunen Saft und deutet auf den Eingang zur Wohnkabine. Auf die niedere Tür ist ein Spruch gemalt, sogar mit Blümchen und Ornamenten sinnvoll verziert.

Wer stets der Hoffnung Anker nimmt,
Der hat ein Heim, auch wenn es schwimmt.

Da steht er, ein Original-Alex-Vers, Matrosen kommen und Ladearbeiter, sie lachen und spucken und sind guter Dinge.

»Wir laden noch goldenen Herrgott hier«, sagt Alex und deutet auf die Arbeiter, die in Schubkarren weißliche Erde an Bord fahren.

»Goldener Herrgott?«

»Ja, Ton und Klebsand, kommt aus der Gegend von Eisenberg. Dort ist der goldene Herrgott begraben. Hab' ich recht, Kapitän?«

Der Kapitän nickt.

Nachmittags nehmen wir Anker auf und steuern ins offene Fahrwasser hinaus.

Nun treiben wir dahin, ein glückhaftes Schiff, schaukelnd wie des Paradieses Hängematte.

Es ist eine zauberhafte Fahrt, langsam gleiten die bewaldeten Ufer an uns vorüber, das Gewoge des grünen Rheines schäumt gegen das Schiff, jetzt passieren wir die Schiffbrücke in Speyer.

»Einer meiner vielen Freunde«, sagt Alex zum Kapitän, »ich habe ihm schon manchmal aus der Patsche geholfen, stimmt es oder stimmt es nicht, Buchhändler? Na, nur nicht lange fackeln, drauf und dran und carpe diem, hahaha! Wo ist übrigens Ihr Benzinstänkerer?«

»Gestohlen.«

»Herr meines Lebens, gestohlen. Was für miserable Kreaturen es gibt. Na ja, Schwamm drüber. Übrigens wissen Sie, dass die Sache mit den Schnecken so ziemlich perfekt ist? Berghaus wünscht Pläne und praktische Vorschläge, Rentabilitätsberechnungen, kurz und gut, ich werde wohl die Direktion des neuen Unternehmens auf meine Schultern packen.«

Hört nur den Flunkerer an, muss er immer aufschneiden, dieser Bruder Überall, dieses Patenkind glücklicher Sterne?

»Sie werden Leiter der Zucht?«

»Aufs Haar.«

»Schneckendirektor also?«

»Wie Sie es nennen wollen. Man rechnet auch mit Ihnen, ich will es offen sagen.«

»Mit mir?«

»Mit keinem andern, Sie sollten sich nach Kräften um die Angelegenheiten kümmern. Ich selbst habe nicht immer Zeit, es liegt so viel in der Luft, haben Sie zum Beispiel schon etwas von den brachliegenden Kupferbergwerken und Quecksilberadern in der Nordpfalz gehört? Nicht, na ja, das sind auch noch ungelegte Eier.«

Ja, so ist es mit diesem Alex. Geschäfte hier und Geschäfte dort, Einfälle an allen Ecken und Enden, nur leider immer verwildert, ohne Ernst und Sammlung. Du lieber Gott, er muss eben umherziehen, er muss auf dem Sprung sein, ohne ihn blieben Räder stehen, Menschen kämen in Bedrängnis, der allgemeine Geschäftsgang würde leiden, carpe diem und in medias res. »Ich bin selbst zur Erkenntnis gekommen«, sage ich bescheiden, »dass bedeutsame Fragen ihrer Lösung harren. Ich wünsche nur, dass man mir Zeit lässt, mich damit zu beschäftigen. Mit Herrn Berghaus habe ich eingehend wegen Herausgabe wirtschaftspolitischer

Schriften und Broschüren gesprochen, ich werde sofort mit meinem Vater in Verbindung treten, ich habe alle gute Hoffnung, Herr Alex.«

»Na sehen Sie, und wem haben Sie das zu verdanken?«

»Wem anders, als Alex Grauvogel.«

»Keine Schmeicheleien, jeder macht sein Glück auf seine Art. Auf jeden Fall werden wir Sie dann bald wieder in Deidesheim sehen. Apropos Deidesheim. Es wird Ihnen bekannt sein, dass dort eine gewisse Dame auf Sie wartet?«

»Eine Dame, auf mich?«

»Spielen Sie bloß nicht den Dummen, ich bin genau im Bilde, sie hat mir das haarklein erzählt und mich sogar auf Ihre Spur gehetzt. Ist es übrigens eine Art, so mir nichts dir nichts zu verschwinden? Das tut man doch nicht wegen eines kleinen Scherzes.«

»Wegen eines kleinen Scherzes? Hier steht die Weltgeschichte still. Sie spielte mit mir und feierte mit einem andern Hochzeit.«

»Hochzeit? Wer feierte Hochzeit?«

»Ursula.«

Alex stellt die Beine noch breiter, der Gummimantel flattert kühner im Wind.

»Was, zum Henker, kümmert Sie Ursula?«

»Nun, ich will es Ihnen sagen, es braucht kein Geheimnis mehr zu sein. Ursula stieg aus dem Rheingold, ich fuhr mit ihr zu den geräucherten Aalen, wir ruderten auf die Insel im Rheinwald, ich geriet in ein Netz, ich ... ich ...«

»Aber das war doch nicht Ursula.«

»Nicht Ursula? Wer sonst, Sie Tollkopf?«

»Sie sind und bleiben ein Pechvogel. Es war Barbara.«

»Barbara?«

»Ja, Barbara, Ursulas Zwillingsschwester, sie gleichen einander wie ein Ei dem andern. Hahaha, da soll man jetzt nicht lachen. Haben Sie das denn nicht gemerkt?«

Ist Alex plötzlich verrückt geworden, wie kann man so unbändig lachen? Die gesamte Schiffsmannschaft wird aufmerksam.

»Ein Schabernack, Herr Tausendfüßler, Sie wollen mir die Grillen vertreiben, Sie wünschen mich aufzuheitern.«

»Nichts da, lassen Sie sich doch aufklären. Barbara, diese Hexe, wollte nur gerne einmal die Rolle ihrer berühmten Zwillingsschwester spielen, ihre Ähnlichkeit verhalf ihr leicht zu diesem Spaß. Sie trat bei Ihnen als Ursula auf, die Komödiantin. Und aus dem Spiel wurde Ernst, sie kam dann von ihrer Lüge nicht mehr los. Weil Sie Tollpatsch das Mädel nicht angehört haben.«

»Woher wissen Sie das?«

»Weil sie mir alles erzählte und mich beschwor, ich möchte Sie ausfindig machen, damit endlich das lustige Lügengespinst in Fetzen geht.«

Diese Worte spricht Alex, der Dichter.

Ich erhebe mich von meinem Sitz und stehe aufrecht im Strom des Windes. Unser Schiff fährt zu Tal, die Ufer gleiten vorüber.

»Ist das wahr, Herr Grauvogel, was Sie sagen?«

»Mein Ehrenwort a priori!«

»Dann saß Ursula im taubenblauen Wagen und trug den Schildkrötenring, dann hörte ich Ursula im

Theater singen, dann stand Ursula mir im Weinkeller gegenüber. Im Rheinwald aber, im Wingert der sieben Glückseligkeiten, im Trubel des Polterabends war Barbara ...«

Habe ich nicht ein Ende vom Strick eines Erhängten in der Tasche? Ich ziehe den Strick hervor und zeige ihn Alex. »Welch ein Glück«, rufe ich aus, und schüttle den Strick, »welch ein Glück, dass mir das Motorrad gestohlen wurde. Vielleicht hätte ich sonst nie erfahren, dass es Barbara ist, die ich liebte.«

»So ist es und nicht anders.«

»Und der Wellensittich hat wieder recht. Das ist die zweite Überraschung. Nicht zu glauben, wie klug solche Vögel sind.

Hier sehen Sie das Bild meiner Zukünftigen mit dem Zauberspruch. Ich bin ein Mensch im Zeichen der Zwillinge. Es geschehen Wunder auf Jahrmärkten und kosten nur zehn Pfennige.«

Ich zeige Alex das Bild der Dame mit dem Pfefferrohrstöckchen.

»Nun, Sie werden das Glück nicht mit Füßen treten«, sagt Alex.

»Wer weiß um sein Glück, Herr Alex. Ich glaube fast, man soll nicht hinter seiner Liebe herrennen. Sie fällt vom blauen Himmel.«

»Aber Sie kommen doch wieder nach Deidesheim?«

»Ich komme wieder nach Deidesheim, weil ich es Herrn Berghaus versprochen habe. Wir haben Pläne von weittragender Bedeutung. Gewaltige Maulbeerpflanzungen, Züchtung von madenfreiem Obst und andere Dinge mehr. Ungeheures lässt sich hervorbringen, die Erde verschenkt sich, man muss ihr nur die Hände reichen. Unsere Liebe ist nur ein Zwischenspiel.«

»Trotzdem sind Sie ein Pechvogel. Wer seine Liebe findet, soll zupacken. Sie aber ergreifen die Flucht.«

»Ich komme wieder.«

»Da gratuliere ich. Doch nebenbei, Sie haben da einen gewissen Strick in der Tasche. Er soll Glück bringen. Ist es unbescheiden, wenn ich Sie bitte, mir ein kleines Stück davon abzulassen?«

»Das sollen Sie haben.«

Ich ziehe mein Taschenmesser und zerschneide den Strick in zwei Teile. »Nehmen Sie, ich bin nie ein Geizhals gewesen.«